18ᵉ édition

JEAN LORRAIN

COINS DE BYZANCE

LE VICE ERRANT

1. 3.
1761

ALBIN MICHEL, ÉDITEUR
PARIS — 22, RUE HUYGHENS, 22 — PARIS

LE
VICE ERRANT

JEAN LORRAIN

LE VICE ERRANT

ALBIN MICHEL, ÉDITEUR
PARIS — 22, RUE HUYGHENS, 22 — PARIS

PROPOS D'OPIUM

LE VICE ERRANT

PROPOS D'OPIUM

I

« Et l'on n'a pu même établir l'identité de la victime.
Dès les débuts de l'affaire, j'avais prévu que le crime
serait classé parmi les X de l'inconnu. Comme disent
les médecins, l'enfant se présentait mal. — Par la
tête ! — Horrible, la tête était même mutilée. — M. Cochefert y est allé pourtant de ses trois cents francs ! — La
prime du sang, quinze louis ! C'était mettre la délation
à bien bas prix ! — On dénonce pour moins ! — Dans
la politique, mais là c'est une vocation. — Et même un
plaisir. — Espoir de l'avancement, petites joies de la
rancune. — Mettez chaufroid de la rancune, la vengeance est un plat qui se déguste glacé. Or, dans
le monde criminel, la délation est une joie qui se
paie cher et peut coûter gros au voluptueux qui se

l'offre : les femmes seules y dénoncent, obéissant là, comme toujours, à leurs nerfs. Instinctives, impulsives, passionnées, comme toutes les créatures qui vivent plus près de la nature (et le meurtre et la rapine sont des gestes primitifs), les maîtresses de voleurs et d'assassins ne livrent leur amant que par dépit, colère, jalousie ou besoin d'immédiate revanche : abandonnées, elles dénoncent l'homme encore aimé hier pour l'enlever à une rivale ; trahies elles trahissent aveuglément, éperdument, risquant le tout pour le tout, car elles n'ignorent pas à quel terrible châtiment elles s'exposent en *donnant un gonce*. Ce monde spécial a des sévérités et des rigueurs inconnues de nos lois pour les délinquants à son code ; du jour au lendemain, la femme qui a livré son mâle est condamnée dans toute l'armée du crime, et cette armée tient Paris des plaines de Gennevilliers aux carrières de Vanves, de la route de la Révolte aux Lilas et aux abattoirs de Grenelle. L'*Interdit*, l'arme formidable de la Papauté contre les rois et les puissants pendant des siècles, revit encore en plein Paris moderne contre la *Casserole* (l'homme ou la femme qui livre un complice) et le coupable une fois *donné à la Tour*, la *bourrique* aura beau changer de quartier, se tenir à l'autre bout de la ville, dans quelque banlieue honnête et maraîchère, le coup su, le mot d'ordre est donné et de bande en bande, de faubourg en faubourg, les amis du *poteau* se mettent en chasse et, un beau matin, à l'angle d'une ruelle déserte, le long d'un mur de cimetière ou dans un fossé de fortification, un cadavre est trouvé défiguré, massacré, lardé de coups de couteau et la police reconnaît la fille une Telle, l'ex-maîtresse de tel ou tel, Terreur arrêté, il y a deux mois, un an, ou bien un tel, Indicateur. L'arrestation de Bibi de Montmartre ou de Charlot de Montrouge est vengée, laissez passer la justice des pègres et des souteneurs! — Mes compliments, vous les connaissez bien. — A fond, comme un député la poche des contribuables. — Oui, vous êtes plein de documents. — Vous ne craignez pas un jour des ennuis? — Des ennuis! vous les calomniez, ce sont des gens charmants et de relations bien plus sûres que la plupart des mondains qui n'ont aucune solidarité entre eux et, le dos à peine tourné, se débinent et se déchirent avec une veulerie qu'excuse seul le vacillement de leurs dentiers. Ah! la monotonie des médisances entendues, dans le courant de l'année, de la plaine Monceau au faubourg Saint-Honoré! pas la moindre variété, pas le moindre imprévu dans les calomnies colportées. Voilà pourquoi j'ai pris le parti de voyager trois mois d'été et trois mois d'hiver; au retour je retrouve toujours les mêmes visages un peu plus flétris et les mêmes propos un peu plus fanés. — Ce qui entretient chez vous le désir des départs. — Vous l'avez dit. La sottise des gens m'a révélé la beauté des paysages. A quelque chose malheur est bon. — Et vos amis les pègres et les malfaiteurs, vous les retrouvez toujours chevaleresques, dévoués et présents à l'appel? — Ceux-là, je l'avoue, me réservent des surprises. Il en manque toujours quelques-uns : Julot a reçu un coup de couteau, Victor purge une condamnation à Fresnes, les rafles ont été fatales à plusieurs, tel autre est au Père-Lachaise et tel autre à l'hôpital, les

rangs se sont éclaircis, pauvres de nous! ce qui me per-
met de les regretter et je leur sais gré de la tristesse
que leur disparition me cause. Il n'y a pas de vraie joie
sans quelque mélancolie... Enfin, il y en a parfois qui
ont tourné mal et sont entrés dans la police. — Comme
chez nous on devient sénateur! — Vous êtes dur pour
mes amis. En somme, voici beaucoup de bavardages
pour établir que M. Cochefert a fait fausse route avec
sa prime de quinze louis. L'homme, qui aurait parlé
pour ce prix-là, aurait eu à peine de quoi prendre le
train du Havre ou de Marseille, et, une fois arrivé là,
pas même de quoi s'embarquer. Qu'aurait-il fait? vécu
huit jours, et après? travailler comme un feignant, gâ-
cher le plâtre des maçons ou décharger les malles près
des gares, quand on a une équipe à Paris, un fin bou-
lot, des aminches et tout! Briser sa vie, ses amitiés,
toute une carrière et risquer le reste pour quinze
malheureux louis qu'on peut trouver en retournant les
poches d'un pante, non, pas si bête! Ah! si M. Cochefert avait été jusqu'à deux mille! il aurait peut-être
appris quelque chose; pour ce prix-là on peut parler.
Deux mille devant soi, cinq cents de faux frais pour
les fringues et se décaniller, on s'expatrie avec le
reste; et, à Gênes ou à Barcelone ou dans quelque trou
pas cher au soleil, entre Nice et Toulon, on peut s'en-
fouir avec les quinze cents francs, se faire oublier et
sous un faux nom s'acheter une conduite et devenir honnête... devenir honnête homme, se reposer enfin. Oui,
pour deux mille, (j'y ai souvent réfléchi.) M. Cochefert
aurait peut-être su! — Deux mille, mais c'est une
somme! — Oui, je sais qu'on travaille pour moins à la

Chambre, mais ce que ces messieurs grattent, c'est
pour les gants et les cigares, comme on dit au cercle,
ils ont pour matérielle leurs vingt-cinq francs par jour
d'émoluments de députés. — Et messieurs les assassins vivent au jour le jour! Ils ont donc de grands
besoins et ne peuvent lâcher une carrière pour quinze
louis, et voilà pourquoi on ne découvrira jamais l'identité de ce malheureux cadavre. — En admettant qu'il
ait été assassiné! »

En admettant qu'il ait été assassiné!

Instinctivement nous avions tous relevé la tête.
Nonchalamment renversé parmi les coussins d'un divan, de Germont souriait du double sourire de ses
dents claires dans sa barbe blonde et de ses yeux bleus
de Méditerranéen; d'un geste las il achevait de rouler
entre ses doigts une cigarette et jouissait maintenant
de son effet. Nous étions dans la fumerie d'opium, que
les quelques continentaux exilés à Bastia ont installée
dans la ville haute, la vieille cité génoise, aux alentours de la citadelle, dans une de ces curieuses maisons
à sept et huit étages, dont les terrasses à l'italienne
dominent la mer.

Maison d'ouvriers dont la porte, ouverte jour et nuit,
bâillait sur la rue avec de faux airs de tanière. Oh!
les rues montantes, étroites et dallées du vieux Bastia,
et leur glacial aspect de couloirs étranglés entre deux
forteresses dans l'ombre éternelle de leurs hautes,
hautes maisons surplombant de tous leurs étages le
dallage quasi funèbre de leur chaussée! et quand on
lève les yeux, découpée par l'avancée des toits, cette
mince, oh! si mince lanière de ciel bleu!

De Germont avait loué dans ce quartier d'anciens corsaires un étage d'une des hautes et noires maisons de la rue Saint-Jean, y avait organisé une installation sommaire de tentures et de divans et, deux fois par semaine, y réunissait des amis célibataires, des compagnons d'exil, en ce moment retenus à Bastia par leur poste ou leurs affaires, continentaux échoués, loin de France et de Paris, dans cette Corse fruste, odorante et sombre où comme une indicible détresse, quoi qu'on en ait, vous étreint toujours le cœur.

Réunions du soir... On y prenait d'abord du thé, on s'y grisait parfois de raki et de liqueur de myrthe, on s'y grisait surtout de rêves et de souvenirs, on y parlait des colonies, de Paris et de la France, de la France avant tout et toujours; et, parfois, vers les onze heures, quand la tramontane soufflait trop fort sur les quais de Bastia pour tenter une descente à la rue des Glacis et une visite à ces demoiselles, on organisait une petite fumerie d'opium.

De Germont avait été au Tonkin; Tupier était demeuré deux ans en Chine; Bienvenu, l'officier de marine, avait fait toute la croisière du Levant de Constantinople à Smyrne, et les autres par curiosité, par veulerie et désir de tromper leur ennui, avaient, eux aussi, fini par goûter au poison vert.

Comment, le premier soir de mon arrivée à Bastia, avais-je été introduit de plain-pied dans le cercle, pourtant si fermé, de cette fumerie particulière?

Mystère! C'est là un des privilèges des très mauvaises réputations et c'est même un des grands charmes de mes voyages : tous les lieux suspects sont ouverts d'emblée à l'auteur de *Monsieur de Phocas* et mon nom seul force les consignes les plus sévères.

A Bastia, il m'avait suffi d'être annoncé pour être invité.

Invitation à laquelle je n'avais eu garde de manquer; les soirées d'hiver sont longues dans ces petites villes corses et, à huit heures, toutes les boutiques de Bastia sont closes.

En admettant qu'il ait été assassiné ! Nous n'en étions encore qu'au mélange, suffisamment dosé de mastic, de chartreuse et de kummel, additionné chez les uns de bénédictine et chez Germont d'anisette espagnole ; les pipettes d'opium n'étaient même pas encore sorties de leur étui.

L'hypothèse émise par Germont révoltait les idées de tous :

— Vous êtes si influencé que cela par l'horoscope de madame de Thèbes? hasardait le capitaine Tupier, vraiment, Germont, je ne vous savais pas tant de nerfs.

De Germont haussait les épaules. Alors Bienvenu :

— Vous ne croyez pourtant pas à une farce d'amphithéâtre... Je sais bien qu'on s'est arrêté un moment à une mystification macabre : des internes de l'hôpital Saint-Louis ont été convoqués, un infirmier a été mis dehors, mais la police a dû abandonner cette piste... comme toutes les autres.

D'un petit coup sec sur la main de Bienvenu, Germont faisait tomber la cendre de la cigarette, que venait de laisser éteindre l'officier.

— Oui, j'écarte l'hypothèse de débris anatomiques

soustraits d'un hôpital et semés par de joyeux internes dans le but de terroriser; mais ne pouvez-vous
admettre un cas de mort subite et naturelle dans des
circonstances telles que l'honneur, la situation d'une
femme, d'une jeune fille même, la respectabilité de
toute une famille aient exigé la disparition et surtout
l'anonymat du mort? Ce ne serait pas la première fois
que pareille chose serait arrivée. On ne meurt pas
toujours dans un mauvais lieu et la légende de Forain :
« Vite, un sapin et des sels », n'est pas toujours à placer; il faut parfois qu'on ignore surtout d'où sort le
cadavre. Vous avez tous lu le *Rideau cramoisi* de d'Aurévilly et la terrible scène où l'amant, en chemise et
pieds nus, traverse la chambre des parents d'Alberte
avec, sur son dos, le corps de sa maîtresse encore
tiède et souple de la suprême étreinte, le corps de la
jeune fille qu'un spasme vient de tuer dans ses bras,
dans son lit d'hôte et d'officier! Mettez qu'au lieu d'aller rejoindre son amant dans sa chambre, Alberte ait
reçu l'officier dans la sienne et que ce fût lui que l'a-
névrisme eût étouffé : qu'aurait fait cette fille ardente
de père et de mère honnêtes? Et encore, dans la nouvelle de d'Aurévilly, les amants habitent sous le même
toit, Alberte en eût été quitte pour se jeter aux pieds
des siens, leur avouer la chose; les braves gens auraient replacé le bon mort dans son lit de jeune homme
et tout scandale eût été supprimé... Mais, admettez un
moment cette hypothèse : votre sœur, votre fille ou
votre mère (j'ose tout, tant pis), vous arrive, affolée,
éperdue d'épouvante, au milieu de la nuit, et là, balbutiante, vous amène dans sa chambre, devant son lit

— défait, un lit dont on ne peut douter, et, dans ce lit
il y a un homme, un homme dont la nudité, l'attitude,
vous permettent encore moins le doute... et cet homme
est inconnu : pis, c'est un voyou. Il a une plastique
admirable et les pieds sales, ne m'interrompez pas...
Messaline se rencontre partout. La Luxure ne choisit
pas sa proie, elle la trouve... Un ruffian inconnu gît
mort dans le lit de votre sœur, de votre fille ou de
votre mère, il est mort dans telles et telles conditions... Demain les domestiques seront au courant,
la maison informée; demain, c'est le scandale, l'iné-
vitable, l'effroyable scandale, la police et les perquisi-
tions, le nom dans les journaux, les faits-divers de la
presse, et vous êtes chirurgien ou médecin ou bou-
cher! Que feriez-vous? »

Germont avait scandé ses derniers mots dans un
affreux silence; nous nous taisions tous, douloureusement oppressés. On n'entendait que la plainte régu-
lière, obsédante comme un râle, de la Méditerranée
sur les blocs du môle, à l'entrée du vieux port.

II

Il y eut un assez long silence.

« Vous avez décidément le goût du macabre, Germont... Encore une carrière manquée ! Vous auriez été
un précieux collaborateur pour Ponson du Terrail ».

Le charme était rompu, le charme opprimant de
cauchemar installé en chacun de nous par les terri-
fiantes hypothèses de Germont. Il gardait à son tour

le silence, ses paupières grasses de sensuel à demi re-
tombées sur ses yeux clairs et, comme embusqué derrière un énigmatique sourire.

On sentait que, retiré en lui-même, le logicien criminel qu'il venait de révéler observait et se préparait à
une nouvelle attaque. Sa retraite n'était qu'une feinte
et, devant son silence plus gros de menaces que son ar-
gumentation, chacun de nous, dans l'instinctif effarement de ses audaces, essayait en vain de briser l'atmosphère d'angoisse mystérieusement ourdie dans cette nuit
d'hiver corse par l'attitude et la volonté de Germont.

En effet, il rompait la trêve.

« — Soit, vous le voulez. J'ai la monomanie du macabre, je cultive l'orchidée du cadavre rare, comme
d'autres le paradoxe bleu d'un fol hortensia. Admettons
que je sois un Robert de Montesquiou de la charogne,
et parodiant un vers du célèbre comte :

> De Goths et d'Ostrogoths mon écusson fourmille :
> Où peut-on être mieux qu'au sein de sa famille ?

Je n'essaierai donc pas de vous convaincre. Cerveau buté n'a pas d'oreilles, vous jouez les saint Thomas de l'incrédulité judiciaire. M. Macé, lui, m'eût at-
taché à son cabinet, oui, parole d'honneur ; j'eusse
d'ailleurs refusé ; vous, vous me regardez comme une
sorte de conteur fantastique, vous passez à côté de
l'aubaine de l'observateur que je suis. — Veux-tu un
encensoir, Germont ? interrompait Bienvenu. — Non,
mais prépare-moi une pipe ; et, tout en déboutonnant
son gilet et son faux-col pour se mettre à l'aise : je vous
conterai donc une histoire, la dernière...

» En quatre-vingt-quatorze, à peu près... Oui, il y a huit ans, parmi les salons très ouverts et des plus ratasquouères où je louvoyais (c'étaient mes débuts dans le monde et j'avais une fringale de soirées, c'était l'heureuse époque (nous l'avons tous connue) où je me serais cru déshonoré si je n'avais été tous les soirs, dès six heures, en habit noir. Ah! cet habit, je le traînais même dans la petite crèmerie où ma pension plus que modeste me forçait à prendre mes dîners. Je gardais, il est vrai, mon pardessus pour ne pas voir majorer mes pourboires; et mon foulard soigneusement croisé dérobait aux yeux ma cravate blanche; mais, de neuf heures et demie à une heure du matin, je m'encadrais avec fierté dans les embrasures de porte de quatre ou cinq salons au moins, et mon ravissement était sans borne, quand, svelte comme une guépe dans mon frac de jeune homme, je jetais ma pelisse aux mains de la livrée des antichambres! (Innocentes joies un peu niaises de la vingtième année). Donc, parmi les salons un peu rastaquouères où j'avais mes entrées, Américains des Champs-Elysées, Espagnois du quartier Monceau et princesses russes et nihilistes des hauteurs de Passy, toute l'écume cosmopolite dont le luxe éclabousse le côté Ouest de Paris, le salon de la générale V... était peut-être celui qui m'attirait le plus.

» La présence de Lina, la fille de la maîtresse de la maison, une créole de dix-huit ans, une blonde du blond roussi des épis mûrs avec la carnation chaude et savoureuse d'une belle pêche, peuplait les salons de la générale V... d'un essaim gazouillant d'autres jeunes filles, jolis oiseaux des îles aux regards effrontés, aux

manières libres et dont la désinvolture amusante a
dû certainement inspirer à Marcel Prévost le premier
schema de ses *Demi-Vierges*.

» La générale V..., Américaine du Sud veuve d'un
général brésilien ou mexicain tué dans je ne sais quelle
guerre de l'Indépendance, était une belle femme d'une
quarantaine d'années, évidemment née et créée pour
l'amour ; la force et la santé d'un sang généreux lui
faisaient une maturité éclatante. Sous l'enveloppement
de superbes cheveux noirs passés au henné, c'étaient
de larges yeux d'outre-mer, peut-être plus désirables
encore chez la génerale que chez sa fille, un teint de
camélia blanc et la splendeur d'épaules incomparables,
épaules offertes et montrées avec une magnificence
royale. Je n'ai jamais rencontré depuis, dans le monde,
de femme si outrageusement nue. Cette générale V...
(Thalasie, comme on l'appelait dans l'intimité), avait
dû être à vingt ans une de ces admirables créatures
qui bouleversent la vie d'un homme et quelquefois
celles de tout un pays. Galante, la générale l'était. Il
eût fallu être un bien piètre observateur pour ne pas
se rendre à l'évidence de ses narines ouvertes, sans
cesse frémissantes et dont l'éternelle vibration semblait renifler la chair fraîche ; puis c'était l'humidité de
larges prunelles noires à force d'être bleues, la meur-
trissure de paupières bistrées et l'indolence de ses
attitudes démenties par le rouge fiévreux de ses lèvres
où pointait à chaque minute, tel un piment pourpre,
un bout de langue gourmande. Tout chez Thalasie, jusqu'à l'impudeur de sa nudité offerte, dénonçait et affirmait la femme d'amour.

» La générale habitait avenue de Champs-Elysées, un peu plus haut que le rond-point. Elle occupait là, au quatrième, un vaste appartement meublé, dont son goût de créole n'avait pas atténué le luxe criard. Elle y menait le train d'une femme qui aurait eu quatre-vingt mille francs de rente, et ses amis ne lui en connaissaient que quarante mille. Ces deux mille louis d'écart entre ses revenus et ses dépenses étaient un perpétuel point d'interrogation pour son entourage, car la générale V... n'était pas vénale.

» Ses coups de tête et ses coups de cœur, (et depuis la mort de son mari on pouvait citer le chiffre de ses fantaisies), avaient éclaté dans sa vie, comme des éruptions de volcan, brusques, impétueux et imprévus et toujours en faveur de robustes et beaux jeunes hommes, des partenaires dignes d'elle ; et Thalasie s'était toujours abandonnée à ses passions d'un jour, d'un mois ou d'une année avec la belle fougue de son tempérament. Elle n'avait pas plus pris soin de cacher ses liaisons que de les afficher.

» Sensuelle et belle, personne n'était plus qu'elle sensible à la beauté. Avec son ardeur d'Américaine du Sud, elle avait toujours été droit aux étalons, choix qui devait l'avoir plus appauvrie qu'enrichie, car elle avait aimé des joueurs, des bretteurs et des aventuriers ; mais la société cosmopolite, qui fréquentait chez elle, excusait ses ardeurs de femme de race, les hommes surtout amusés de cette animalité hennissante de jument de sang. Il est vrai qu'on ne prêtait à la générale V... ni vilenie ni bassesse. On ne l'avait jamais citée avec tant d'autres étrangères, comme ayant un crédit chez tel ou tel banquier, réputé secourable aux belles dames en mal de budget, enfin, comme certaines duchesses authentiques, aucune maison de rendez-vous ne l'avait jamais proposée à ses clients.

» La générale était donc une femme honnête, dans l'acception la plus large que le monde accorde à ce terme. D'ailleurs, depuis que sa fille était sortie du couvent, Thalasie semblait avoir modifié son genre de vie. Elle adorait cette délicieuse Lina, avec l'espèce de frénésie sauvage et sensuelle qu'elle apportait en tout; il y avait de l'Espagne dans l'ardeur passionnée dont cette Mexicaine semblait avoir fait l'unique règle de ses actes. A la rentrée de Lina elle avait congédié son dernier amant, et le monde, indulgent à toutes les manifestations sentimentales mises en vogue par le théâtre et le roman, avait applaudi la mère, comme il avait encouragé l'amoureuse; et des gourgandines fieffées de la société parisienne s'étaient senti l'âme rafraîchie par cette rupture.

» En plus de Lina, la générale V... avait un fils, de quatre ans plus âgé que sa fille, Antonio V... qui, depuis, a fait son chemin comme peintre de portraits. Il était alors à Rome, à la villa Médicis, car Thalasie se piquait aussi d'être artiste.

» Avec la sûreté de mauvais goût des Américaines, elle encourageait l'art dans tout ce que l'industrie produit de plus fastueux et de plus irrémédiable dans l'imitation et le fac-simile; son appartement regorgeait de meubles italiens du style le plus tarabiscoté et le plus divers, et je ne vous étonnerai qu'à demi, quand je vous dirai que son antichambre était gardée par deux nè-

gres-torchères peinturlurés et dorés, articles courants
des fabricants de meubles de Venise. Dernier détail
enfin qui complètera la femme: la générale V... passait deux mois d'hiver à Nice, et les bannières qu'elle
remportait, tant aux redoutes qu'aux vegliones, s'entassaient dans son grand salon, où les hampes dorées
des dernières obtenues s'entrecroisaient en panoplie
sous le portrait en pied du général.

» Thalasie donnait des bals blancs dont le luxe
était justement de merveilleuses gerbes de narcisses
et d'œillets blancs de Nice. Elle en recevait deux envois par semaine. La générale donnait à danser tous
les quinze jours, mais elle restait chez elle le mardi
et le vendredi soir; même intimes, ses réunions
étaient des plus suivies. La joliesse de la fille, la beauté
de la mère, un essaim choisi de jeunes et remuantes
étrangères faisaient de son salon un des plus attrayants
de Paris.

» Un observateur averti aurait peut-être, à la longue,
remarqué la présence assidue à toutes ces fêtes d'un
vieux monsieur, encore vert sous ses cheveux blancs,
décoré d'ailleurs, et dont la bonhomie affectueuse semblait porter le plus grand intérêt aux deux femmes.
Marié et père de famille lui-même, ce sexagénaire à
rosette se trouvait être un des plus grands tapissiers
de Paris, un des princes de l'ameublement d'alors, un
de ceux dont le goût et l'érudition font loi. Il avait,
dit-on, meublé la générale; mais il n'y paraissait guère,
car, si Thalasie s'habillait divinement, elle affirmait
dans le choix des tentures et des meubles une esthé-
tique de perruche. M. B... (car je ne puis citer ici des

noms), n'en fréquentait pas moins le salon de la générale. Il y venait régulièrement deux fois par semaine, aux sauteries du vendredi comme aux bals de quinzaine, tout heureux, on eût dit, de frotter ses soixante ans à toutes ces fraîcheurs et toutes ces blancheurs, — et quand, une nuit de décembre, une nuit de réception chez la générale V..., la police trouva M. B... assis et mort de congestion sur un banc des Champs-Elysées, quelques numéros plus bas que la maison d'où il sortait, personne ne s'étonna ni de cette mort subite, ni du voisinage. M. B... était apoplectique ; il avait passé cette soirée, comme tant d'autres, chez la générale V... ; le froid du dehors l'avait saisi, il avait fait quelques pas et s'était échoué sur un banc, où la congestion l'avait raidi. »

Ici Germont se tut. Un grand silence remplissait la fumerie, aggravé par la plainte étouffée, râlante et monotone, de la vague contre les blocs du môle. Par les vitres d'une haute fenêtre, dont Tupier énervé venait d'écarter les rideaux, nous voyions le ciel nocturne tout ouaté de nuées molles et comme nacrées de lune, la lune errante et voyageuse, et, toute maillée d'argent à l'horizon, la mer.

O nuits de Bastia, propos d'opium!

III

Et Germont, très comédien, reprit :

« La vérité sur cette apoplexie ou cette congestion sur un banc des Champs-Elysées, je ne la sus que plus

tard, beaucoup plus tard, trois ans après, et cela de la
bouche même du metteur en scène de cette mort imprévue et quasi tragique !

» Laclos-Larive !... Vous connaissez tous Laclos-Larive, l'arbitre indiqué de toutes les affaires d'honneur,
l'homme de sport et d'épée sans l'avis duquel on ne
peut arranger une affaire, le juge de tous les litiges et
de tous les différends en matière de duel, le seul auto-
risé à Paris à traîner sur le terrain un champion récalcitrant ou à éviter une rencontre avec un adversaire
douteux ; Laclos-Larive, dont l'opinion énoncée entre
deux bouffées de fumée de sa cigarette pose un galant
homme ou disqualifie un coquin ; Laclos-Larive enfin,
le Laclos des salles d'armes, des grands bars et des
restaurants de nuit, le témoin de plus de vingt-cinq duels
quasi célèbres, et qui a peut-être encore arrangé plus
d'affaires qu'il n'en a menées à Villebon ou derrière les
tribunes d'Auteuil ! Laclos-Larive s'est-il jamais battu ?
Il est de première force au fleuret et suit assidûment
tous les assauts des clubs et du Grand-Hôtel, est à *tu et
à toi* avec tous les prévôts de Paris, et sa présence
achalande une salle d'armes... Cette présence, il la pro-
mène adroitement dans tous les endroits où l'on fer-
raille peu ou prou, a des cartons chez Gastinne et, sans
fortune, vit princièrement au cercle... Laclos-Larive
monte au Bois, le matin, et dîne, le soir, au cabaret ; des
amis l'emmènent souper, à la sortie des théâtres, d'autres le promènent en automobile. Laclos-Larive plas-
tronne dans les couloirs de première, l'oreille tendue
vers les gifles qui tombent, en quête d'une affaire à
arranger ; il en épie également, les nuits de bal mas-

(1) Rougier-Dorcières

qué, chez Larue et Maxim's : c'est un professionnel de
l'épée... Une diva d'opérette plutôt mûre, dont il fré-
quente la loge et toise de haut les détracteurs, lui per-
met de l'afficher; il la reconduit parfois, le soir, boulevard Maillot, où Laurelle a son petit hôtel, et vient
officiellement la chercher au théâtre. Laclos-Larive
a son couvert mis chez Laurelle; cette Manon des Aca-
cias connaît ses auteurs et nourrit son chevalier... Laclos-Larive est un homme publiquement taré, mais
nous lui serrons tous la main et sommes fiers |d'être
vus avec lui. Paris, d'ailleurs, partage notre veulerie.
Paris a de ces déroutantes indulgences pour certains
de ses enfants d'adoption, mais en revanche que de
sévérités imméritées pour d'autres! mais bah! cela
corrige la folie des balances. D'ailleurs Laclos, demeuré
solide et découplé malgré la cinquantaine, se fait encore illusion à lui-même; encolure d'athlète et torse
d'écuyer, Laclos-Larive a dû être, a été et est peut-
être encore aimé. »

— Nos compliments. Pour un portrait, il est campé.
C'est de la peinture à l'huile de fiel, tous ses ennemis
le reconnaîtront. Je ne vous savais pas cette belle haine
pour notre champion national, mon cher Germont. Vous
aurait-il forcé la main pour un duel ?

Et Germont, avec un regard droit de ses yeux clairs
dans les yeux de Tupier :

« Il n'a même pas fait tuer un de mes amis. Je hais
Laclos pour l'histoire même que je vous raconte ce soir
et que je tiens de sa faconde; il eût dû être le premier
à se taire sur cette femme, puisqu'il l'avait tirée
d'une passe difficile et qu'il avait été son amant; le fat

complète chez lui le spadassin. » A quoi Bienvenu,
avec un geste vague de la main : « Peuh ! c'est un
homme d'honneur, modèle connu, donc sans honneur
comme tous les professionnels de la partie. — Vous
le possédez bien ! — Nous l'avons connu. — Et reconnu, soulignait Tupier. Un mot qui vous achèvera
l'homme. Germont, ce mot, c'est à vous que je le dédie.
Un soir déjà lointain, au Helder, quand il y avait le
Helder, Laclos, en verve et beau raconteur de ses proues-
ses, avait cet aveu sublime : « Il n'y a qu'un homme
que je n'ai jamais provoqué, c'était l'amant de ma mère.
Je le lui aurais tué et elle ne me l'aurait pas pardonné. »
— Ça, c'est la signature, et Germont s'inclinant
comme pour un salut : Vraiment, s'il a dit cela, je
lui en veux moins de son indiscrétion sur la générale.
C'est d'une grandeur épique dans l'inconscience et
d'une bêtise presque géniale. Pourquoi me le rendez-
vous sympathique ? — Et ton cadavre ? Il file et ton
histoire avec. — C'est vrai. Voici donc à peu près ce
que cet imbécile nous raconta. Ce n'était pas au Helder,
mais chez Durand. Lequel d'entre nous avait amené à
souper Laclos ? peu importe, il était là, c'était en juin,
la semaine même de la distribution des récompenses
du Salon ; on discutait les médailles du jury. Le premier prix du Champ-de-Mars avait été justement dé-
cerné à Antonio V..., le fils de la générale ; la générale, elle, disparue, retournée dans son Brésil ou son
Mexique, la jolie Lina une fois mariée, aujourd'hui
dans quelque légation d'Autriche ou d'Italie, et, comme
enthousiasmés des envois d'Antonio V..., nous nous
échauffions sur la facture du peintre, sa palette et

son talent : « Antonio V..., déclarait Laclos de son
ton insupportable et péremptoire, la cigarette tenue entre les doigts à hauteur de l'œil, j'ai rendu
un fameux service à sa mère. La générale V...,
vous l'avez tous connue, cette bonne générale? Elle
habitait un peu haut dans les Champs-Elysées. Une
nature, dont B..., le richissime tapissier de la rue
Royale, entretenait les derniers feux, vous savez bien,
B..., qui fut trouvé mort une nuit de décembre sur un
banc des Champs-Elysées? Vous ne devinerez jamais
qui l'avait porté là! — Et prenant pour de la curiosité
ce qui n'était dans nos yeux qu'indignation et mépris :
— Il faut que je vous conte cette histoire-là, elle est
assez coquette.

« Il y a cinq à six ans de cela, une nuit où, par hasard, j'étais rentré de bonne heure du Cercle, (j'habitais alors rue de La Trémouille,) j'étais réveillé par un
violent coup de sonnette. Je couche toujours seul dans
l'appartement, le valet de chambre aux mansardes.
« Bah! qu'il sonne, bougonnai-je en moi-même, quand
il en aura assez, il s'en ira. » Mais le malheur est qu'on
ne s'en allait pas, et le timbre carillonnait toujours. Je
donne l'électricité et regarde l'heure : deux heures
du matin, et cette damnée sonnette trépidait dans
toute la maison. Impossible de dormir; je me lève,
j'enfile un puyjama et, décidé à flanquer dans l'escalier
le maudit sonneur, je vais ouvrir. Une prudence me
venait au seuil. « Qu'est-ce qui est là ? » demandai-je
à travers la porte. Stupeur! c'est une voix de femme
qui me répond, une voix etranglée d'émotion : « C'est
bien ici monsieur Laclos-Larive? — Oui! qu'est-ce

que vous voulez ? — Au nom de Dieu, ouvrez, il y va
de l'honneur et de la vie d'une femme ! — Quelle
femme, quel honneur ? répliquai-je un peu interloqué,
je ne connais pas votre voix ! — Non, monsieur, vous
ne me connaissez pas, mais vous connaissez Madame,
je suis la femme de chambre de la générale V..., je
viens de la part de la générale. » La générale V..., je
n'avais rien à lui refuser, bien que depuis cinq ans
j'eusse cessé toutes relations avec elle ; je ne la rencontrais même plus que dans de rares maisons, nos
existences ayant bifurqué, mais je lui devais de trop
belles heures pour n'être pas demeuré son ami. (Et il
fallait voir de quels gestes triomphants le bellâtre lis-
sait et caressait ses moustaches.)

J'ouvrais donc. C'était en effet, une femme de chambre, pauvre fille bouleversée d'émotion, secouée d'un
tremblement nerveux et accourue on ne sait d'où,
sans tablier, nu-tête, des pantoufles aux pieds, dépei-
gnée et en larmes. Je la faisais entrer, bien qu'elle s'obs-
tinât à vouloir rester sur le palier. Mes : « Qu'est qu'il
y a, que me veut-on ? » ne tiraient de cette créature
que des supplications entrecoupées de sanglots et des :
« Venez, monsieur, venez, il y va du salut de Madame ! » Il était bien question parfois de M. B..., mais
je ne comprenais rien dans le débit saccadé de cette
fille.

Je m'habillai à la hâte, enfilai une pelisse ; la fille
avait un fiacre en bas. En voiture, de la rue de La Trémouille au numéro des Champs-Elysées où habitait la
générale, il y a cinq minutes de trajet au plus. Durant
ces cinq minutes je parvenais pourtant à débrouil-

ler la situation. En sautant du fiacre je savais que M. B..., l'amant en titre de la générale demeuré, cette nuit-là, coucher aux Champs-Elysées, était mort subitement dans le lit même de Thalasie, presque porte à porte de la chambre de sa fille et que la générale affolée ne savait que faire de ce cadavre. Dans son affolement c'est à moi qu'elle avait songé ; c'est sur moi qu'elle comptait pour l'aider à se débarrasser de ce mort, trouver le moyen de faire sortir de chez elle ce corps accusateur.

Drôle de besogne ! « Nous gardons le fiacre ? demandait la femme de chambre, une fois arrivés. — Gardons toujours, nous aviserons là-haut ! » Comme le concierge venait de tirer le cordon : « Dites « le médecin », pour la loge », faisais-je averti par un pressentiment : nous montions.

La chambre de la générale V...! Je n'oublierai jamais ce spectacle. Toutes les bougies des candélabres, toutes celles des lustres allumées en plein feu, toute l'électricité donnée dans la terreur qu'avait la misérable femme de ce tête-à-tête avec ce mort. Sur le lit saccagé comme un champ de bataille, dans le désordre des draps, bouffi, ventru et obscène, le corps sexagénaire de M. B...; sur le tapis, un tas de serviettes mouillées. On avait dû tenter tous les réactifs possibles, fouetter cette chair apoplectique avec des serviettes humides, tâcher par tous les moyens de rétablir une circulation arrêtée. La tête chauve était risible et effrayante ; les prunelles chavirées sous les paupières ne laissaient voir que le blanc de l'œil ; dans la face boursouflée et violette la bouche bâillait, tuméfiée ; dans un filet d'écume une grosse langue, noire comme celle d'un perroquet, pendait.

C'était le comble du grotesque et de l'horreur !

Au milieu de la chambre, affalée dans un fauteuil, la générale V..., Thalasie, mais vieillie de dix ans, une face dévastée d'épouvante, toutes les rides remontées aux tempes et au front et, dans les yeux fixes, l'égarement de la folie. Elle avait revêtu en hâte un peignoir qui voilait mal sa nudité, tout un coin d'épaule émergeait de la chemise lacérée, à laquelle avait dû s'agripper l'agonie de son amant, et, sans souci des mèches grises apparues, l'air d'une bête acculée, anéantie d'effroi, la générale attendait.

Comme un ressort la redressait toute à mon entrée. Elle s'emparait de mes mains, se jetait presque sur moi : « Vous êtes venu ! Merci. Dieu soit loué, vous étiez chez vous. Merci, mon ami, merci ! » Et me désignant le lit : « Voyez. » Et, devant mon silence : « Oui, il était mon amant. Il est hideux, je le sais, mais la vie coûte à Paris. Enfin, c'est fait. Les hommes m auront coûté cher ; mais il s'agit bien de cela ! Ce corps ne peut pas rester ici, ma fille dort à côté, presque porte à porte, et ma fille ne doit pas savoir, et mon fils, là-bas, à Rome... Ce serait affreux, songez ! La police ici, le concierge, le scandale dans la maison, et les journaux, les faits divers ; ah ! puis, vous savez, M. B... est marié, il y a une femme, des enfants, une famille, je ne peux pas leur renvoyer ça. » Et d'un geste terriblement simplice elle désignait le tas de chairs effondrées sur le lit.

« Ah ! que faire, que faire ? étranglait la misérable

femme et elle mordillait son mouchoir, trouvez quelque chose, trouvez, vous, vous êtes un homme. Trouvez n'importe quoi, mais sauvez-moi; moi, la tête me tourne. Je ne sais plus, je ne sais plus. » Elle était retombée assise et, maintenant, sanglotait dans la chambre claire, les mains convulsivement jointes et les yeux vagues, étouffant entre ses lèvres cette même et monotone phrase : « Ma pauvre petite Lina ! Ma pauvre petite Lina ! »

Elle faisait mal à voir.

« Voyons, de l'énergie, intervenais-je, nous n'avons pas de temps à perdre. Il faut sortir ce corps d'ici, n'est-ce pas ? Vous êtes sûre de votre femme de chambre ? » Et, sur un geste vague de la pitoyable femme : « Il faut d'abord le rhabiller. Oh! pas de répugnances, pas de nerfs. Vous allez m'aider, et ce ne sera pas facile. Quand il sera habillé, nous aviserons ; l'important, c'est qu'on ne le trouve pas nu. Le fiacre est toujours en bas ? » — « Le fiacre ! » Et la générale, dans un subit accès de lucidité : « Le fiacre ? que voulez-vous faire de ce fiacre ? Vous n'allez pas mettre ce mort en fiacre et l'envoyer à la Préfecture. Le cocher dirait d'où il vient, l'enquête me trahirait de suite. » — « C'est vrai, il ne faut pas qu'on sache d'où il vient. » Et, me tournant vers la fille de chambre immobile : « Descendez, renvoyez le fiacre, et redites à la loge : « Le médecin. » — « Vous avez trouvé? » me demandait, anxieuse, la générale. — « Oui, je crois. Remontez vite, faisais-je à la femme de chambre nous ne pouvons rien commencer sans vous. » La fille sortait, Maintenant c'était la détente : Thalasie, debout, pleurait silencieusement, appuyée sur mon épaule. »

— Cette fois, Germont a mis dans le mille, déclarait Tupier au milieu du silence subitement gardé par l'officier de marine, désireux de savourer ses effets.

IV

« — Non, rhabiller ce mort ne fut pas chose facile. Ce furent d'abord les chaussettes de soie, qu'il fallut faire épouser à ces pieds inertes. Nous n'avions aucune prise sur ces chairs flasques, qui se prêtaient trop au mouvement que nous leur voulions donner et glissaient, gélatineuses, entre le tissu et nos doigts. Nous avions assis le cadavre sur le lit. La femme de chambre maintenait tant bien que mal le torse affaissé, les deux bras passés sous les aisselles ; et, Thalasie et moi, nous lui mettions maintenant son caleçon. Pour cela, nous dûmes presque le mettre debout et lui enfiler les deux jambes à la fois, comme dans un double sac ; les jambes, si molles au début, devenaient à présent rigides ; cette raideur était une difficulté de plus. Le mal que nous eûmes à entrer dans les chaussures les pieds gonflés et gourds ! Nous dûmes presque forcer la cheville. Thalasie à genoux s'acharnait à cette besogne avec un visage obstiné et dur qui faisait peur ; ses yeux fixes étaient ceux d'une somnanbule, et elle pesait de tout son poids sur l'enflure du cou-de-pied pour l'entrer toute dans le soulier. Le pantalon de soirée, en drap souple et fin, demanda moins de peine. M. B... avait demandé quarante minutes, montre en main, pour être chaussé et pantalonné; le plus ardu de la besogne restait encore à faire.

Il s'agissait de retirer à ce cadavre sa chemise de nuit, de lui remettre sa chemise de jour, de le cravater et d'achever de le vêtir enfin !

Pour dormir chez sa maîtresse M. B... avait des chemises de surah mauve, brodées, sur le côté, d'un long chiffre de soie or. La hideur de cette tête inerte et congestionnée dans cette tenue galante! La mort imprévue donnait du tragique à cette coquetterie sénile. De l'écume sanglante avait coulé tachant tout le devant de cette chemise de combat; deux rigoles rougeâtres s'étaient caillées aux commissures des lèvres et formaient croûte sous le menton. Nous dûmes prendre une éponge et nettoyer ce cadavre; après quoi nous enlevâmes la chemise violette de Parme et lui enfilâmes, sans trop de difficulté, sa chemise de soirée; nous eûmes cependant quelque mal à enfiler les manches. Les bras raidis ne se pliaient pas. Le gilet alla presque tout seul, l'habit fut plus dur: c'étaient toujours ses terribles bras ankylosés aux jointures et d'une pesanteur effarante; déjà froids, ils pesaient maintenant le double de leur poids; et puis ce torse glissait, déviait, oscillait entre nos mains maladroites: on eût dit que le corps se refusait à cette toilette suprême et opposait à nos efforts une sourde hostilité. La générale énervée malmenait et brutalisait manifestement cette poupée macabre : une lueur d'alcool flambait dans ses prunelles, un rictus crispait la bouche mauvaise; je devinais que tout bas elle insultait ce mort.

« Nous n'en finirons pas, dépêchait-elle entre ses dents, nous n'en finirons pas! »

Cette unique phrase rythmait notre besogne; nous eûmes pourtant raison de ce corps récalcitrant, mais après quelles affres et quelles angoisses! Nous dépensâmes cinq minutes à lui passer son habit et dix à lui endosser son pardessus. « Encore s'il avait eu sa pelisse! » éclatait Thalasie. Elle était à bout, elle haïssait maintenant ce cadavre; mais nous dûmes renoncer à lui boutonner son faux-col : ce cou d'apoplectique semblait avoir grossi de moitié, nous nous y serions brisé les ongles; j'ébauchai un nœud de cravate et me décidai à la laisser dénouée : M. B..., dans les transes de l'étouffement, aurait déboutonné lui-même son faux-col.

Ainsi accommodé, nous l'assîmes dans un fauteuil. Je réclamai ses gants, sa canne et son chapeau, et, m'adressant à Thalasie : « Il va falloir m'aider à le descendre maintenant, oui, à le descendre par l'escalier et m'aider à le sortir dehors. » — « Dans l'escalier! Si nous rencontrons un locataire, vous n'y songez pas! » — « J'y ai songé, au contraire, voilà pourquoi il faut que ce soit vous et cette fille qui le descendiez avec moi. Il est trois heures et demie, nous avons toute chance de ne rencontrer personne; je mets les choses au pis : nous croisons quelqu'un. Nous reconduisons tous trois un ami malade. M. B... a été pris chez vous d'un étourdissement. » — « Non, je ne peux pas, ce serait le scandale. Pas ça, pas ça. » — « Alors remettons-le sur votre lit et allons chercher un médecin : il constatera le décès, et ma présence auprès de vous atté-

nuera toujours les soupçons. M. B..., après la soirée,
se sera senti souffrant. » Thalasie affalée, la tête entre
ses mains, dans un fauteuil ne me répondait plus ; le
cadavre, engoncé dans ses vêtements, lui faisait face
et, l'air d'un mannequin grotesque, tout ce pauvre corps
tassé et affaissé sur lui-même écarquillait vers elle
deux yeux vitreux et glauques. La pendule sonna moins
le quart. Je consultai ma montre : « Quatre heures moins
dix, pensai-je tout haut ; dans une heure nous aurons
les balayeurs ; il faut se décider, que faisons-nous ? »

« Allons ! et la générale V. . se levait. Qu'est-ce qu'il
faut que je fasse ? » — « Vous êtes forte. Nous allons
tâcher de descendre à nous deux ce corps ; votre femme
de chambre portera le chapeau, la canne, et nous éclai-
rera. A nous deux. Il est lourd, je vous préviens...
Vous, disais-je à la fille, ouvrez toutes les portes jusqu'à l'antichambre et précédez-nous d'un pas, et tenez
la bougie très haute. Pas de bruit, hein ! Vous êtes
prête ? » Et je me retournai vers la générale : « Oui,
laissez-moi voir si Lina dort. » Mais, au moment de
passer dans l'autre chambre, elle s'arrêtait, chance-
lante, la main sur la poitrine, comme si elle étouffait.
« Marie, (et elle s'adressait à la femme de chambre),
allez voir si mademoiselle repose. Prenez garde de l'é-
veiller, doucement, tout doucement. »

Et quand la fille fut revenue et lui eut fait signe que
oui (la jeune fille dormait): « Allons, je suis prête,
murmurait Thalasie d'une voix si changée, si éteinte,
qu'il me sembla que c'était son ombre qui parlait, mon
ami, dites-moi ce que je dois faire. » — « Couvrez-vous,
d'abord, car vous pourriez prendre froid ; et allons. »

Je passai ma tête sous l'aisselle gauche du cadavre, lui maintenant le bras contre mon corps: je le soulevais ainsi de tout son poids et, l'étreignant aux hanches avec mon bras droit, je priai Thalasie de le saisir solidement sous l'aisselle droite et de le surhausser de toutes ses forces, de façon que ses pieds traînassent le moins possible sur le parquet. Quelle pesanteur avait ce mort! et, ainsi attelés à sa charge, nous lui fîmes traverser l'appartement. Un bougeoir à la main, la femme de chambre marchait devant nous.

La générale V... habitait le troisième étage, un troisième sans entresol, heureusement. Ce que fut la descente de M. B.... par cet escalier d'ombre et de silence, cet escalier de quatre heures du matin, aux lueurs tremblantes d'une bougie, moi, du côté de la rampe, m'arc-boutant de toutes mes forces pour empêcher ce corps de glisser et de s'abattre dans le vide, ce corps mal retenu par Thalasie défaillante dont l'émotion trébuchait à chaque marche! Tout le poids du cadavre tombait sur moi; son aisselle et son bras raidi faisaient un étau à mon cou, et, à chaque minute, ses pieds glissant dans le vide m'entraînaient en avant, et je me sentais projeté dans le noir par une force mystérieuse.

Oh! le raclement de ses souliers sur le bois des marches et, par instants, le choc de ses talons dans le silence! Ils résonnaient lugubrement par la maison déserte et faisaient, il nous semblait, un tel vacarme que nous croyions que toutes les portes des paliers allaient s'ouvrir. La femme de chambre nous précédait, la bougie haute; une lueur courte courait sur le crâne

chauve de M. B... et le miroitait comme une bille d'i-
voire. La générale V..., demeurée la dernière par la
position même du corps, dominait le groupe de toute
sa hauteur, et, spectrale dans la nuit de cette maison
endormie, d'une pâleur vraiment affreuse et d'une
expression de visage plus affreuse encore, semblait,
douloureuse et crispée, l'instigatrice de quelque horr-
rible crime qu'elle avait hâte d'étouffer ; nous enten-
dions siffler nos respirations haletantes. Quelle atroce
besogne avais-je entreprise là ! mon front et mes
mains étaient moites, je sentais ma chemise trempée
de sueur.

A un moment la femme de chambre, qui nous éclairait, laissa échapper le chapeau et la canne de M. B.,
qu'elle tenait d'une main, et, dans l'émotion du bruit
qui en résultait, faillit lâcher le bougeoir.

Oh ! le tumulte de la dégringolade de cette canne et
de ce chapeau, qui pourtant ne roulèrent que dix marches ! Il nous sembla que toute la maison s'écroulait.
Ce fut une catastrophe. Nous nous arrêtâmes net, nos
cœurs battant à se rompre et tout le sang aux artères ;
la fille en fut quitte pour descendre quelques marches
et ramasser les objets tombés. Thalasie et moi nous
échangeâmes alors un regard. Par quel miracle n'a-
vions-nous pas lâché le cadavre, oui, par quel miracle ?
Et nous continuâmes à descendre.

Combien cet escalier avait-il de marches ?

Nous descendions toujours ; un moment vint pourtant où nous ne descendîmes plus ; nous étions sous la
porte cochère, à quelques pas de la loge.

« Eteignez », dis-je à la femme de chambre. « Et

vous (et j'interpellais Thalasie), demandez le cordon
vous-même, qu'on reconnaisse votre voix. » « Je ne
peux pas, je ne pourrai pas ! » Et voilà que l misérable femme allait faire avorter toute cette évasion d'un
mort. « Demandez le cordon vous-même, insistai-je, ou
je lâche le corps et à haute et intelligible voix, et ajoutez de façon qu'on vous entende : « Allons, ce ne sera
rien, général, le grand air vous fera du bien. — Mais
pourquoi ? — Dites comme je vous dis : « Cordon, s'il
vous plaît », et « Allons, ça ne sera rien, général, le
grand air vous remettra. » Et elle le fit comme je lui
avais dit. Sa voix éteinte de femme à moitié évanouie
murmura les paroles indiquées, nous passâmes devant
la loge en pleine obscurité. « Maintenant la canne, le
chapeau et les gants. Mettez les gants dans sa poche. »
Debout auprès de la porte entrebâillée, je m'assurai si
l'avenue était déserte. Une lourde voiture de maraîcher
descendait les Champs-Elysées, mais beaucoup plus
bas que le numéro où nous étions : la voie était libre.
Il commençait à neiger : une neige fine et molle comme
un duvet d'eider tombait d'un ciel moite et doux ;
toute l'avenue en était déjà ouatée de la Concorde à
l'Arc-de-Triomphe.

« De la neige, nous n'avons pas de temps à perdre ;
êtes-vous forte ? Nous sommes presque sauvés ; nous
allons le conduire jusqu'au premier banc, » et, rapi-
dement, à la femme de chambre : « Remontez là-haut
sans lumière, ne faites pas de bruit et venez chercher
madame demain, à neuf heures chez moi, apportez des
fourrures et un chapeau. Pour mademoiselle, madame
sera à la messe. » Et, d'un brusque effort soulevai

et mettant M. B... dehors, j'entraînai la générale avec
moi : « Bonsoir, générale », disais-je à voix haute et
je refermai la porte assez brutalement. « Que faites-
vous? faisait Thalasie interdite.

— « Je vous sauve. Vous n'allez pas rentrer maintenant, il faut que le concierge ne vous sache pas sortie, qu'il vous croie remontée. Vous ne pouvez rentrer.
Que penserait-il de ces allées et venues, voilà qui éveil-
lerait ses soupçons. Bon! deux sergents de ville. Ne
bougeons pas, restons dans l'ombre, cette porte est
profonde, ils ne nous voient pas : nous allons déposer
ce corps sur le premier banc venu, et vous allez venir
dormir chez moi. — Chez vous! mais Lina? — Lina
dort et dormira jusqu'à neuf heures. Votre femme de
chambre viendra vous prendre chez moi, elle a les ordres. Pour votre fille et pour tous vous reviendrez
de la messe; d'ailleurs, vous n'auriez pu rentrer dans
cette chambre, là-haut. Cela aurait fini par une crise
de nerfs. Il y a tout ce qu'il faut, chez moi : de l'éther,
du bromure et même de la morphine. Demain, en rentrant, vous donnerez vingt-cinq louis à votre femme
de chambre. Et maintenant un peu de courage! aidez-
moi à conduire M. B... jusqu'à ce banc. »

Et, raidie dans une résolution suprême, galvanisée
d'énergie par l'horreur même des circonstances, Thalasie, tout à l'heure encore si molle, si hésitante,
m'aidait à traîner le corps de son amant et cela sans
broncher cent pas au moins sous la neige. C'était le
plus périlleux de l'entreprise. Si nous avions rencontré un agent, même un passant! Mais nous ne rencon-
trâmes personne. Nous assîmes confortablement M. B,

sur un banc, nous lui assujettîmes son chapeau sur la
tête et nous le laissâmes là, sous la neige floconnante,
tel on le trouva le lendemain matin, ses bagues aux
doigts et son portefeuille en poche, respecté et intact,
indemne des voleurs et des rôdeuses qui, les nuits d'hiver, ne travaillent plus, passé trois heures après minuit, vu le froid.

Ce furent deux sergents de ville qui, vers cinq heures, firent la lugubre découverte. M. B..., sexagénaire
apoplectique, était mort de congestion sur un banc : il
aimait trop le bal.

Quant à la générale ma complice, je l'emmenai se
réchauffer et se ranimer chez moi ; je lui allumai un
grand feu, lui servis du punch brûlant et, comme elle
était énervée, transfigurée et hors d'elle-même, mise
en beauté par les émotions de cette nuit tragique et
que rien ne porte plus à l'amour que la pensée et la
présence de la mort, je la repris cette nuit même et
j'ajoutai deux heures d'ivresse inappréciables à toutes
les heures heureuses que je lui devais déjà.

La générale V... ne rentra chez elle qu'à dix heures
du matin ; elle raconta, sans doute. à sa fille qu'elle
avait entendu deux messes, l'officiant les disait si bien !

Et voilà quel fut le récit de Laclos-Larive. Qu'il se
vante au Helder ou se vende chez Durand, n'ai-je pas
raison d'abominer cet homme ? »

MASCHERE

MASCHERE

MASQUES DE LONDRES ET D'AILLEURS

I

Dans le grand hall enchanté de musique, sur le parquet givré de colophane, c'étaient les pas menus, les
ronds de jambe et la démarche tantôt sautillante, tantôt appuyée de l'éternel couple amoureux, Pierrot dupé
et la dupeuse Colombine. Plaisir artiste offert par un
artiste à d'autres de sa race et de son milieu, André Dostonerof nous donnait en matinée la pantomime, sa pantomime de *Colombine trahie*, qui a déjà fait le tour de
tous les Cercles du littoral.

Colombine, Pierrot! Une mélodie, légère et comme
toute grelottante d'appels de tambours de basque, soulignait leur mimique, préparait leurs entrées, escortait
leurs sorties et rythmait tantôt d'un gazouillis d'oiseau,
tantôt d'une plainte de tourterelle blessée les gestes
alternés de leur commune passion.

Décevante surprise du poème : Pierrot lunaire, le
Pierrot candide et lilial, cher à Paul Verlaine et à

Théodore de Banville : Pierrot, l'éternel trompé, y trompait la coquette Colombine et, de dépit et de désespoir, la Célimène en jupe courte de toutes les roueries et de toutes les trahisons s'y donnait la mort : cette âme de bengali se suicidait plus par dépit que par désespoir, sans doute, et son agonie d'oiseau-mouche se gracieusait parmi des fleurs.

C'était sur des branches de mimosa, dans des floconnements roses d'amandiers en fleurs et des pâleurs soufrées d'œillets entêtant la vanille, que Colombine s'éteignait lentement parmi les coussins du sopha où, deux minutes auparavant, Pierrot la requérait d'amour.

> Ah ! les serments ont des ailes
> Dans le cœur des infidèles !

Et la musique, tout à coup tendrement déchirante, reprenait sans avoir trop l'air d'y croire le fameux air d'Ophélie dans *Hamlet*.

Les femmes, soudain intéressées au malheur d'une des leurs, écoutaient des yeux et des oreilles, chacune égoïstement attentive. Une grande baie vitrée d'une immense glace sans tain encadrait la scène d'un mouvant et réel décor : c'était, au-dessus du joli cadavre, un enchevêtrement de palmiers, de roseaux d'Espagne et de glauques agaves, dominé par les cimes tournoyantes de hauts cyprès alors agités par le mistral ; car le mistral faisait rage pendant cette matinée offerte par un artiste à des artistes, et, par les trois baies géantes qui faisaient du hall comme une vaste cabine de navire, c'était sur un ciel bleu de porcelaine, un ciel sec et froid de bourrasque, la verdure en émoi, con-

vulsive et rebroussée, de plus de trois hectares d'oliviers.

Maintenant Colombine ressuscitée et ce faquin de
Pierrot se retiraient en saluant le public. On les avait
rappelés surtout pour les voir de plus près ; murmures
approbateurs soulignés d'applaudissements mondains,
élégantes tapotes de mains finement gantées avec au
bout des doigts des bruissements d'éventails, et voilà
qu'un beau jeune homme, pas tout jeune pourtant,
mais de prestance athlétique et de visage amène, la
prunelle câline et dressée aux œillades, se laissait traîner vers une table. Des femmes plutôt mûres l'entouraient, l'installaient presque de force, l'encoura-
geaient, l'assaillaient de caresses et le monsieur adulé,
une chevelure si finement bouclée et des dents si blanches sous de longues moustaches blondes ! se laissait
faire, remerciait les amies et s'accoudait enfin sur cette
table où un verre d'eau posé dénonçait le péril.

« Voilà ce que je craignais, me murmurait mon voi-
sin a l'oreille, dire que la grippe, qui les atteint tous,
épargne celui-là ! Ah ! l'interminable et l'infatigable
parleur ! Vous connaissez le robinet d'eau tiède et parfumée qui s'égoutte, intarissable, des lèvres, rose et
miel, de cet écouteur extasié de son propre débit, car
si quelqu'un s'écoute ! Et les doigts bagués d'opales
promenés dans la moustache blonde ! et le regard aux
étoiles quand il prononce les mots *amour* et *fleur*, car
il parle comme on écrit, en ronde. Mais que voulez-
vous ? il les charme, il les entretient de leur beauté
psychique et de leur état d'âme, quand il serait l'heure
de leur parler de leur salut. Il conduit encore à Cythère

cet essaim de beautés du Père-Lachaise ; aussi, voyez cette escorte d'honneur. C'est toute Sainte-Périne en rupture d'Auteuil. C'est l'escadron volant d'Alcibiade Sauvard. Elles l'adulent, le congratulent et l'étourdissent de leur admiration. Il représente pour elles leur passé, leurs erreurs de jeunesse et l'esprit et les mœurs d'une époque abolie, car vous savez sur quoi il va conférencer ? Sur le baiser. — Sur le dernier, alors, celui de l'extrême-onction. — Oh ! l'onction est dans ses paroles. Si nous allions faire un tour ? — J'allais vous le proposer, d'autant plus que le mistral a fait trêve. Voyez, les arbres ne bougent plus. »

Installé à sa table, Alcibiade Sauvard commençait : « Mesdames, messieurs. »

— « Et puis il commençait à faire chaud dans ce salon. Voyez quelle admirable vue l'on a d'ici ! » Mon interlocuteur, en habitué de la maison, m'avait conduit sur une terrasse, à l'une des extrémités du jardin : terrasse aux balustrades à l'italienne, appuyée sur des éboulis de roches hérissées d'agaves et de lentisques odorants ; une route tournait au pied, comme aperçue au fond d'une ravine, et, du bord de la route au bleu calmé des flots, c'était le moutonnement blémissant et blevâtre d'une forêt d'oliviers. Le rocher d'Eze, la cime de la Turbie avançaient leur éperon dans la turquoise liquide des golfes et, jusqu'à la pointe de l'Italie délicieusement atténuée et lumineuse, c'était, dominée par la crête énorme du Carnier, une courbe héroïque de caps et de promontoires. Les villas de Beaulieu emplissaient le fond de la baie.

Des applaudissements accueillaient la parole du con-

férencier, et la rumeur en arrivait jusqu'à nous.
« Ses saintes femmes lui font un petit succès.

Je ne plains pas le Christ, les femmes l'ont aimé,

mais je plains Sauvard, car il est plutôt aimé des vieilles femmes. Quel besoin Dostonerof avait-il de nous servir ce conférencier? C'est comme sa pantomime : la musique en est gracieuse, légère avec une pointe d'attendrissement ému, mais quel poème! Pourquoi toujours cet éternel Pierrot, cette éternelle Colombine, comme s'il n'y avait pas d'autre humanité que les personnages de la comédie italienne! Ah! qui nous fera la pantomime macabre et vécue, la pantomime moderne, à l'Edgar Poë ou à la Mark Twain; mais, dans les faits-divers, ceux que l'on lit tous les jours, ils pullulent, les merveilleux sujets de pantomimes poignantes!

Mais dans le récit que vous prêtiez l'autre jour à votre ami de Germont dans les *Propos d'opium* (car, mon Dieu! oui, j'ai l'honneur d'être un de vos lecteurs assidus), y en avait-il, un assez beau début de drame macabre! Je ne sais si dans la réalité votre Laclos-Larive emmena coucher chez lui la générale V..., mais combien l'horreur eût été plus grande si, la générale rentrée chez elle, une fois le lugubre dépôt mené à bien sur le banc, le Laclos était resté en observation pour voir ce qui allait advenir, et si une pierreuse, une de ces lamentables ouvrières de nuit qui dévalisent les ivrognes attardés et retournent les poches des sans-asile échoués dans les Champs-Elysées, s'était avisée de ce cadavre en le prenant pour un client!

Voyez-vous les manœuvres de cette fille tournant autour de ce mort, l'aguichant du geste et de *psitt, psitt!* puis resserrant ses approches et, comme une orfraie qui s'abat sur sa proie, venant enfin s'asseoir auprès de M. B...! Vous figurez-vous l'ironie funèbre des agaceries de la femme à ce mort, ses essais de conversation, ses sournoises tapotes et la lente et discrète prise de possession de ce machabée par cette goule (peut-être une mère de famille affamée, car à Paris la prostitution ne respecte même pas la famille), et, encouragée par le silence et l'immobilité du monsieur, la pierreuse se décidant au dégringolage et fouillant les poches de ce cadavre qui, dérangé, perd l'équilibre et s'écroule de tout son poids de chose inerte sur sa voleuse qu'il entraîne et culbute dans la neige : chute et simulacre de lutte, cris d'épouvante de la fille, tout un corps à corps abominable qui amène au pas gymnastique l'intervention des agents ; car deux sergents de ville d'accourir, de relever les délinquants, de constater la mort de l'homme et d'arrêter la coupable! Ici Laclos-Larive s'éclipse et court chez la générale V... lui narrer en détail la suite de l'aventure et rassurer cette belle conscience. Ils tiennent enfin leur alibi.

L'acte suivant montrerait la fille au tribunal, accusée sans aucun moyen de se défendre, la fille folle, aburie d'épouvante, ne s'expliquant pas comment elle a pu tuer ce pante... puisqu'il paraît que c'est elle qui l'a tué ; et, pendant le plaidoyer de l'avocat, la scène indiquée, attendue de la prévenue tombant en démence. Ne serait-ce pas là un beau début de drame! — Vous en avez de bonnes! ne pouvais-je m'empêcher de ré-

pondre. — Mais pas plus raides que les vôtres! m'était
il riposté, puisque l'imagination de ces horreurs m'est
venue en vous lisant. Avouez que la chose peut arriver et cela dans tous les pays du monde. Un homme
meurt ou, pour une raison quelconque, son cadavre
est déposé sur un banc. C'est la nuit. Passe une fille
publique qui fait son métier, accoste ce mort et l'en-
treprend, le secoue ou le dévalise au choix, jusqu'à ce
que le machabée lui tombe dessus; là-dessus, la police intervient ou n'intervient pas, et il serait même
plus beau qu'elle n'intervînt pas. L'épouvante et les
affres de la fille seraient autrement angoissantes, seule
aux prises dans l'ombre nocturne avec cette chair
inerte et froide qui pèse, écrase et ne se défend pas.
Supposez-vous l'état d'âme de cette pierreuse se dé-
battant sous le poids d'un mort, dans la détresse d'une
avenue déserte, la cinquième avenue de New-York,
par exemple, ou une allée d'Hyde-Park! — Oui, Hyde-
Park ou un des squares de Londres! C'est bien un
décor de square anglais qu'on voudrait pour cette
scène. Londres, les crimes, les nuits et les masques
de Londres! Marcel Schwob ne vous a jamais raconté
l'histoire de ces cadavres masqués du quartier des
Docks, au bord de la Tamise? Elle eût figuré avec honneur dans son *Roi au masque d'or;* mais il a négligé
de l'y mettre : coquetterie d'artiste qui garde pour lui
les plus belles perles de son écrin. Il la parlait merveilleusement d'ailleurs, cette histoire, sans recherche
d'effets de style et de mots terribles, telle qu'elle était,
comme un fait-divers, et l'histoire y gagnait une sa-
veur. C'est à elle que j'ai songé tout d'abord en lisant

la dernière partie de vos propos d'opium, pendant la promenade, assez grotesque dans son macabre, du corps de M. B..., entre Laclos-Larive et la générale V..., de la porte cochère au banc où on le laisse assis.

Au masque près, c'est la même impression d'épouvante fantastique dans la réalité, mais il y a plus de terreur encore dans l'histoire de Schwob. Puisqu'il ne l'a jamais écrite, j'ai bien envie de vous la conter, car, vous, vous l'écrirez. — Sûrement, c'est une aubaine ! — Eh bien, venez, car voici quelques masques. La conférence est finie et ces jardins vont être hantés. Quelques-unes de ces dames vont rentrer au cimetière ; on les ferme d'assez bonne heure ici. Evitons les rencontres. Je vous emmène dîner à Beaulieu ; la Réserve est à vingt minutes, et le chemin qui y mène par Saint-Jean longe toute la baie ; un vrai délice. Oui, je vous enrichis d'un conte et je vous paie à dîner. C'est celui qui parle qui doit toujours solder la dépense. Rien n'est plus cher que de se faire écouter. »

« Partons ! » C'était le crépuscule, un crépuscule, tout de brume violâtre. Un paysage atténué s'effaçait, paysage d'hyacinthe et d'améthyste obscure, où les hauteurs seules, légèrement rosées, retenaient encore du soleil.

II

« Il y a quelque vingt ans, l'hiver 1880 ou 1881, les crimes, d'un chiffre toujours imposant à Londres, augmentèrent dans une proportion effrayante : chose bizarre, les assassinats et les attaques nocturnes se spécialisèrent et se localisèrent ; les criminels semblaient avoir adopté un quartier.

C'est dans le quartier des Docks, le long de ces interminables quais qui bordent la Tamise à l'est de la Cité, plus loin que White-Chapel et les faubourgs mal famés de la ville, quartier de baraquements et de vastes hangars, peuplés seulement dans la journée d'une armée grouillante de magasiniers, d'ouvriers du port et de débardeurs, et qui, dès sept heures du soir, se changent en équivoque et morne solitude, toute sa population diurne ramenée dans les faubourgs. C'est dans le quartier des Docks et ses tristes rues bordées de planches goudronnées et de palissades que les meurtres, cet hiver-là, se multiplièrent d'une façon tout à fait inusitée.

Cette épidémie de meurtre sévit d'abord sur les ouvriers. On les guettait, les soirs de paie, à la sortie des pauvres buvettes dont les lumières clignotent dans le brouillard sale du fleuve, à l'angle des hangars et des immenses chantiers..., car c'est le dimanche matin que les policemen faisaient ample moisson de cadavres.

L'homme était trouvé mort, sous l'embrasure de quelque porte ou adossé contre une borne, les poches retournées, dévalisé et nettoyé de toute monnaie et même de ses pauvres bijoux, montre en argent ou mince alliance de travailleur marié ; mais, détail curieux, ces cadavres n'avaient aucune blessure, pas une ecchymose ; impossible de trouver sur eux la moindre trace de coups ; l'ouvrage était proprement fait. C'était

du crime net et soigné qui ne portait aucune signature
et mettait la police aux abois ; la ville était terrorisée.
Aux premières trouvailles, on crut à des congestions
d'ivrognes, et les policiers eussent aimé à accréditer
cette opinion dans la population de Londres ; mais la
presse s'y opposa, et les débitants de gin aussi, car il
serait vraiment trop décédé d'ivrognes, cette année-
là, dans la capitale, d'autant plus que l'hiver était plutôt doux, un de ces hivers moites tout en brouillards
et en petites pluies qui pourrissent tout un pays en y
développant fièvres, grippes et influenzas, mais qui ne
permettent pas d'invoquer la congestion par le froid.

Et les cadavres augmentaient toujours. Il n'était pas
de matin où l'on ne découvrit quelque mort sur la dalle
des quais ou dans une des ruelles du quartier des Docks ;
les assassins ne s'en tenaient plus au samedi soir. Ils
travaillaient toute la semaine ; pis, on releva un mort
dévalisé un lundi matin ; ces messieurs ne respectaient
même plus le repos du dimanche. On fut très choqué
dans la gentry de Londres, mais l'opinion publique
respira : les criminels ne pouvaient être des Anglais ;
même criminels, ils auraient fait trêve le jour du Seigneur. Ces assassins étaient sûrement des étrangers
ou c'étaient alors des Irlandais catholiques, d'abominables fenians sans foi ni loi. Ce fut un soulagement
dans la conscience publique ; Londres se congratula.

Cependant on tuait toujours et la police sur les dents
ne découvrait rien ; et voilà maintenant qu'après les
ouvriers les dévaliseurs s'attaquaient aux commerçants, aux gros négociants, aux millionnaires de la
Cité amenés dans les Docks par leurs affaires. Master

Thomas Smithson, de la maison Smithson, Burnett et
Cie, fut ramassé le premier au coin de Burde street;
naturellement, le portefeuille, l'or du gousset, tous
les bijoux avaient disparu, mais on lui avait laissé sa
pelisse. Master Thomas Smithson esquire fut trouvé
confortablement assis, coiffé de son melon-cape, sur une
pile de madriers, tout un monceau de bois de Norvège
qui venait d'être débarqué sur le quai. La veuve fit
grand tapage et obtint audience du lord-maire; la police sévèrement admonestée redoubla de surveillance.
Pauvre master Thomas Smithson esquire, un si bon
vivant, père de sept filles et de trois garçons, et qui
appréciait tant les vins français!

Après master Thomas Smithson esquire, ce fut le
tour de Georges Burnett, son associé, et l'on put
croire un instant à une vengeance personnelle contre
la maison de commerce; mais entre temps les assassinats d'ouvriers continuaient. Et puis ce fut le tour de
sir Algernoon Fistler, de M. Staraud, négociant français établi à Londres : de sir Edouard Trostetten et de
ce bon master Wellington Clevely, dont la veuve, une
créature si jolie qu'elle avait fait, un jour, à Epsom,
loucher le prince of Walles, est depuis devenue pai-
resse : master Clevely a laissé quelque chose comme
soixante millions.

Ce fut une véritable hécatombe. Le quartier des Docks
devenait impossible depuis qu'on y expédiait si dex-
trement les gros bonnets du commerce londonien. Comment s'y aventurer, si l'on y était supprimé de la vie
avec cette impunité et cette célérité scélérate et admirable! car beaucoup de personnes dans les clubs et

les salons de l'aristocratie commençaient à se prendre
d'un véritable intérêt pour ces invisibles et ces insai-
sissables assassins ; mais les affaires sont les affaires
et il n'y a pas d'affaires possibles si le chef de maison,
fût-il archi-millionnaire, ne va pas jeter un coup d'œil,
le coup d'œil du maître sur le peuple des travailleurs.
Et comme Londres est avant tout une ville d'affaires,
Londres finit par s'émouvoir.

La presse menait toujours campagne.

Le chef de la police fut appelé chez le lord-maire ;
il y eut un « bill » du Parlement et, de semonce en semonce, les policiers s'avisèrent de cette remarque :
si les cadavres ramassés, le matin, dans le quartier
des Docks ne portaient ni coups ni blessures, pas
même de trace de strangulation, ils exhalaient (cela,
on ne pouvait le nier, surtout si on les flairait avec
un peu d'attention), une coupable odeur de chloroforme.

Chez les pauvres hères des premiers meurtres le flair
de la police pouvait s'y tromper : relents de crasse et
de misère, odeurs de sueurs et d'alcool amassées dans
les tristes vêtments de ces humbles (l'homme qui
peine et travaille ne sent bon nulle part) comment
démêler l'odeur pharmaceutique dans cet amalgame
composite, aggravé de la fadeur de l'atmosphère de
suie de la ville usinière et du brouillard du fleuve !

Mais avec les morts tubés et soignés du grand cour-
tage et du haut commerce, plus d'erreur possible. Ces
morts sentaient bel et bien le chloroforme ; on avait
affaire à des asphyxiés. Les victimes riches permirent
aussi à la police d'établir et même de déterminer l'heure

exacte des crimes ; MM. Smithson, Burnett, Clevely
et autres, quand ils venaient aux Docks, quittaient les
chantiers et les hangars exactement vers sept heures,
à la fermeture des ateliers et à la sortie des travailleurs. Dans la hâte de regagner la tiédeur de leur home
luxueux et confortable ils ne musaient pas, eux, aux
bars et aux buvettes, comme les pauvres ouvriers du
port ; avec eux pas de flânerie ni de retard à admettre ! Les attaques avaient donc lieu de six à huit,
un peu avant ou un peu après sept heures. C'est à la
tombée de la nuit que les assassins opéraient et avec
quelle impunité, grand Dieu ! puisqu'on n'en avait ja
mais, non pas pris, mais même vu un sur le fait.

Ils asphyxiaient leur victime avec du chloroforme,
mais comment ? Où ? En pleine rue ? Cela n'était pas ad-
missible ! Alors le brouillard était leur complice, ce
terrible fuligineux brouillard de Londres, qui met
dans les rues et surtout au bord du fleuve comme une
ouate roussâtre, une fétide et glaciale atmosphère, on
dirait, d'étoupes fauves, à travers laquelle l'eau de la
Tamise et la flamme des réverbères clignotent d'une
façon si sinistre. Il est vrai qu'on n'y voit pas à cinq
mètres devant soi avec ce spleenétique et diabolique
brouillard... Et ces messieurs de la police s'avisèrent
aussi qu'on rencontrait peut-être, cet hiver-là, dans le
quartier des Docks, plus de gens ivres et t tubants que
n'en comportait la statistique de l'ivresse à Londres,
laquelle donne pourtant des chiffres imposants.

MM. les policemen se rappelèrent tout à coup certains
groupes croisés, ces derniers mois, à la tombée du jour,
le long de la Tamise, toujours composés, ces groupes,

de trois personnes, un ivrogne et deux amis, l'homme
saoul au milieu et les deux autres le soutenant par les
aisselles et le ramenant fraternellement chez lui .
l'homme au milieu chancelait, titubait; les autres
étayaient sa marche; cela formait un groupe touchant à
quelque coin de rue et puis filait, rapide, dans la nuit,
la froide nuit opaque ! Suit-on deux ouvriers qui en
emmènent un autre un peu gris dans le brouillard !
Mais, en toute franchise, ces rencontres auxquelles les
bons policemen n'avaient pas pris garde tout d'abord,
s'étaient, ces derniers trois mois, répétées avec une
étrange insistance; et les gens de police prirent le parti
d'épier et de filer désormais les groupes de trois qui
tituberaient par trop mollement, à la tombée de la nuit,
parmi les brumes rousses des mornes quais déserts et
des petites ruelles sombres, bordées de grands hangars.

Et bien en prit à messieurs de la police, car le premier groupe de trois ouvriers éméchés, que les policemen firent mine d'aborder dans le crépuscule d'hiver,
se disloqua subitement à leur approche; l'ami de gauche comme celui de droite s'enfuirent précipitamment,
lâchant l'homme ivre du milieu qui s'écroula sur le
sol. Ramassé dans la boue, tâté et secouru, l'ivrogne
se trouva être un cadavre, cadavre déjà dépouillé,
entièrement dévalisé; mais où la stupeur de la police
devint presque de l'hallucination, c'est quand les policemen découvrirent que ce cadavre avait un masque,
un masque de cire merveilleusement modelé sans rien
d'excessif ni de grotesque, un véritable visage humain
d'une insignifiance de traits parfaite, d'une coloration

neutre, un faux visage strictement posé sur le sien à
l'aide d'un foulard étroitement noué sur les tempes.

Ce cadavre était masqué et, chose affreuse, quand on
dénoua le foulard et qu'on ôta ce masque, on le trouva
plein de chloroforme, tel une coupe ; car ce masque, hermétique et clos, n'avait d'ouverture ni à la place des
yeux, ni à celle de la bouche ; cette résistante cagoule
de cire était à la fois bandeau et bâillon ; elle aveuglait
et étouffait ; le chloroforme dont elle était remplie ne faisait que stupéfier l'agonie, elle ne la hâtait même pas.

Une fois le masque posé sur le visage, l'homme entre les mains des assassins était une chose inerte, un
automate, une chair morte. Il ne pouvait ni crier ni se
débattre, les voleurs le promenaient quelque temps
dans le brouillard, comme un ami souffrant qu'on soutient et qu'on réconforte, le temps de lui cueillir ses
bijoux et de lui vider ses poches ; et puis l'homme nettoyé, on lui ôtait son masque et on le déposait genti-
ment, proprement dans un coin, sur une pile de bois
ou contre un hangar.

Que dites-vous de cette petite promenade d'un
homme qui agonise et qu'on dévalise, tranquillement,
en toute sécurité, et que vous croisez et que vous frô-
lez presque sans vous en douter, entre six et sept, à
la sortie des ateliers des Docks, dans la ouate humide
et rousse du brouillard ? »

Et, sûr de son effet, M. Rabastens (nous étions installés sous la véranda de la Réserve, en train de prendre le porto blanc de sept heures) me priait de faire le
menu moi-même et, m'offrant la carte, rallumait son
cigare au feu de mon londrès.

III

« — Et les assassinats continuèrent? interrogeai-je tout à l'intérêt de l'histoire.

— Messieurs les assassins tentèrent de les continuer, mais la mèche était éventée, la population avertie se méfiait; le cadavre masqué avait été plus qu'une révélation. A la sortie des chantiers, les ouvriers ne se risquaient plus seuls; ils traversaient les Docks par bandes et ne se séparaient qu'en dehors des parages dangereux. Quant aux courtiers et commerçants, ils ne marchaient plus que flanqués de véritables escortes; la simplicité même du procédé qui avait si longtemps garanti l'impunité des assassinats, une fois connue, tournait contre les assassins... Rien de plus facile que d'appliquer un masque sur le visage d'un passant isolé qui ne se méfie pas et va son petit bonhomme de chemin dans le brouillard; mais une fois la victime visée sur ses gardes, va-t'en voir s'il viennent, Jean !

Les assassins continuèrent encore quelque temps, mais par pur amour-propre, pour ne pas s'avouer trop tôt vaincus; noblesse oblige, et la corporation des assassins a son orgueil, mais la police vertement tancée faisait bonne garde. Elle intervenait maintenant au beau milieu des opérations, et les quelques cadavres qui illustrèrent encore le quartier des Docks furent toujours trouvés avec des masques; la police ne laissait plus aux assassins le temps de les démasquer.

C'était toujours le même masque de cire hermétique

et clos, sans ouvertures à la place des yeux et à celle des lèvres et plein d'ouate imbibée de chloroforme , masque d'une insignifiance rare, visage de pleutre ou d'honnête homme qui n'en contenait pas moins la mort; mais les auteurs de ces attaques crépusculaires demeurèrent, eux, introuvables. La police ne mit jamais la main sur le moindre petit assassin, ce qui inspira au *Punch* cette anodine plaisanterie, peut-être un peu macabre, mais bien anglaise.

Je vous la donne pour ce qu'elle vaut. Il ne faut demander que de l'*humour* à nos voisins d'Outre-Manche.

Le *Punch*, le plus sérieusement du monde, publia donc cette sensationnelle nouvelle : « *Le nouveau crime du quartier des Docks. La police a tenu entre ses mains les coupables...* » Et c'était, dans le style de procès-verbal qu'affectionnent les feuilles anglaises, l'histoire d'un homme évanoui aperçu, adossé dans l'embrasure d'une porte-cochère, au milieu de trois ouvriers qui semblaient le secourir ; là-dessus l'intervention au pas de course des policemen, flairant dans ces soins donnés à un ivrogne la manœuvre ordinaire des assassins du quartier, mais arrivés sur les lieux, au moment d'opérer les arrestations, c'était un rassemblement d'ouvriers autour d'un des leurs qu'ils venaient d'arracher aux mains de deux chevaliers du chloroforme. Les assassins s'étaient enfuis, mais eux venaient d'enlever le masque d'un malheureux qu'on asphyxiait et essayaient de le ranimer ; un des assistants, en effet, faisait respirer des sels au moribond et un ouvrier agitait triomphalement le masque de cire qu'il venait d'ôter. Les policemen, toujours brutaux comme ils le sont à Lon-

dres, bousculaient le groupe des sauveteurs et s'empres-
saient autour de l'homme évanoui.

Immédiatement le groupe des ouvriers secourables
prenait sa volée dans l'ombre et les policemen se trouvaient en présence d'un cadavre masqué ; le passant au
flacon de sels les faisait respirer à un masque ; l'ouvrier,
dont la main brandissait un visage de cire et venait d'en
délivrer le patient, n'était qu'un membre même de l'association avec ses instruments de travail ; messieurs
les chevaliers du chloroforme venaient de *bluffer* une
fois de plus la police ; la police avait tenu entre ses
mains les assassins et les avait laissé échapper.

Ce fut la dernière histoire imprimée à propos des
crimes du quartier des Docks. *Si non e vero, bene tro-
vato.* Mais reprenez donc un peu de cette soupe au
poisson. Ils la font merveilleusement dans ce restaurant, on ne mange la pareille que chez Isnart à Marseille.

Délicieuse, hein ? et safranée juste ce qu'il faut ! j'aime
presque mieux cela que la bouillabaisse. Et mon histoire, comment la trouvez-vous ?

— Ce serait du bon Poë, si ce n'était du bon Schwob.

— Et ce sera du Lorrain puisque je vous l'ai contée.
Moi, ce qui m'enchante dans ce récit macabre, c'est
qu'il est absolument anglais ; mieux, il est presque
un symbole de la vie d'Outre-Manche. Réels ou inven-
tés, ces assassinats ne pouvaient avoir lieu qu'à Londres, il fallait les quais de la Tamise et la suprême indifférence du passant anglais comme décor et atmosphère
à ces crimes anonymes de la rue et du brouillard ; dans
nul autre pays du monde on n'eût pu perpétrer la sup-

pression d'un être humain avec cette monstrueuse sécurité. A ces asphyxies sur la voie publique il fallait aussi la complicité de l'alcool ; c'est dans la ville de l'ivrognerie, et quelle ivrognerie ! celle du gin, que des criminels pouvaient seulement risquer la promenade d'une agonie sous un masque, sans attirer l'attention. A Londres, l'individualité chez tous est si forte et le passant y est si absorbé en lui-même et de lui-même qu'il va droit devant lui sans voir ; il n'a pas le temps. En pays de race latine, un homme qui chancelle entre deux autres qui le soutiennent, provoquerait un rassemblement ; et puis, il faut aussi toute la densité de la brume de là-bas, pour pouvoir promener ainsi impunément des scènes de carnaval macabre sans provoquer un mouvement de terreur.

Maintenant, daignez repasser avec moi les principaux caractères de ce crime et voyez comme l'invention en elle-même en est admirable : agonie muette d'un passant anonyme qu'on dévalise en présence d'autres passants qui n'ont pas un soupçon, assassinat sous le masque qui ne laisse aucune trace, impunité établie sur l'égoïsme anglais, et cela sous le manteau complice du brouillard natal, tout y est, avouez-le : gin, whisky, chloroforme, hypocrisie et le reste.

— Allez, allez, vous n'en direz jamais assez sur ces Anglais, leur égoïsme et leur hypocrisie ; mes rancunes se dilatent en vous écoutant et ce sont des rancunes de plus de quinze ans. Ils m'ont empoisonné l'Univers ; leur présence a été le cauchemar de tous mes voyages, je les ai rencontrés partout, ils m'ont fané les ciels de l'Orient, dépoétisé la baie de Salerne,

Amalfi et jusqu'à la Sicile. Je les ai rencontrés à Toar-
mina, je les ai retrouvés à Tripoli dans l'Oasis. Partout leurs longues dents, leur morgue et leur brutalité m'ont gâté les races et les paysages. Florence est
un faubourg de Londres, ils infestent à l'automne
toute la Vénétie; ils sont la plaie errante du monde et
le déshonneur des lagunes.

Mais Naples est leur triomphe, car Naples est un
mauvais lieu; d'ailleurs le véritable anglais est partout
au lupanar, il l'emporte avec lui à travers le monde,
avec ses eaux de toilette antiseptiques, ses rasoirs de
Scheffield et son ennui, car le pire est qu'il s'ennuie
partout et qu'il ennuie tous les autres peuples avec
les plus mauvaises mœurs de la terre, qu'il trouve le
moyen de rendre assommantes, quand partout ailleurs
elles sont joyeuses.

J'en ai vu dans le désert qui, la Bible en main, com-
promettaient des chameliers, car ils n'aiment pas que
les petites filles et, à Venise, les vieux lords à cheveux
blancs de l'Hôtel Danielli sont aussi redoutés que les
miss à lunettes de l'Hôtel de la Luna de la tribu des
gondoliers.

Mais c'est surtout l'ennui qu'ils dégagent que je leur
reproche. Leur puritanisme a attristé le monde, comme
leur manie d'hygiène a affadi la cuisine de tous les
hôtels; mais ce spleen, cette humeur de brouillard,
ils l'ont apporté jusqu'ici. Cannes est une ville anglaise où on bâille lamentablement au bout d'une
heure, et de Menton ils ont fait un cimetière.

Vous ne trouvez pas que l'ennui plane sur toute

la Riviera! — Oh! cela, je vous arrête, interrompait M. Rabastens, on ne peut pas s'ennuyer sur la Riviera C'est de novembre en mai le carnaval de Nice, on n'y respire qu'en août, et s'il fût jamais société extravagante et drôlatique à faire pouffer un mort, c'est bien celle que l'on rencontre ici de Saint-Raphaël à Menton en comptant Antibes et le Cap Martin.

Toutes les folles et tous les fous de la terre, tous les déséquilibrés et tous les hystériques se donnent ici rendez-vous, oui, tous en vérité. Il en vient de Russie, il en vient d'Amérique, il en vient du Thibet et de l'Afrique australe, et quel choix de princes et de princesses, de marquises et de ducs, les vrais et les faux, les plus solidement rivés dans l'opinion publique comme les plus notablement compromis! et que de Majestés, les régnantes et les déchues, les *celles* en exil, les déposées et celles à la veille de l'être! les rois sans liste civile et les ex-reines encombrées de budgets, les vrais budgets, ceux des économies du règne, et que sais-je encore, toutes les unions morganatiques, toutes les anciennes maîtresses d'empereurs, tout le stock des ex-favorites! et des croupiers épousés par de millionnaires Yankees et des Tziganes enlevés par des princesses et des ex-marmitons devenus secrétaires de princes et des pianistes déconcertants pour tous les concerts intimes, Litz, Franck et Chopin, toutes les phtisies roucoulantes de Schumann, des artilleurs aimés par de grandes tendresses, des cochers pour baronnes moscovites et des Alpins pour boyards nihilistes, théosophistes et voyageurs, et là-dessus quel inénarrable lot de vieilles dames !

Des masques, en vérité, des *Maschere* comme dans

l'opéra de Mascagni, et quelle sarabande sonnaillante
et joyeuse de dollars et de millions !

— Joli couplet, — et je m'inclinai vers M. Rabastens, — il ferait bien à la scène. Me le donnez-vous
pour un roman?

— Vous croyez que je m'amuse à des roulades ? non;
j'ai dit *maschere* et je maintiens *maschere*. Nous sommes à peine huit, ce soir, sous cette véranda; on ne
vient pas dîner ici. Comme la clarté du jour y est terriblement crue et que le bleu du large et le bleu du ciel y
accusent cruellement toutes les saloperies des conscien-
ces et toutes les tares physiques inscrites dans les rides
et la fanerie des faces, le beau monde a adopté pour
déjeuner ce restaurant. Les yeux points y charbonnent,
les teints maquillés s'y violacent, les sourires au raisin
y flambent de minium; il n'y a pas de toilette, fût-elle de
gaze et de linon, qui résiste à la lumière de midi, sous
ce ciel. Eh bien, ils y viennent tous et toutes, ravis de se
toiser et de se retrouver, de se saluer du coin des lèvres ou du coin de l'œil; ils y viennent constater leur
laideur et le niveau de leurs rentes. Les joueurs heureux y amènent leur maîtresse, les joueurs malheureux
s'y affichent davantage encore, les Majestés en tournée
y écoutent leur marche nationale écorchée par des fa-
quins de Naples ; c'est un des endroits les plus élégants
de la côte et, quand il est bondé de monde, édifiant
comme une fresque d'Orcagna sous la clarté justicière
du ciel !

Des masques en vérité, de véritables masques qui
maintenant s'atténuent, adoucis, dans les éclairages
du soir.

Voulez-vous l'historique de quelques-uns? vous verrez si j'exagère.

Ce smoking, qui dîne en tête-à-tête avec cette jolie fille souple et longue, une Milanaise, je le parierais! (Ces yeux aux paupières sinueuses, ce front qui bombe et cette nuque renflée sont d'une femme de Luini, c'est un visage de l'Ecole lombarde), ce smoking donc à la boutonnière bossuée d'œillets soufre, un grand nom d'Italie et une des grosses fortunes de Cannes. Le prince Assari, un prince consort, un joli homme et épousé pour son physique, (car ce viveur un peu fané a possédé les plus étranges yeux du monde, je crois même qu'il les possède encore; mais le reste a fondu.) Tel qu'il est, le prince Assari a, de vingt-cinq à trente ans, affolé toutes les femmes sensibles d'Italie par le battement savant de longues paupières velues sur la clarté de prunelles de fleur. Les yeux bleu vivace du beau prince! elles pâmaient quand il les ouvrait; quand il venait à les fermer, elles languissaient plus amoureusement encore. C'est pour ces palpitantes œillades que la petite Vera Wodosof épousait Assari, rencontré, un printemps, à Florence, et cela malgré mère, tantes et tuteur. Assari, lui, se laissait faire. Vera Wodosof apportait trente millions. Le malheur est que les prunelles bleues d'Assari n'ont pas éteint le tempérament de sa petite Cosaque. Elle l'a trompé d'abord avec quelques amis, puis avec des cochers, des palefreniers, des lads, et, comme sa femme ne lui a reconnu qu'un apport d'un million, Assari a continué à laisser faire; mais à Cannes, à cause des grands-ducs, on a plutôt cessé de les voir, surtout depuis l'aventure de

cet hiver. La princesse Assari ne s'est-elle pas avisée
d'attacher à sa personne un orchestre de Napolitains
entendu dans je ne sais quel restaurant de la Riviera ;
les douze macaronis ont été installés dans sa villa de
la Californi : ils jouaient le jour, ils jouaient la nuit ;
personne ne soupçonnait la petite Wodosof d'être aussi
mélomane ; et puis cela a fini par l'enlèvement du chef
d'orchestre. L'homme à l'archet et la princesse sont en
ce moment à Florence, où ils filent en mesure le parfait amour. Le prince, lui, est demeuré à Cannes avec
le personnel et la villa ; il se console en traitant à
Beaulieu les premiers sujets de la Scala, engagés pour
la saison de Monte-Carlo. L'argent ainsi ne sort pas
d'Italie ; ces gens-là ont dans le sang le culte de la
race ; ce sont les premiers nationalistes de l'univers.

Voulez-vous l'histoire de l'autre couple qui dîne là-
bas, au fond, dans ce luxe inusité de fleurs, vingt-cinq
louis au moins de roses Niel : un autre ménage en partie double, une autre chronique de l'adultère, mais
plus difficile à conter ; c'est le compartiment des dames
seules. La grande blonde, si mince et d'un éclat de
teint incomparable dans ses gazes peintes, on dirait, un
pastel, tant tout est frais et flou dans cette fille-fleur,
Eva Quarante des Variétés, acteuse cotée à la Bourse
des valeurs ; l'autre, ce nez busqué, ce teint bis, ces
paupières capotées sur des yeux d'orage, la comtesse
de S..., comtesse authentique du plus pur faubourg, la
fille d'un richissime boyard. C'est elle aussi qui dans
le ménage a apporté les millions ; aussi, pendant
qu'elle flirte en partie fine avec la petite actrice, son
dernier béguin, le comte, lui, ponte tranquillement sur

la rouge et la noire dans les salons de jeu, et gagne ce qu'il veut, naturellement. Il a tout ce qu'il faut pour cela.

Je vous avais promis des masques. »

MADAME AGACHE

« Les autres sont seigneurs sans importance, je ne
vous les nomme même pas, déclarait M. Rabastens. A
la rigueur, il y aurait bien les deux grosses dames qui
dînent en tête-à-tête, dissimulées derrière un paravent,
mais elles sont plus épaves de Nice que masques de la
Riviera.

Celle à la capote de roses lie de vin a pourtant
eu un salon, à Paris, un reflet de salon plutôt
Elle était la parente de du Sommeraud, le compositeur, du Sommeraud de la *Druidesse* et d'*Héro et
Léandre*, le du Sommeraud des *Machabées* aussi, et
l'on allait chez elle se frotter à la gloire de l'illustre
parent, qui, naturellement ne paraissait pas. Madame
Hersaint (elle s'appelait alors madame Hersaint, car
c'est une enragée du divorce et elle a de plus enterré
deux maris, qui ont mieux aimé mourir que continuer),
madame Hersaint a toujours été brouillée avec sa famille. C'est ce qu'on appelle un caractère indépen-
dant : jamais de devoirs, rien que des droits.

Elle a plaidé avec ses sœurs, elle a plaidé avec sa
mère, elle a plaidé avec ses fils, elle a débouté deux
époux devant le tribunal, elle plaidera avec ses petits-
enfants. C'est une processive et une personnalité robuste : bec et ongles, ongles et dents. Elle s'est défen-
due, celle-là dans la vie, et soyez sûr qu'elle s'y défendra
encore longtemps.

Un type. J'ai pour elle la plus grande admiration ;
mais je l'admire en homme averti, à distance, comme
on admire une force déchaînée ou la démence d'un
élément. Méchante ? Non, dangereuse, car inconsciente.
Une vitalité merveilleuse, une adresse, une énergie et
une intelligence servies par un esprit d'enfer, des trouvailles de mots et d'images, une vision comique et
parfois vengeresse des choses et des gens et une intrigue de vieux procureur ; mais desservie par l'humour la plus fantasque, une incohérence de conduite
déconcertante, des sautes de caprice pareilles à des
sautes de vent, des haines subites, des engouements
et une telle démangeaison de médisance qu'elle racon-
terait son passé plutôt que de se taire. Ajoutez à cela
l'absolu mépris de toutes les convenances et le cynisme
le plus outrageant. — Un vrai portrait de Saint-Simon,
pouffai-je sous ma serviette. — En effet, elle est de ce
temps ; c'est une figure comme on en voit dans les
mémoires. On l'appelle ici la Brinvilliers des potins,
mais vraiment on exagère. Madame Agache (car elle
n'est plus madame Hersaint) est surtout affligée d'une
délirante imagination ; ses soixante ans bien sonnés ne
l'ont pas délivrée des visions sexuelles. L'amour physique est demeuré la hantise de sa vieillesse le monde

ambiant ne lui apparaît que forniquant ; les gens qu'elle voit, qu'elle reçoit ou qu'elle rencontre s'évoquent pour elle dans la même attitude implacable ; pour elle, ni sexe, ni âge !... Vous jugez du genre d'histoires que cette maladie de la vision lui suggère et des chroniques scandaleuses éditées par son imagination !

C'est le plus beau cas de transport de matrice au cerveau que j'aie vu dans ma vie, a dit d'elle le docteur Morgan, et le mot explique madame Agache en l'excusant. La Brinvilliers des potins ? Non. La mère Agache est inconsciente ; elle fuit tout au plus comme un vase fêlé et perd en racontars scabreux le trop-plein écumeux d'un cervelet ardent.

A part cela, la plus aimable femme, des manières et de l'entregent. Elle est arrivée ici à se faire un salon, elle y a un semblant d'autorité ; les sots la recherchent, les timides la craignent, les gens amis de leur repos l'évitent : elle amuse comme un ouragan. Le nom de du Sommeraud, l'illustre parent, lui a beaucoup servi ; elle en a joué d'ailleurs avec une dextérité admirable. Le buste en permanence trône dans le boudoir et, les jours de réception, on renouvelle les fleurs. Elle a surtout un salon de musique ; c'était un salon politique à Paris, orléaniste et centre gauche. Famille oblige. Des partitions signées traînent sur le Pleyel. Tout ce qui chante sur la Riviera a défilé chez la mère Agache ; ses matinées sont fort suivies, on y entend toujours l'étoile de la saison, la seconde étoile, celle qui ne se produit pas sur les scènes subventionnées et qu'on ne peut entendre nulle part ailleurs. Coût : deux billets d'un louis au concert de l'artiste mondaine pendant la

Carême. Inutile de dire que l'étoile chante toujours à l'œil.

A l'œil, c'est la devise à Nice des maîtresses de maison. *A l'œil*, tout est là. La mère Agache a mis tout son orgueil à ne jamais payer un cachet d'artiste; elle y emploie toute sa diplomatie et y arrive d'ailleurs, car elle est rusée et tenace, et puis le nom de du Sommeraud est là, tremplin funèbre encore assez solide pour y risquer quelques gambades.

Une touche manquerait à ce portrait si je ne vous révélais que madame Agache, roturière à Paris, est ici comtesse Agache, d'authentique et très fraîche noblesse, comme d'ailleurs toutes les femmes qu'elle reçoit. C'est l'air de Nice qui veut cela, les titres y poussent comme les petits pois : cela vient aux plus innocents en traversant le Var comme l'art du *tutu panpan* venait à Valmajour en écoutant *çanter le rossignol*, c'est le climat de la Riviera ; il est si doux qu'il développe le tortil aux baronnes et l'aplomb aux rastas.

Nice est un pays unique.

Si vous y restez quelque temps, il faut absolument vous faire présenter à cette bonne Agache ; c'est un salon qu'il faut connaître. Les tendrons y sont plutôt rares, mais les vieilles prétentions y abondent : nulle part vous ne rencontrerez pareille collection d'autruches pavoisées et de chiens savants : toutes ces jeunes centenaires sont illuminées comme des fêtes publiques ; la chère y est d'ailleurs exquise et le buffet abondant, la comtesse nourrit ses artistes. Rien de la baronne du Vitrail, autre Muse historique à réception littéraire, celle-là, qu'on rencontre chez la comtesse Agache et

qui, plutôt serrée, offre à ses invités des sorbets au ta-
pioca, des tasses de tilleul et des gâteaux casse-dents

Vous y entendrez chanter et déclamer le vieux Nice,
non pas celui du port et des Ponchettes, mais le Nice
impérial et même du maréchalat, le Nice de Cimiez,
des Beaumettes et du Mont-Boron ! Ligie Cruelli, toujours cruelle à entendre, Ninon d'Espée, galanterie
retirée après fortune faite ; madame Estréna ; Nachy
Robson, des Lifts Robson et Cie, et des pianistes de
l'Ukraine en rupture de leur steppe, et des poètes de
Beaulieu, Lotistes enragés, amateurs de clair de lune
et de pêcheries nocturnes sur les côtes de Saint-Jean
Vous y entendrez aussi des scènes du *Misanthrope* par le
vieux Tristamort, ex-doyen de la Comédie-Française.

C'est un spectacle unique : les vieux comédiens y
chantonnent, les ex-chanteuses y fredonnent et tous les
yeux larmoient et toutes les voix chevrotent ; on se
quitte toujours au comble de l'émotion.

« — Ah ! ma chère, quelle matinée, quelle heure
inoubliable ! — C'est du grand art ! — Quelle diction !
c'est admirable ! — Et d'un poignant ! — Elle n'a jamais donné cela au théâtre ! — Pourquoi a-t-elle quitté
la scène ? — Comme c'est simple ! — Et comme c'est
grand ! — Elle vous chavire le cœur ! — Elle vous tire
les larmes ! — Voyez, j'en pleure. — Encore un peu
de ce pain au foie gras ? — Vous verra-t-on demain
chez madame Trotter ? — Je ne suis pas invitée. —
Ça ne fait rien, venez donc, il y aura un violoniste. —
Ah ! — Dix-sept ans, des yeux d'ange, pur encore (on
l'affirme) et jouant du violon ! ! ! Un coup d'archet
d'archange ! — Ah ! vous m'en direz tant ! — Reprenez

donc do ces petits fours. — Non, je m'en tiens aux mir-
litons. »

Ainsi va le monde, tout Nice est là. Programme de la
matinée : gâteaux secs, jeunes artistes, grand art et
mirliton.

— Vous avez un don d'imitation précieux, vous feriez fortune à Paris, ne pouvais-je m'empêcher de dire
à M. Rabastens, toutes mes félicitations !

Le fait est que mon amphitryon était impayable ; il
venait de mimer et de gazouiller à intonations différen-
ciées et merveilleusement nuancées le gazouillis exaspéré des perruches mondaines en mal de réceptions.

Mais madame Agache s'en allait. Elle venait de régler l'addition et le maître d'hôtel l'aidait à s'envelop-
per dans une mante violette, moire et satin ruché de
gaze mauve évidemment de la bonne maison. Elle se
dirigeait vers nous. C'était une vieille dame un peu
tassée, mais solide et droite dans sa courte taille, le
nez brusque et les maxillaires carrées dans un visage
extraordinairement frais : ce teint lisse et reposé éton-
nait. Madame Agache avait une fraîcheur de jeune fille :
des yeux pâles d'un bleu dur et froid saillaient sous
des paupières lourdes, et ce regard de volonté disait
toute la femme.

Diadémée de roses lie de vin, drapée de moire violette, la comtesse Agache traversait à petits pas le restaurant : une grande et grosse femme la suivait, une
sorte de géante aux larges yeux tendres noyés dans
un visage blanc de graisse. En passant auprès de notre
table, madame Agache cillait un peu sur Rabastens
et s'arrêtait :

— Tiens ! c'est vous, Rabastens. Qu'est-ce que vous faites ici ? On ne vous voit plus.

Et son œil pénétrant me toisait.

Rabastens me présentait.

— Mais c'est vous qu'on ne voit plus, et je m'en plains, comtesse, paonnait le bon pitre, je ne vous rencontre plus chez mes amis, nos amis les de Joussy !

A quoi madame Agache :

— Vos amis, pas les miens, gardez-les. Cette pauvre de Joussy n'a plus de voix et son mari a perdu sa fortune. Leur villa leur reste avec les hypothèques ; plus d'argent, plus de voix ! Que voulez-vous que j'en fasse ? Bonsoir, Rabastens.

Et elle prenait congé sur un salut plutôt froid.

— Venez-vous, ma chère ?

Et, soudainement détendue en tendresse, elle prenait le bras de la grosse géante aux prunelles humides de bon chien.

« — Plus d'argent, plus de voix. Que voulez-vous que j'en fasse ? Toute la femme est là ; c'est bien son cynisme. Bah ! n'a-t-elle pas raison, puisque le monde la supporte. C'est notre lâcheté, notre veulerie, notre complicité qui laissent prendre ce pied à ces caractères. Vous savez qui l'accompagne ? Vous n'avez pas reconnu ? Je voulais vous laisser le plaisir de la reconnaître. Elisa Tavernier, la grande Elisa, la chanteuse de café-concert acclamée aux Tuileries comme aux soirées de Compiègne. Elisa, la remueuse de foules, la Sensibilité faite femme ; Elisa, cette gloire du troisième Empire et cette Etoile, la seule, de la Chanson. Vous n'avez pas reconnu cette bouche de bonté, épaisse et sensuelle, qui découpait le mot comme à l'emporte-pièce, cette bouche mouvante faite pour la diction, et l'humidité de ces yeux tendres !

Oh! celle-là, c'est l'émotion même !

Elle ne chante plus, elle qui a tant chanté, et, retirée à Eze, vit loin du monde et de Paris, où un vieux chroniqueur quelquefois la réclame; elle ne veut plus reparaître eu public.

Vous voyez qu'on fait de curieuses rencontres, même en ce restaurant plutôt vide le soir. Masques et épaves de Riviera. »

LA MAISON DU BONHEUR

Nous revenions de Beaulieu à pied. C'était une nuit
moite et nacrée, comme humide de clair de lune. La
Corniche de Beaulieu à Nice, en avril, c'est un décor de
Théocrite, la nuit surtout, où la modernité des villas
s'estompe et s'atténue dans l'ombre de vergers d'oliviers siciliens.

A notre droite, à notre gauche, des cultures de ja-
cinthes, de roses et de frézias s'étageaient de terrasses
en terrasses, embaumant l'air calme, emplissant la nuit
d'âmes végétales. A chaque tournant de route, l'éperon vaporeux d'un promontoire se découvrait, enfer-
mant d'une courbe héroïque l'horizon et la mer.

La mer qui se lamente en pleurant les Sirènes,

chante un vers de Heredia; et d'autres vers frémissaient
en moi, tels des bruissements d'ailes, des vers d'églo-
gue et d'épithalame, des vers d'idylle aussi, évoqués
par la poésie même de la lune et de la nuit, la nuit où
le paganisme grec voulait voir la nudité de Séléné de-

bout parmi les nues, dans l'attitude auguste et familière
d'une déesse tireuse d'arc.

> Les traits de son carquois sous les rayons lunaires,
> Pères des visions, des fables légendaires
> Qui dansent dans la brume en se donnant la main;
> Et, debout dans la nue, elle sourit en rêve
> Au pâtre sur les monts, au pêcheur sur la grève
> Et blanchit doucement les myrtes du chemin.

Et c'était bien Séléné, en effet, qui allongeait à nos
pieds l'ombre des vieux figuiers, tandis que nos pas
sonnaient clair sur la route. Des dieux sans nombre
semblaient peupler le silence et sur tous ces caps en
arabesques sombres, où nous aurions voulu des colonnades de temple, des brumes flottantes, exhalées sans
doute par la mer, faisaient songer à la molle ascen-
sion de pâles Océanides montant vers quelque invisible Titan puni.

Nous nous taisions, M. Rabastens et moi, évidemment gênés des confidences échangées. Je subissais à
mon insu le mouvement de recul qu'inspire à ses auditeurs, son sac une fois vidé, tout diseur de médisances. C'est le châtiment des causeurs d'histoires scandaleuses et de racontars désastreux.

La malignité humaine prend d'abord plaisir à les
entendre; puis l'instinct de la conservation s'éveille
et nous met en défiance; nous nous sentons menacés à
notre tour par l'ironie du conteur et nous nous éloi-
gnons de lui comme d'un danger. Cette atmosphère de
malaise établie entre M. Rabastens et moi par son portrait de Madame Agache, M. Rabastens la sentait peser
encore plus lourdement que moi; car il ne desserrait

pas les dents depuis notre sortie du restaurant, et, peu
encouragé par mon mutisme, il continuait de régler
son pas sur le mien, évidemment au regret d'en avoir
trop dit.

Nous venions de dépasser Villefranche, Villefranche
endormie au fond de sa rade. C'était comme une grande
cuve d'ombre creusée en dessous de nous par la muraille à pic des montagnes. Au-dessus de nos têtes
c'étaient les pentes en pierrailles du mont Alban et de
son fort; puis la forêt de pins du mont Boron, le mont
Boron tout retentissant, le jour, des sonneries de
l'école des clairons et du tonnerre hésitant des ap-
prentis tambours. Nous suivions la route que sillonnent,
toute la journée, les tramways, mais il y a beau temps
que Masséna-Beaulieu ne marche plus à cette heure.

Tout à coup sur notre gauche, entre les sabres
glauques d'une haie de cactus, la blancheur d'une co-
lonnade se dressa. Bâti à même le roc, au-dessus de la
baie et dominant le vide, c'était le péristyle d'une petite villa. La lune la baignait toute et, dans le calme de
cette nuit de perle, la faisait plus grecque qu'elle ne
devait être dans la réalité. Argentée et sommeillante
sous les grêles ombres portées de ses colonnes, elle
semblait la synthèse même du paysage, le petit temple réclamé par moi tout à l'heure dans la quiétude en-
chantée de cette nuit.

Je ne l'avais jamais remarquée en plein jour. On
eût dit qu'elle avait surgi là par l'incantation même
de l'heure et de la solitude... Jamais remarquée... et
Dieu sait combien j'ai fait de fois cette route de Nice à
Beaulieu. On eût dit une villa fantôme. De quelle Ionie,

de quelle île heureuse ou de quelle Attique revenait-elle, la nuit, comme une ombre? Son image astrale voyageait-elle en avril sur la Méditerranée et s'était-elle posée, tel un alcyon, sur la pente rocailleuse de ce mont?

Le ravissement m'arrêtait devant ce mirage de villa.

C'était le moment guetté par M. Rabastens pour rentrer en grâce.

« — La maison du Bonheur, faisait-il sans vouloir voir mon geste qui demandait le silence, il n'y a pas que des ricanements et des grimaces sur la Riviera, on y trouve aussi des sourires et d'admirables transparences d'âmes, mais il faut savoir les découvrir; les trésors se cachent. Toutes les villas n'abritent pas que des filles et des folles, filles rentées par la masse des mâles et devenues sur le tard d'honnêtes femmes (les villas du Repos bien gagné), hystériques des deux Mondes accourues ici exaspérer leur névrose dans la folie endémique de leurs pareilles et l'énervement du mistral.

Oui, parfois des êtres d'élite s'y rencontrent, des êtres conformes à la beauté divine du décor; tous ne viennent pas ici panser de vieilles plaies morales ou laver d'anciennes tares dans le bleu du large et le bleu du ciel. La Riviera possède aussi des hôtes en harmonie ; et des créatures de race et de grâce y viennent quelquefois y mourir en beauté.

C'est le cas de Monsieur et madame Astra, le couple qui habite cette villa, un vieux couple, car madame Astra a soixante-quinze ans et M. Astra soixante-dix.

Monsieur Astra? Cela ne vous dit rien, ce nom-là?

Ce fut pourtant un nom connu et qui eut son reten-
tissement à son heure... de 1855 à 1870. Mais vous êtes
trop jeune et ignorez l'Empire. Astra fut joué aux Français, les anthologies de Lemerre citent des fragments
de ses *Niobides;* Gounod devait en faire la musique.
de scène, c'est Chasserian qui l'écrivit. Il fut surtout
l'homme d'*Hylas à Mithylène,* un délicieux poème qui
rappelle la manière de Chénier et dont Henri de Ré-
gnier semble s'être souvenu, et il écrivit pour du Sommeraud le livret d'*Héro et Léandre.* Mais qui se sou-
vient maintenant de Chasserian, d'Astra et même de
du Sommeraud ?

Astra était donc poète, un assez bon poète même,
mais classique, pondéré, dénué de ce mystère ou de
cette fougue qui casse les vitres, force l'admiration et
impose un homme à la postérité. Il était de plus très
beau, très pauvre et, chose déjà rare alors et depuis
devenue introuvable, d'une morale haute et sévèrement
honnête. C'était une conscience et un caractère. Inutile de vous dire qu'il n'arriva pas.

Une place de bibliothécaire à Carnavalet, obtenue
pour lui par Ponsard, un soir à Compiègne, assurait
la médiocrité de son existence : d'ailleurs, comme beaucoup d'artistes et d'hommes de lettres de l'époque, Astra allait à la Cour; il était même des petits lundis de
l'Impératrice. L'ex-comtesse de Théba avait pour ce
beau garçon froid à profil de médaille et à la voix
chaude et rythmée une sorte d'engouement mondain
et espagnol ! !

Morny, toujours attentif aux moindres caprices des
Tuileries, avait imposé les *Niobides* à la Comédie; Ar-

séne Houssaye y régnait alors et, si Astra eût su user des circonstances, il eût tout comme un autre été de l'Académie.

Mais Astra n'était pas un homme de ce temps. Il avait l'âme trop haute pour ne pas manquer sa vie, et la preuve est que pauvre, sans intrigue et remarqué par sa souveraine, c'est dans l'entourage même de sa protectrice qu'il rencontrait la passion de toute son existence. Parmi l'essaim des élégantes et somptueuses jeunes femmes qui formaient alors l'escadron volant de l'Impératrice, c'est à la plus jolie, à la plus spirituelle, à la plus adulée, à la plus fêtée, à la plus en vogue qu'allait ingénument son amour. Ce poète choisissait entre toutes la comtesse Litwiska, la plus slave et la plus délicatement blonde des blondes comtesses polonaises qu'on admirait alors à la Cour... La comtesse Litwiska!

Vous avez vu ses portraits à la Centennale. La comtesse a été la femme la plus portraiturée du siècle; portrait de Winterhalter, portrait de Delaunay, portrait de Bonnat, portrait de Carolus. Celui de Clairin est peut-être le meilleur.

Astra commit pour elle les plus beaux vers de son œuvre; son *Hylas à Mithylène* est dédié au comte Litwiski. Comment la comtesse accueillit-elle l'hommage du poète? les mémoires même de Vieil-Castel ne le disent point. Emportée dans le tourbillon mondain de l'époque, valseuse enragée, flirteuse émérite, spirituelle, coquette, enfiévrée de bonnes œuvres entre temps (car par hasard charitable), la comtesse Litwiska ne donna jamais prise au soupçon, et puis, Litwiski était

un mari de première force à l'épée et l'on respecte assez les femmes de ces maris-là.

Intelligente et lettrée, la comtesse était flattée sans
doute, touchée peut-être, mais la chose n'alla pas plus
loin. Astra dévoré d'amour séchait, maigrissait, devenait même un peu ridicule : on cessa de l'inviter
aux Tuileries, mais sa place de bibliothécaire lui resta.

Puis, un beau jour, la comtesse Litwiska retourna à
Varsovie, le comte était dans les ambassades; Berlin,
Londres et Madrid possédèrent le couple. Astra désespéré, rivé à Paris, écrivit ; la belle comtesse eut sa correspondance de poète. Répondait-elle ? *Chi lo sa!* Puis
ce fut la guerre avec l'Allemagne, 1870, la Commune,
les désastres, M. Thiers au pouvoir ; on n'entendit plus
parler de la belle Polonaise, on conserva par pitié Astra à sa bibliothèque. Pauvre, malade, affaibli, Astra
continua d'inonder au hasard l'Europe et les puissances
de sa prose adorante : lettres ferventes à Vienne,
sonnets d'or à Constantinople, et puis, à force de pleurer peut-être, Astra perdait la vue, ses yeux s'obscurci-
rent; ce poète devint aveugle. La France eut son Homère, et alors ce fut la gêne d'abord et puis bientôt
la misère, la dèche noire, l'atroce détresse et l'abandon
du vieil homme de lettres, la vieillesse infirme et oubliée, quand un beau matin, dans ce taudis, dans la
chambre garnie du poète, une visite..., une jolie petite
vieille accorte et parfumée, élégante et gazouillante...
jolie, non, car la dame aux bandeaux blancs avait la
face marquée de la petite vérole. La maladie l'avait
épargnée, mais avait saccagé son visage, et cette petite
vieille toute de soie et dentelles, c'était la comtesse

Litwiska... Une comtesse Litwiska, un peu défigurée, un peu ruinée aussi ou du moins de fortune amoindrie, puisque riche encore d'une trentaine de mille francs de rente ; mais une comtesse Litwiska enfin libre, une comtesse Litwiska devenue veuve, qui revenait retrouver son poète, son poète, lui, demeuré beau et aimant, mais infirme, son poète sans yeux, ses yeux usés peut-être à la pleurer, son poète aveugle, quitté il y a vingt ans, et qui, lui, la voyait toujours belle, telle il l'avait connue à vingt-cinq ans. Et cet amoureux de son passé, cet enivré de ses triomphes demeuré fidèle à son souvenir, la comtesse Litwiska l'épousait bravement, simplement, comme si elle était venue payer une dette... Lui, le vieil enfant, se laissait faire. Il pleurait éperdu sur les deux mains offertes des larmes de stupeur et des larmes de joie, lui qui en avait versé tant d'amères, de lentes et tièdes larmes d'aveugle et de voyant, car chez lui l'image adorée n'avait pas bougé, toujours demeurée telle.

M. et madame Astra vivent ici, toute l'année, dans cette villa construite par Madame pour son vieil homme de lettres ; ils ne vont jamais à Paris, pas davantage à Nice. L'été, quand les chaleurs s'aggravent, ils gagnent la montagne, Saint-Martin ou Savona.

Je vous avais promis deux belles âmes ! que dites-vous de ce Philémon et de cette Baucis de Villefranche ? de cet Œdipe heureux et de cette Antigone aimée de la Riviera ? Me pardonnez-vous un peu mes autres histoires, les vilaines, les gênantes et les salissantes ?

Avez-vous remarqué comme cette maison rayonne sous la lune d'une clarté singulière et intense ? On di-

rait que de la lumière s'émane de ses murs, comme
une gloire psychique...C'est le rayonnement du bonheur.

> Mes yeux clos te voient toujours belle
> Et fraîche comme au premier jour,
> Et ta jeunesse est éternelle,
> Car éternel est mon amour. »

Et je sentais s'amollir la rancune que je gardais à
M. Rabastens.

LES CHIMÈRES

Maintenant c'était Nice et la féerie de la Baie des Anges: la ville, comme dans un gouffre, à nos pieds dans la brume perlée de la lune et de la mer, Nice et son cirque étagé de montagnes, la fuite de l'Esterel, tout là-bas, à l'horizon, arabesque mauve posée au ras du large, tandis, qu'au premier plan, à l'entrée de la vallée, la masse sombre du Château mise en vigueur par les lumières du port s'arrondissait, telle une bête accroupie, dans l'immense halo jaune de tous les feux de la ville. Au second plan, des collines s'affaissaient dans l'ombre, Saint-Barthélemy, Saint-Silvestre, les Baumettes, Cimiez. Escaladées de villas, envahies d'hôtels, elles semblaient tenter un inutile effort d'évasion vers les cimes, vers la hautaine irréalité des Alpilles apparues toutes droites dans le ciel avec, les dominant toutes, la grisaille rocheuse, neigeuse, et déchiquetée du Mont-Chauve et du Var: paysage de rêve, en vérité, qui n'était pas plus Nice qu'Alger vu de Mustapha, Naples du Pausilippe ou n'importe quelle ville d'un tableau du Vinci: des nuées, des monts, des frissons d'eau lointaine, et, répandu comme un lait aérien sur *l'ail-leurs* nostalgique de ce panorama mensonge, le poison lumineux de la lune et de la mer.

« Tu aimeras tout ce que j'aime et qui m'aime : l'eau, les nuages, le silence, la nuit, la mer immense et verte, l'eau informe et multiforme, le lieu où tu ne seras pas, l'amant que tu ne connaîtras pas, les fleurs monstrueu-ses, les parfums qui troublent la volonté, et les chats qui miaulent d'une voix rauque et douce, en se pâmant comme des femmes sur les pianos. »

Et ce n'étaient plus des réminiscences grecques, mais de la prose de Baudelaire qui me hantait, comme ver-sée par la clarté vivante de l'astre, dans l'irréalité de ce décor enchanté.

A notre droite, comme à notre gauche, c'étaient main-tenant des arbres d'essences rares, des terrasses de villas, des pelouses de parcs et des parterres de fleurs. Tout le luxe cosmopolite réfugié sur le mont Boron, à l'est de la ville, descendait de jardins en jardins vers le port.

Et comme nous passions devant la grille d'une de ces villas, grille ouvragée et dorée par la place, dont deux chimères de faïence bleue ornaient les piliers (une grande allée tournait aussitôt après la grille et se per-dait dans des massifs, dominés de cyprès et de pins parasols), M. Rabastens, dont le pas réglé sur mon pas, sonnait haut dans le calme de la nuit, M. Rabastens, retombé dans le silence, tentait de rompre la trêve et, me désignant d'un geste vague l'invisible villa de ce

jardin : « Après du tendre et du touchant, voulez-vous
du tragique, du drame après de la mélancolie sou-
riante et de l'épouvante après de l'attendrissement? Je
tiens tout cela à mon comptoir. Après l'histoire de la Maison du Bonheur, voulez-vous celle des Chimères? C'est
le nom de cette villa. Tout à l'heure, à ce restaurant,
(j'en ai maintenant le regret,) je ne vous ai montré
que des masques de vanité et de convoitise, des rictus
et des ricanements. Les gens que je vous ai silhouettés
raidissaient dans de la morgue l'ennui d'une position
fausse ou la veulerie d'un vice maussade ; excédés et
rivés aux mêmes habitudes, pis, aux mêmes manifestations d'habitudes par la mode qui les soutient, ils dînaient là en façade, condamnés à afficher leurs tares
par le monde même auquel leur tare appartient. Deux
affichaient un adultère qui défraie les salons, les clubs
et les chroniques ; une autre essayait de chambrer
une grande artiste confiante et de remplacer par un
dîner de cinq louis les vingt-cinq louis d'un cachet.
Tout cela n'est que de la comédie, en somme, et de la
plus basse, de la pitrerie de masques aveulis, grotes-
ques ou hilares ; mais il est parfois des masques qui
pleurent de vraies larmes, et la Riviera voit aussi des
drames.

Vous plairait-il de connaître un de ces drames-là ? »

M. Rabastens tenait à rentrer en grâce. Dès ses premiers mots, je m'étais arrêté devant la grille aux Chimères. C'était un acquiescement. M. Rabastens passait
son bras sous mon bras.

« Soit. Un des plus poignants et des plus intenses de
ces drames s'est justement dénoué ici, derrière cette

grille, dans cette villa. Oh! il y a déjà trente-cinq ans!
L'histoire ne date pas d'hier, mais elle est assez belle
d'humanité pour être éternelle; et puis, elle a bien son
parfum de fin d'Empire. L'héroïne, une Marguerite Gau-
thier du monde, phtisique et adorée comme celle du
roman, eût certainement tenté Feuillet ou Dumas. »

Et sur un mouvement de ma part:

« Rassurez-vous, je ne vous conterai pas la *Dame
aux Camélias*.

C'était donc en 1875. Les médecins envoyaient encore
se guérir à Nice les malades atteints de la poitrine; ils
les envoient maintenant mourir à Menton.

La villa que je vous ai désignée appartenait alors à
l'un des plus gros remueurs d'argent de Paris, à M.
T..., directeur du Crédit Rouennais, Société financière
aujourd'hui disparue, et dont les bénéfices annuels se
chiffraient alors par des millions. M. T... se trouvait
être un petit vieillard chétif, de poitrine étroite, l'air
assez d'un oiseau de proie. M. T...; le teint bilieux et
le cheveu rare, malgré ses dehors peu séduisants,
passait pour avoir et avait, en effet, les plus jolies femmes de Paris, et cela déjà depuis vingt ans, époque où
sa finesse et son merveilleux flair d'homme d'affaires
l'avaient imposé à la finance de Vienne, de Londres et
de Berlin. Ç'avaient d'abord été des femmes de théâtres, des filles de la haute galanterie — on disait bi-
cherie dans ce temps-là. Ce petit gringalet de T... était
un ogre en amour; il affichait un appétit déroutant et
allait aux belles filles saines et plantureuses comme
l'anthropophage à la chair fraîche; et puis, la vanité
s'en était mêlée. Après avoir joui de leur beauté, il

avait joui du luxe de ses maîtresses. Pour la galerie il avait encouragé leurs caprices, mieux, leurs prodigalités ; et cette merveilleuse propriété des Chimères, dont nous longeons encore le mur, avait été créée pour l'une d'elles. Il y a trente-cinq ans, le mont Boron n'était pas cette agglomération de villas qu'il est devenu ; la grande route que nous suivons n'en contournait pas les flancs ; on allait à Monte-Carlo par l'ancienne route de Gênes, et les Chimères, creusées et bâties à même le roc taillé à coups de mines, une des premières villas écloses à l'Est de Nice, firent émotion parmi la population de la Riviera et excitaient, oh ! combien ! la curiosité des hiverneurs. On venait de Cannes et de Menton visiter la folie de M. T...!

Pauvres Chimères ! il y a maintenant au mont Boron dix propriétés qui les valent, et cinq au moins qui les surpassent. Ces Chimères, dont les corps bleuâtres serpentaient alors dans toutes les allées (la plupart ont aujourd'hui disparu), M. T... en avait déployé les ailes en l'honneur d'Emma Ritz, une actrice des Variétés Qui se rappelle ce nom aujourd'hui ? Mais, une rupture ayant eu lieu entre le financier et l'actrice avant l'achèvement de la villa, les Chimères demeurèrent à M. T... Il vint y passer deux mois seul, un premier hiver ; et, le second, ce fut une femme du monde, une adorable jeune femme mariée et mère de deux enfants, qui, accompagnée de son mari, le comte de V..., vint s'installer dans la villa bâtie pour la courtisane et qui, désormais, les autres années, y vint passer trois mois.

La comtesse de V..., très délicate de la poitrine et envoyée par les médecins dans le Midi, venait aux

Chimères en invitée. Le comte de V..., assez bonne noblesse du Poitou, jouait à la Bourse, faisait des affaires et le vieux T... daignait l'éclairer de ses conseils; bref, ce vieux passionné faisait la fortune du mari en hébergeant la femme. Pour qui connaissait les habitudes de T... et son expérience du doit et avoir, il ne donnait ni les conseils ni l'hospitalité pour rien. D'ailleurs, ce n'était pas en invitée, mais en maîtresse de maison que la jeune femme vivait aux Chimères: le luxe d'attelage, de toilette, le train de vie même qu'elle y affichait, il était évident que le gain des opérations du comte, si heureuses qu'elles pussent être, ne pouvaient y suffire; la comtesse était entretenue.

Après les filles de théâtre, le goût était venu des femmes du monde à ce bon féministe de T... et, comme le fruit était de choix, le vieux satyre y avait mordu. Le fait est que, pour moi, qui l'ai connue, j'ai rarement vu plus joli visage et plus délicieuse créature que la comtesse de V... Mince, pas très grande, mais si bien faite que chacun de ses mouvements était une harmonie et semblait déplacer de la grâce c'était une brune aux cheveux se nuançant de roux au soleil et d'un noir bleuté aux lumières. Ces cheveux légèrement ondés faisaient paraître encore plus mince, sous leurs épais bandeaux, une face délicate et pâle au menton peut-être un peu pointu, mais si volontaire; les yeux un peu creusés, on dirait aujourd'hui en cavernes, étonnaient par leur éclat. Ils brûlaient d'une ardeur intense dans ce visage un peu fragile, s'alanguissaient, plus prometteurs encore, d'une indicible lassitude. La bouche ciselée était d'un rouge fiévreux, elle aussi semblait brûler. Telle je me la rappelle, c'était une femme qu'on ne pouvait voir sans la remarquer et, quand on l'avait remarquée, on emportait d'elle une vision qui vous incendiait le sang. Sa beauté vous laissait au cœur une tristesse passionnée.

Or, le malheur voulut que cette belle mourante inspirât une véritable et sauvage passion à ce vieillard. Ce libertin l'eut dans le sang et dans l'âme et, par crainte de la perdre, pour la conserver et l'avoir à lui seul, imagina l'infamie que voici: il ruina le mari.

Il dirigeait ses opérations de Bourse, c'était pour lui chose facile... En deux ou trois achats à terme, conseillés par M. T..., le comte de V... fut nettoyé, vidé, exécuté sur le marché. La comtesse n'eut plus à compter que sur la générosité de son entreteneur. D'amant magnifique il devint son maître. Ici se dramatise et s'obscurcit l'histoire. A quel moment précis la jeune femme devint-elle la maîtresse du vieillard? La médisance le lui prêta comme amant dès la première année de son installation aux Chimères, mais le traquenard imaginé par le financier fait au contraire supposer qu'il ne hâta la ruine du mari que pour forcer la résistance de la femme. Madame de V... était bien née; elle ne dut pas se donner comme une fille Quand elle accepta les caresses du sexagénaire qu'était T..., c'est quand elle se vit menacée dans son luxe et l'avenir de ses enfants. C'est peut-être la mère qui se sacrifia, la mère et l'épouse, car la suite de l'histoire rend difficile l'hypothèse du comte de V... mari complaisant...

Toujours est-il qu'après la ruine des de V..., la si-

tuation changea du tout au tout aux Chimères. C'est
T... maintenant qui y commandait en maître, affichant
la jeune femme, l'exhibant en avant-scène à l'Opéra,
la traînant dans toutes les fêtes de charité, les corso
et les veglione, fier de la montrer et l'arborer publiquement comme sa chose, sa chose dûment payée et
devenue sienne. La comtesse de V..., plus mortellement
pâle et douloureusement belle que jamais, semblait
courir au plaisir avec une sorte de volupté âpre. Pour
une femme atteinte de la poitrine elle osait les décol-
letages les plus inquiétants, passait les nuits, soupait,
ne rentrait plus qu'à l'aube, dans le froid du petit jour :
on eût dit qu'elle brûlait sa vie et avait hâte d'en
finir.

Cette jeune femme condamnée menait maintenant la
vie d'une fille, elle que j'ai connue pendant trois ans
menant l'existence la plus retirée dans la villa du mont
Boron : et, naturellement, à ce train-là sa santé se dé-
labra vite. Ces veilles, ces soupers, ces retours au matin avancèrent la phtisique ; sa pâleur verdit, ses lèvres se violacèrent, sa maigreur se décharna, la tête
de mort devint apparente et saillit dans ce visage de
condamnée : ce fut un Masque de l'Au Delà. Devant la
laideur de la Tombe enfin surgie le vieillard eut peur.
M. T... déserta Nice, laissant sa victime agoniser seule
dans le faste des Chimères ; mais la victime ne lâcha
pas son bourreau. C'est à ce tournant de route qu'elle
attendait l'homme qui avait brisé sa vie, et ses lettres
surent bien forcer M. T... à revenir. Que contenaient
ces lettres ?

Pour moi la menace de tout révéler au mari, ce qui

établirait la non-complicité du comte. Se savait-il seulement ruiné? Toujours est-il que M T... revint. Il n'était que temps. La comtesse de V... se mourait et, dans cette chambre de poitrinaire, où l'avait voulu celle qui allait mourir, au milieu des relents d'oxygène, d'éther et de créosote, le financier entra en tremblant, et, la jeune femme l'ayant fait venir près de son lit, s'accrochait à ce vieillard, se cramponnait à lui avec une force dont on n'eût pu jamais soupçonner sa faiblesse et, rivée à lui, ses deux mains crispées aux deux siennes, déjà cadavre avec des prunelles ardentes de damnée et un sourire à dents longues de morte vengeresse, le forçait à la regarder mourir. Cet homme de plaisir, cet égoïste et ce jouisseur, ce sexagénaire qui avait l'horreur de la laideur, de la maladie et de la mort, elle l'obligeait à assister à ses crachats et à ses râles, à toute l'ordure et à toute la misère d'une agonie de spasmes et de décomposition.

Les mains serrées comme deux étaux autour du poignet de l'homme ne lâchèrent leur bourreau que la victime enfin inanimée, à moitié morte. Et cela, dans la chambre du plus haut luxe, toute de moire blanche et de vieil Alençon, devant le splendide et chimérique horizon que voilà!

Trois jours après, le comte de V... se brûlait la cervelle. Je n'ai pas dit les vrais noms. Les enfants du suicidé, des suicidés survivent. »

SALADE RUSSE

SALADE RUSSE

CHAUVE-SOURIS

Et nous devînmes amis, M. Rabastens et moi.

Ses deux histoires émues, l'aventure sentimentale du couple Astra et le drame vécu des Chimères m'avaient réconcilié avec ce diable d'homme. Où j'avais craint un ironique et un hâbleur, j'avais trouvé un philosophe et un tendre. Certes, ses cinquante-cinq ans sonnés avaient quelque peu dévelouté l'âme de M. Rabastens et il ne croyait pas à grand'chose ; mais il avait le plus vif désir de croire et c'est la meilleure espèce des sceptiques. C'est la vie qui nous met en méfiance ; l'homme par lui-même est avide de foi.

M. Rabastens était très répandu de par le monde et la société de la Riviera. Quoiqu'avril eût déjà vidé bien des villas et qu'une heureuse somnolence semblât régner dans les hôtels, il n'était pas de jour où M. Rabastens ne fût appelé à Beaulieu, Antibes, Cannes ou Menton. M. Rabastens était vaguement docteur... homéopathe, allopathe ou dosimétrique, je n'ai jamais pu tirer la chose au clair. Je le soupçonnais surtout d'amuser et d'intéresser ses malades ; ses consultations devaient être particulièrement morales et parfois immorales, car sa mémoire était intarissable et M. Rabastens racontait tout à trac ses souvenirs. Oh ! cela, non : il ne les gazait pas. Depuis vingt-cinq ans qu'il habitait la Riviera, il était bourré d'anecdotes et il les détaillait en dilettante, avec une soi-disant insouciance qui donnait à l'histoire narrée le charme et l'abandon d'une fleur effeuillée du bout des doigts.

Et je subissais, à mon tour, l'espèce d'empire exercé par cet homme ; M. Rabastens savait se faire rare. Maintenant, il manquait vraiment à ma joie les jours où je ne le voyais pas ; mais, je dois l'avouer à sa louange, il n'y mettait pas trop de coquetterie et ne me sevrait pas trop sévèrement de sa présence. Il me donnait bien trois de ses soirées par semaine et si, dans la journée, cet homme si recherché de tous se faisait invisible, il m'avait habitué à le voir arriver, un soir sur deux, vers les neuf heures, à mon hôtel, au moment précis où les jeunes miss de la table d'hôte défilent en théorie burne-jonesque, tenant chacune la précieuse orange dérobée au dessert, qui, dégustée à jeun, aux premières lueurs de l'aube, leur assurera vers les neuf heures un facile et bon petit *Hélas !* (Albion est plutôt constipée). M. Rabastens arrivait toujours au moment de l'exode des jeunes ladies processionnantes et, comme je logeais alors Promenade des Anglais, nous sortions prendre l'air et fumer dehors un cigare.

Un soir que nous faisions les cent pas sur la Promenade, les deux points rouges de nos londrès en con-

currence aux feux tournants des phares (c'était une
nuit de printemps, une nuit sans lune, mais d'une
douceur de caresse impalpable et pourtant insistante,
une nuit molle à vous faire défaillir), deux silhouettes
s'ébrouaient tout à coup près de nous. Rapides, dégin-
gandées, imprévues et fantasques, elles nous surpre-
naient comme une saute d'ouragan. Pareilles à deux
découpures sur la trame obscure et vivante de l'ombre, elles passaient en tourbillon, le corps en avant,
emportées dans un furieux élan, comme si un souffle
les eût soulevées... l'air, en vérité, de deux chauves-
souris géantes dans l'envolement des pèlerines de
leurs pardessus.

C'étaient deux hommes en mac-farlane, coiffés de la
petite casquette plate de voyage adoptée ici par les
hiverneurs. Ils marchaient d'une allure telle que je ne
les avais pas vus venir ; et, maintenant ils étaient déjà
loin, entraînés par la vitesse forcenée de leur marche.
A la lueur de nos cigares brasillants j'avais pourtant
entrevu le visage du plus petit, un maigre et grima-
çant visage de Napolitain, virgulé d'épaisses moustaches ; d'assez beaux yeux, une pâleur mate, noire de
cheveux et cireuse de teint, la fatale tête d'expression
des modèles des ateliers du Pausilippe. De l'autre je
n'avais vu que l'ébouriffement de longues moustaches
blondes sous la brusque arête d'un profil de cosaque,
un mufle de dogue, un torse épais et lourd. Leur
apparition avait été si soudaine dans la nuit, cette nuit
si douce et si calme, que j'en eus un sursaut :

— En voilà des brûleurs d'étapes, ne pouvais-je
m'empêcher de dire, quel train d'enfer ! Ils s'entraî-

nent...! On ne marche pas ainsi pour son plaisir et
quelle mine d'oiseaux nocturnes! J'ai presque eu peur.
En voilà deux chauvès-souris!

M. Rabastens avait laissé éteindre son cigare. Il en
secouait la cendre du bout de son petit doigt et, rallu-
mant son londrès au mien :

— On ne marche pas ainsi pour son plaisir. Deux
chauves-souris ! Vous ne croyez pas dire si juste. L'un
de ces hommes est un damné et le second ne vaut guère
mieux, puisqu'il est aux gages de l'autre, autant dire
au bagne ; mais ce forçat se libérera, tandis que son
maître !... Et c'est bien la course à l'abîme qu'ils mè-
nent à cette allure de dératés, dans la transparence
de cette belle nuit qu'ils walpurgisent... Ah! pour
une histoire satanique, celle-là en est une, et qu'il
ne me serait jamais venu à la pensée de vous conter
sans cette rencontre et la stupeur où je vous vois.

— Allez, faisais-je en touchant légèrement le bras
de M. Rabastens.

Le cher homme avait le défaut de s'attarder un peu
aux préambules.

« — Soit. Je ne vous apprendrai rien en vous disant
que la Riviera entre tant d'étrangers pullule surtout
de Russes, Russes mâles et femelles et d'autres encore.
Les unes authentiques, les autres plus sujets à caution,
pour la plupart libérés de la Sainte-Russie et de tout
préjugé : des millionnaires et des faméliques, tous
séduisants, fantasques, enjôleurs, caresseurs et Slaves
jusqu'au bout des ongles, raffinés, barbares et Asiatiques, quelques-uns déclassés, d'autres plus que tarés,
tous sujets dévoués du tsar, qui ne les réclame pas et

les préfère à Cannes ou à Beaulieu qu'à Pétersbourg
ou à Livadia ; princesses divorcées, officiers démis-
sionnaires, comtes trop heureux au jeu, favorites
expulsées, banquiers qu'on a priés de passer la fron-
tière et même des ex-chambellans et des ex-policiers
ayant cessé de plaire; en un mot, tout un bouquet violent, vénéneux, somptueux et dangereux de fleurs de
steppe et de fleurs de serre ; résumons : un faubourg
avarié de Byzance !

L'homme que nous venons de croiser est un de ces
bons *Caviar et confitures* (c'est le surnom que nous
donnons ici aux Russes, Slaves et Polonais pour leur
accent traînant, câlin et un peu équivoque, ce parler
félin qui caresse et se caresse aux autres en chanton-
nant, le ronron mielleux de leurs phrases compli-
menteuses et toujours hyperboliques).

Eh bien! comment l'homme que nous venons de
croiser tout à l'heure, le blond, le plus grand des deux,
une des plus grosses fortunes de Russie et un des
noms les plus authentiques, en est-il arrivé à la monomanie qui le cloître aujourd'hui, le jour, dans une
des plus belles villas de Saint-Maurice et ne lui per-
met plus de sortir que la nuit, pour éviter tout visage
humain ?... C'est ce que j'ignore ; mais les faits sont
là, indéniables et constants.

A peine âgé de quarante ans, affligé de neuf cent
mille francs de rente, le comte Sternoskef, qui a été
marié deux fois et qui, veuf et divorcé, eut à Pétersbourg, à Paris et à Londres de fort jolies maîtresses,
des filles cotées et des femmes du monde plus cotées
encore, le comte Sternoskef est atteint depuis cinq

ans d'une misogynie telle qu'il ne peut voir un visage et même une robe de femme sans tomber dans une sorte de crise épileptiforme.

La névrose se déclara à Paris. Ce fut d'abord la maison nette. Du jour au lendemain, lingère, femme de chambre, cuisinière et filles de service furent renvoyées de la rue Bassano ; la domesticité mâle, seule, demeura. Mais Paris avec son flux et son reflux de foule avide de plaisir charriait trop d'occasions de crises pour le malade ; redouter la femme à Paris, c'est renoncer du coup au restaurant, au monde, au théâtre, au Bois, à quelque heure qu'il soit ; c'est la réclusion en pleine vie parisienne.

Voyager, il n'y fallait pas songer. Avec cette répulsion morbide de la robe et de la présence de la femme, impraticable devenait la vie d'hôtel, la promiscuité des gares devenait, elle aussi, un danger ; on s'arrêta à cette décision : l'exil de Paris, le choix d'une grande propriété sur la Riviera, dans une ville où le malade ne serait pas trop isolé, trouverait encore des nationaux de son monde ; et c'est Nice qu'on adopta.

Après deux ou trois essais de location le malheureux comte vient d'acheter les Glycines, la propriété de la Montalbey, la Montalbey, les plus savoureuses épaules de 1860 et les diamants les plus opimes aussi, à une époque où les filles ne drainaient pas encore l'étranger, la Montalbey, acteuse sans talent, mais femme de rancune, qui, malmenée dans un feuilleton dramatique de d'Aurévilly, ruminait sa vengeance et, un soir de première, comme d'Aurévilly dans un entr'acte passait au niveau de la baignoire qu'elle occu-

paît avec son amant d'Estera, talochait d'une maîtresse gifle la joue du vieil écrivain : insulte que le
grand seigneur de lettres qu'était d'Aurévilly relevait
d'un seul mot, adressé à d'Estera : « Prince, recondui-
sez donc cette femme au lavoir. »

Ce sont ces Glycines, un palais dans un parc, palais
de cocotte impériale, où les plafonds sont de Baudry
et les fresques de Clairin, qu'habite aujourd'hui Sternoskef. Jamais femme n'en franchit la grille, les
fournisseurs ont les ordres les plus stricts. Une cuisinière, seule, est supportée au sous-sol à cause de sa
connaissance de la cuisine russe, mais n'habite pas la
villa. Défense au jardinier comme au concierge d'avoir
des enfants ; ménage en ville s'ils veulent. Les
Glycines sont maintenant un couvent ; car, plus qu'un
bruissement de jupe, plus qu'un balancement de hanches ou qu'un geste menu de main gracieuses, ce qui
révulse le cœur et convulse les nerfs du malade, c'est
l'odeur de la femme, le parfum particulier de ses cheveux, de sa nuque, l'effluve de sa chair. Le misérable
en est là.

Il a renoncé à sortir le jour, parce que le frôlement
d'une robe dans la rue l'étreint et l'étouffe et lui
décroche le cœur. Du parc merveilleux planté par la
Montalbey, un parc de vingt-cinq ans où l'on trouve
des palmiers de quinze mètres, il a supprimé toutes
les fleurs odorantes, les iris comme les roses, les ja-
cinthes comme les œillets. Il retrouvait dans leurs fragrances des souvenirs de l'être abominé. Les plafonds
de Baudry, les fresques de Clairin ont été, sinon dé-
truits, enlevés : la splendeur des nudités peintes exas-

pérait son mal, elle éveillait en lui des rages ico-
noclastes. Les statues seules ont été respectées : le
froid et la pâleur du marbre rassurent sa défiance, la
blanche immobilité des Lédas et des Dianes le satis-
fait à la manière d'un châtiment ; dans les déesses
il veut voir des mortes. C'est l'ennemie pétrifiée, raidie et désarmée que ses yeux y veulent voir. Morte la
Bête, *morta la bestia*.

D'ailleurs, même dans la journée, le comte Sternoskef ne sort jamais dans son parc. Si profonds qu'en
soient les ombrages, des yeux de femme pourraient l'é-
pier des autres villas, mais pour tromper son ennui,
pour dépenser sa fièvre, ses nerfs et sa force, le comte
sort la nuit. Toutes les nuits, il fatigue son mal dans
des courses folles, des courses dératées et silencieuses
le long de la mer, par les avenues désertes, sur la
chaussée des routes des environs.

Que de fois je l'ai croisé, à l'aube, près d'Antibes
ou dans la montagne, à la Vézubie ou Guerro, traînant
à sa remorque quelque malheureux salarié ; car dans
ses promenades de possédé, dans ses courses à l'abîme
où vous venez de le surprendre, il emmène toujours
un de ses secrétaires.

— De ses secrétaires ?

— Oh ! il n'en a jamais qu'un à la fois, mais pour
ce qu'ils durent ! Le comte Sternoskef les use vite. Les
secrétaires du comte Sternoskef, quel livre à écrire
et Dante seul l'eût écrit : c'est un des cycles de l'Enfer. Il les paye royalement, il est vrai, mais, jugez des
épines de l'emploi : on ne doit jamais quitter le comte,
prendre tous ses repas avec lui, coucher dans sa cham-

bre, et, ni jour ni nuit, l'abandonner d'une minute ; ne
jamais sortir, ne jamais s'absenter de la villa ; et, toute
la nuit et toutes les nuits, dévorer l'espace et les kilo-
mètres ; où qu'il aille, y aller ; ce qu'il veut, le faire ; et
le comte Sternoskef ne desserre pas les dents. C'est un
taciturne, comme tous les solitaires. C'est l'homme du
Silence et de la Nuit, une espèce de Philippe II dans
un Escurial moderne, n'admettant d'autre volonté que
la sienne, ne souffrant ni un geste, ni une réflexion.
Le malheureux stipendié doit vivre dans le silence,
plié au caprice du maître, il doit, durant le bail signé
pour un an ou deux, renoncer à tout amour, à toute
occupation, toute aventure, tout plaisir : il ferait beau
qu'un secrétaire du comte Sternoskef eût une famille
ou une maîtresse !

Jamais Français n'a pu faire l'affaire ; son premier
secrétaire, un moujick décrassé a obtenu de lui près
de cinq cent mille roubles pour un stage de deux années. L'Italie seule ou la petite Russie produisent des
êtres assez souples pour accepter et tenir l'emploi, il
faut être né à genoux pour ne pas mourir à la tâche ;
le secrétaire actuel est Palermitain.

Etes-vous assez amplement renseigné sur ces pro-
meneurs nocturnes ? Trouvez-vous le mot de *damné*
trop fort pour ces forçats de la marche et du silence,
et n'est-ce pas plutôt vampire que chauve-souris, oui,
vampire, qu'il faudrait appeler ce millionnaire effarant
de cynisme et de chasteté ? »

LA BARONNE NYDORF

Tout en causant nous étions arrivés au Spanish Bar du jardin Massena, au bar de filles et de croupiers qui fait l'angle de la place, refuge ordinaire des Anglais alcooliques et des décavés du baccara en expectative de lettres chargées. Nous poussions la glace sans tain de la porte et pénétrions dans l'antre.

Toutes les glaces en flambaient haut sous le jet dardé des lampes électriques; toute une floraison de tulipes lumineuses giflait de tons blafards le teint vanné des hommes et le maquillage violent des femmes. Un antre, en vérité! Une étrange vie nocturne s'y agitait, un semblant de vie plutôt, car la même lassitude éreintée se découvrait dans tous les yeux. Mâles et femelles semblaient pareillement excédés, les femelles du moins désirables encore sous l'artifice des paupières bleuies et des bouches mouillées de fard, tandis que l'avachissement étalé des consommateurs écœurait.

Entouré d'Américains en casquettes de lads, un

jeune géant en habit noir, joufflu, barbu et velu, l'air
d'un poussah de carnaval, se démenait, haut juché sur
un des escabeaux du comptoir, et menaçait de perdre
l'équilibre, évidemment mûr. Sur une estrade une
troupe de *musicanti*, pantalons blancs et ceintures
rouges, sabrait à coups d'archet d'énervantes tarentelles.

Nous avions pris place à une des tables de l'entrée
et avions commandé des sodas.

Mais à peine étions-nous assis, qu'une fille se levait
du fond de la salle et venait vers nous. Face étroite et
mate, comme reculée dans de l'astrakan noir, les joues
mangées par les bandeaux ondés des esthètes de Montmartre, elle avait quelque chose de hâve et d'exotique
déjà vu ailleurs. Où avais-je rencontré ces lourdes paupières bistrées, ce sourire triangulaire aux lèvres de
piment rouge sur ces dents d'ogresse, cette bouche
et ces yeux voraces d'un émail humide exagéré par
le teint bis? Où cette allure glissante et souple de félin
en chasse?

Elle était à la fois Tzigane et Mauresque, mal mise
d'ailleurs, engoncée dans un mantelet de l'autre hiver
et manifestement en dèche; mais sa pâleur, l'éclat
carnassier de ses dents, de ses yeux et son pas rapide
et velouté de bête lui prêtaient un aspect de goule
malfaisante et nocturne, demi hyène, demi chauve-
souris. J'en faisais part à mon compagnon.

— L'obsession continue, gouaillait M. Rabastens.

Mais la fille était devant nous :

— Comment, tu ne me reconnais pas? chantonnait
une voix assez finement nuancée. Non, c'est trop fort.

J'ai donc tant changé? Dame, j'ai été malade, et puis j'ai eu des ennuis. Toi, tu ne bouges pas! Tu en as, une santé! Qu'est-ce que tu fais ici? Des femmes? Tu joues à Monte-Carlo? Tu gagnes? Moi, j'ai perdu ce que j'ai voulu. Ah! tu me reconnais... Tu y as mis le temps! Meryem Isba, la baronne Nydorf, dans l'atelier de Jacques Ymer. Parfaitement! »

La fille s'était assise à notre table. « Figure-toi que j'ai lâché Jacques. Des coups, des scènes de jalousie et pas de robes, j'avais soupé de monsieur. Un Autrichien m'a emmenée à Spa, un Belge m'a conduite à Venise, j'étais ici avec un Russe, mais il a été forcé d'aller à Paris... affaires d'argent! Nous avons perdu la forte somme!... Nous avons quitté l'hôtel de Paris et je suis ici au London-House en l'attendant. Viens-tu, venez-vous souper avec nous ce soir..? Présente-moi monsieur. — Monsieur Rabastens. — Je suis avec des amis là-bas, on va s'amuser. J'attends demain un chèque de cinq mille de Nicolas, la lettre chargée... mais, ce soir, je suis dans mes mauvaises, il y a des jours comme cela; au London, j'ai l'œil, mais comme argent de poche!... Sois gentil, prête-moi cinq louis, » et, s'adressant au barman, le buste à demi-tourné vers le comptoir : « Henri, deux paquets de khédive et une saint-marceaux quatre-vingt-treize! »

D'un geste j'avais mis ordre au zèle du barman et, tirant de ma poche un paquet de cigarettes : « Ne me prends donc pas pour un autre... du maryland et du soda, c'est tout ce que je puis t'offrir et, puisque tu as des malheurs, je mets à ta disposition le louis du voyageur. » Et je cherchai une pièce d'or de dix francs dans mon gilet. « Il ne faudrait pas te payer ma poire sous prétexte que tu es du pays des oranges! — Dix francs! tu n'es rien muffe! Qu'est-ce que tu veux que je fasse de tes dix francs? — Tu les laisseras au maître d'hôtel qui te servira à souper, ne soupes-tu pas au London-House? Nous, nous ne soupons plus. Bonsoir, Meryem. »

La baronne Nydorf avait raflé la pièce d'or et les cigarettes : « Je t'aurais cru plus chic! » Elle s'était mise debout. « Tu paies de mine, mais pas comptant! » Et après quelques pas dans la salle : « Tu ne sais pas ce que tu perds! Je t'aurais fait souper avec une femme qui t'aurait intéressé, une Tzigane épatante, une vraie qui a été mêlée, ici, à une drôle d'histoire, tu sais bien, l'assassinat au Grand-Hôtel, il y a deux ans, à Monte-Carlo. Elle a connu Mourline, l'homme qui a fait le coup, et tu en aurais trouvé, là, de la copie pour ton journal. Bonsoir les muffes! » Et comme elle passait auprès du comptoir, elle risquait une pointe jusqu'à l'éphèbe géant en habit noir et, s'appuyant câline au torse épais du jeune poussah : « Tu m'emmènes en auto demain, Gaston, dis, mon bébé, en auto ou bien sur ta chaloupe à vapeur. Moi, je la gobe, ta belle automobile! » Et elle s'attirait du pochard à moitié chaviré un retentissant : « Au large! »

Tout le bar pouffait ; la baronne Nydorf n'avait pas de succès ce soir.

« L'art de traiter des femmes comme elles le méritent, concluait M. Rabastens, mes compliments sur votre doigté, mon cher. On vous demande du champagne et du khédive, vous offrez du soda et du maryland, à une attaque de cinq louis vous répondez par un demi-louis d'or. Vous méritiez d'arriver par les femmes. — Croyez, mon cher, qu'elles m'ont plutôt desservi ! — Pas plus que les hommes! Le monde est plein d'ingrats! — Vous connaissez Meryem? — Je ne connais qu'elle. Pauvre fille ! Elle est consignée à la porte des salons de jeu, la principauté lui est même, je crois, interdite. Elle raflait les jetons attardés : on appelle cela étrangler les orphelins. — Et que fait-elle ici? — Elle continue. Brûlée à Monte-Carlo comme elle doit être brûlée à Paris, elle fait les bars et les gares, Nice et Menton, Toulon et la Spezzia, Marseille et Gênes. Je l'ai soignée l'autre hiver pour un point pleurétique, elle a négligé de me régler mes visites et, ce soir, de me reconnaître; elle est née à Alger et s'en ira ici fatalement de la poitrine, car mange-t-elle seulement tous les jours! — Baste ! si elle soupe toutes les nuits ! — Vous, vous avez le remords de vos dix francs, vous avez été un peu pingre. Baste ! vous donnerez dix autres francs à un pauvre et endormirez votre conscience. »

Et, altérés par notre première assiette de pommes de terre frites, nous redemandions des sodas.

Au fond de la salle Meryem, attablée avec une femme et un homme, faisait un *foin* terrible ; c'étaient des gourmades, des ordres criés à tue-tête, du scandale et du bruit. « Avec qui est-elle? faisais-je un peu intrigué des réticences de son adieu. Vous connaissez la femme qui l'accompagne et l'histoire de ce Mourline? »

Froidement M. Rabastens plongeait une main dans la poche de son pardessus, en tirait une jumelle de voyage et la braquait sur le groupe. L'examen durait bien vingt secondes. « Pour une fois elle n'a pas menti. » Et M. Rabastens me passait la lorgnette. « La grande femme brune teinte au henné qui est avec Meryem a bien été la maîtresse de Mourline. C'est même un peu pour elle qu'il tenta d'assassiner ce pauvre baron Douratieff, certaine nuit de septembre 1898! Mourline, cela ne vous dit rien, ce nom-là, et Douratieff pas davantage? Voyons, rassemblez vos souvenirs. Ce crime remua assez la Riviera et la colonie russe..., la nouvelle en émut jusqu'à la police de Saint-Pétersbourg : car victime et meurtrier appartenaient à la haute société. Boris Iwanof Mourline était le fils du général Mourline, gouverneur de Moscou, et le baron Douratieff, l'unique héritier de la vieille princesse Goroulska dont il avait été vingt-cinq ans l'intendant, possédait et possède encore la bagatelle de trente-quatre millions si sa baronnie est de fraîche date. Je dis possède, car le baron Douratieff, quoique assassiné, se porte aujourd'hui assez bien et habite encore, à l'heure qu'il est, Monte-Carlo, mais évite de se loger dans les rez-de-chaussée d'hôtel. Vous y êtes, maintenant. Il y a trois ans, en pleine saison d'automne qui est ici fort suivie des Italiens et des Russes, le baron Douratieff, qui occupait un grand appartement au rez-de-chaussée du Grand-Hôtel, était trouvé un matin, la tête sanglante, la mâchoire à demi fracassée, étendu sur le divan de son salon. C'est son valet de chambre qui le trouvait à l'aube anéanti, aphone, mais non évanoui : la cassette dans laquelle le baron mettait ses valeurs et ses bijoux avait été enlevée : et Douratieff déclara que c'était Boris Mourline qui avait fait le coup. Il se serait introduit au milieu de la nuit par une croisée mal fermée, n'aurait eu qu'à emjamber, et là, l'aurait sommé de lui livrer ses valeurs. Sur son refus il l'aurait frappé avec un coup de poing américain ; pris de terreur, Douratieff se voyant en péril se serait exécuté et alors Mourline s'en serait allé en emportant la cassette.

Mais comment la victime menacée n'avait-elle pas appelé, appuyé sur le bouton électrique, donné l'alarme dans cet hôtel assez désert, il est vrai, en septembre, mais néanmoins empli de gens de service? Dans les chambres voisines on n'avait rien entendu.

La cassette fut retrouvée forcée et vide dans les jardins; toute la matinée, Mourline continua de se promener et de se montrer à Monte-Carlo, comme si rien n'était; la chose était d'autant plus mystérieuse que Mourline et Douratieff étaient fort bien ensemble. Le quinquagénaire qu'était Douratieff marquait une grande sympathie, affichait presque une sorte de protection pour ce garçon de vingt-quatre ans, d'un physique plutôt désagréable, roux, trapu et de mine sournoise. Au restaurant ils dînaient souvent à la même table et, joueurs enragés, s'asseyaient ensuite à la même table de jeu. Douratieff avait de plus à ses gages un liseur de pensées, un certain Terko, Hongrois ou Dalmate, qui renseignait le baron sur les douzaines et les numéros sortants; l'attaque de Mourline était donc des plus étranges.

Il quittait Monte-Carlo le jour même sans être inquiété, mais était cueilli à minuit à la gare de Lyon:

le télégraphe avait marché ferme, toute la matinée, entre Monte-Carlo et Saint-Pétersbourg.

Mourline arrêté et interné à Lyon ne nia pas; il était porteur de quatre-vingt mille francs en billets de banque français. Sur cent trente mille francs dérobés à son ami, il en avait distrait vingt mille en faveur de la fille que vous voyez là-bas, le reste avait servi à solder un arriéré de dettes. Interrogé par le juge d'instruction, Boris Mourline contesta seulement la version de l'entrée par la fenêtre : « Je n'ai pas eu à m'introduire par escalade chez M. Douratieff, déclara-t-il, j'entrais chez lui et par la porte, à toute heure de jour et de nuit. En sortant du jeu, il m'arrivait à chaque instant de venir lui rendre compte de mes gains et de mes pertes, je jouais souvent pour lui. Cette nuit-là, j'avais perdu deux mille louis ; ma maîtresse menaçait de me quitter, si je ne lui en donnais pas mille au matin, et j'avais, en plus, quelques dettes ; acculé à une situation difficile, je n'avais plus la tête à moi. J'entrai chez Douratieff comme chez un ami, lui exposai mon cas et le priai de me prêter quatre mille louis ; je les lui aurais prêtés, moi, si je les avais eus. Douratieff me les refusa, il prétendait qu'il ne les avait pas ; je savais qu'il mentait et je savais aussi où était sa cassette ; bref, j'ai vu rouge, je l'ai sommé de m'avancer cette somme ; puis, je l'ai menacé, et, comme il criait, je l'ai pris à la gorge et je lui ai cogné la tête. Tout cela est la faute à ce chien d'avare et voilà ! »

Huit jours après, Boris Mourline recevait la visite de son frère et s'empoisonnait dans sa cellule. En lui donnant le bais ~ d'adieu, qu'entre Russes on se donne

sur la bouche Nicolas Mourline aurait glissé un bon-
bon de strychine à Boris.

La grande femme rousse qui boit avec Meryem est
Mirka Stirbey, la maîtresse du suicidé ; l'homme qui
les accompagne est le fameux Terko, le liseur de pensées de Douratieff, aujourd'hui cassé aux gages. Comment sont-ils, eux, en liberté, car ils ont été plus que
soupçonnés dans l'affaire ! Et, comment la police les
supporte-t-elle ici ? Discrétion et mystère. On les dit
pensionnés et grassement par l'assassiné. Il est des
silences qui coûtent cher. Vous m'avez compris. Je
crois, cher monsieur, que vous n'avez pas perdu votre
soirée ! Si nous sortions maintenant de cette caverne ! »

Et, une fois dehors, à l'air frais de la nuit :

— Etes-vous libre demain ?

— Oui.

— Eh bien ! donnez-moi votre journée... je vous ferai voir un autre coin de Byzance ; non plus les cou-
lisses de l'Hippodrome, comme ce soir, mais un angle
même de la loge impériale. Trouvez-vous au port, entre
une heure et demie et deux heures.

A Henry Bataille

COINS DE BYZANCE

———

LES NORONSOFF

LES NORONSOFF

—

LA MAISON D'AUGUSTE

Le lendemain, à une heure tapant, j'étais au port.
M. Rabastens se faisait attendre : un médecin est
toujours excusé, il appartient à ses malades. Pour
tromper mon attente je descendais sur le quai des
yachts et passais en revue les bateaux de plaisance. Il
y en avait de toute beauté : bâtiments de luxe et de
confort astiqués et luisants, dont le seul aspect réjouis-
sait l'œil. Deux américains étonnaient par leurs proportions géantes, deux véritables cuirassés ; des cha-
loupes à vapeur, soignées et coquettes, dormaient à
l'ombre des grands yachts. Il y avait même un torpil-
leur parmi ces jouets de millionnaires ; minuscules
auprès des forts tonnages, on eût dit, côte à côte avec
des mastodontes de la mer, une flottille de mouettes ;
et à bord de tous ces bâtiments c'était la même pro-
preté triomphante, le même éclat de cuivres frottés, de
bois vernis et de toiles nettes dans une odeur de sapin
et de goudron.

— « Je vous ai fait attendre. Excusez-moi. Je pour-

rais vous dire, un malade. . Non, c'est au téléphone
que j'ai été retenu.., on ne pouvait obtenir la communication avec Monte-Carlo.

M. Rabastens avait surpris mon extase.

— Il me fallait l'autorisation du propriétaire pour
vous faire visiter le domaine, je vous conduis dans un
parc interdit. N'y entre pas qui veut, même à prix d'or;
la place de concierge y est bonne, et le gardien qui y
tient sait trop ce qu'il perdrait en transgressant les
ordres. Ce Grégory est un tel original; j'avais déjà
téléphoné ce matin. Pas de réponse... Enfin, j'ai eu la
communication, et Gourkau a prévenu. Depuis le temps
que je vous raconte par le menu l'historique des propriétés de Nice, sans vous en faire visiter une, cette
fois, je vous conduis dans le domaine du Prince au
Bois-Dormant. Vous verrez? Je vous ai ménagé une
surprise. C'est au pays des fées que je vous mène.

M. Rabastens continuait à soigner ses effets.

— Nous pourrions prendre le tramway, mais nous
nous arrêtons à mi-côte. Nous couperons par les traverses, entre les jardins des villas. Ces grimpettes de
chèvre sont délicieuses à cette époque de l'année : on
y respire toutes de fleurs des propriétés désertes ; car
les gens chic sont ainsi, ils quittent ce pays au seul
moment où il devient habitable... Si vous préférez
prendre le tramway?

— Non, je préfère les traverses, nous y serons à
l'ombre.

Nous avions tourné à gauche de la grand'route et
montions maintenant une sente assez raide, escaladant
le Mont Boron entre des grilles et des murs de villas;

parfois, la sente devenait escalier. On grimpait cinq
ou six marches et puis le sol caillouteux recommen-
çait à glisser sous les pas; çà et là, des terrains
vagues s'encastraient entre de vrais remparts de propriétés princières; ils étaient mal clos de palissades,
herbus comme des prés et criblés d'iris, des iris vio-
let foncé de Florence; des oliviers les ombrageaient.
Tantôt le terrain vague à vendre était un champ d'anémones; nous marchions dans une atmosphère d'essences
et de parfums. De toutes les propriétés laissées derrière nous montaient, comme d'une cassolette immense,
d'autres fragrances de fleurs et d'arbres rares, des senteurs et des aromes qui étaient l'âme même du paysage.
Du chéneau des murs des avalanches de roses tombaient dans le chemin; nous passions et des clématites mauves s'effeuillaient en étoiles; plus loin,
des arbres de Judée éclataient en fusées, feux de Ben-
gale figés dans du bleu de ciel. Cela devenait une oppression : le printemps de Nice nous poursuivait,
escaladait avec nous la montagne; et comme une griserie
m'envahissait, m'alanguissait dans cette course effarante vers de l'espace et dans de l'encens. M. Rabastens
avait consenti à se taire.

Nous arrivions devant une grille rongée de rouille;
un pavillon de concierge en flanquait le côté gauche.
M. Rabastens se nommait. Après des pourparlers à
travers la grille, on nous laissait pénétrer : M. de
Gourkau avait prévenu. Une grande allée tournait,
montante, vers une perspective entrevue, du bleuâtre
de montagne et du bleu d'horizon; des petits sentiers
s'enfonçaient dans des massifs touffus, un enchevêtre-

ment de cactus, de lianes et de caroubiers annonçait un domaine tombé dans l'abandon.

A l'autre tournant de l'allée commençait la féerie. M. Rabastens n'avait pas exagéré : une terrasse de cent mètres dominait et la ville et le port et vingt lieues de montagnes et vingt lieues de vallées : l'amphithéâtre du Mont-Chauve, de la Vézubie, de Guerro et du Var, et toute la baie des Anges avec la pointe d'Antibes et l'arabesque mauve de l'Esterel à l'horizon. C'était l'irréalité du panorama magique admiré, il y avait une quinzaine de jours, sous la lune, apparu, cette fois, dans la précision du jour et la vibration de la lumière. Les jardins des autres villas situées en contre-bas prolongeaient par autant d'allées et de pelouses le parc enchanté jusqu'au port; plus de trace de la grand'route, le domaine s'étendait à perte de vue. Entre les dards aigus des agaves les yachts se découvraient tout petits au ras du quai, on eût dit, peints sur une soie par un pinceau infiniment précieux !

Et pas un bruit. Des roses se fanaient dans la chaleur des branches craquaient à peine dans du silence. C'était l'impression d'une ville morte au pied d'une propriété royale vidée par une peste. Etrange parc, en vérité.

En dehors des allées soigneusement entretenues tout était retourné à l'état de nature; des échevèlements de pervenches et de ronces couraient sur les talus; des palmiers géants, des cocotiers hauts de vingt mètres y dressaient des colonnades de mosquée; dans un jaillissement fou d'ombelles et de palmes des bananiers ployaient lourds de régimes; partout, des tabacs et des acanthes avaient surgi en larges touf

fes d'un vert sombre, et il pleuvait des gouttes de
lumière bleue entre les ramures d'un bosquet de camélias.

Tandis que les lointains de mer et de montagne pou-
droyaient, on eût dit, évaporés de chaleur, ici c'était le
clair obscur et l'ombre, l'ombre d'un bois sacré ; des
fleurs sans nom, filles de la solitude, s'épanouissaient
très haut dans les branches, pétales énormes semblables
à de plus énormes papillons. Il y avait des coins d'Afrique, des coins d'Amérique et aussi des coins de l'Inde.
Dans le bosquet de camélias les calices flétris avaient
neigé en pourriture rose et blanche, et leur décomposition lente était un charme de plus dans ce silence et
cette torpeur ; des fougères gigantesques étalaient leurs
dentelures sur des velours d'invraisemblables mousses,
et des vieux lièges effrités abritaient au creux de leurs
fissures des orchidées sauvages et des petits champi-
gnons ; une vie d'helminthes et de poisons fermentait
dans ce parc. Il y pesait la sombre ardeur d'un cimetière et je songeais à des livres de d'Annunzio où des
jardins de Sicile et de l'extrême Italie sont décrits,
ensoleillés et tristes, avec ce charme d'obsédante oppression.

La maison d'habitation, un grand corps de logis à
l'italienne se carrait un peu au-dessus de la terrasse.
Elle était hermétiquement close derrière des persiennes écaillées de chaleur, un premier avec rez-de-chaussée orné d'un péristyle. On y accédait par trois escaliers
de six marches ; des grands vases de jardin incendiés
de géraniums en escortaient la descente.

Sous le péristyle, deux magnifiques perroquets son-

geaient sur leurs perchoirs, muets et comme engour-
dis ; ils ne saluaient même pas notre venue d'un cri.

> Et deux aras mélancoliques
> Sont les deux gardiens symboliques
> De la demeure à l'abandon.

— Je vous disais bien que ce domaine est fée. Il
inspire les poètes.

J'avais tout haut, en mauvaises rimes, parlé mon
impression.

— Vous ai-je trompé ? continuait M. Rabastens.

— Non, l'endroit est unique et dans sa beauté dégage
une mélancolie surprenante. Dans ces senteurs et cette
solitude flotte l'espèce de détresse intime et délicieuse
qui étreint le cœur des sensitifs devant un champ de
bataille ou bien dans les palais où se sont dramatisées
des choses...

— Le Parfum du Passé. Oui, l'endroit a de l'atmosphère. Ce n'est pas au hasard que je vous y ai conduit
et c'est bien à dessein qu'entre tant de villas j'ai choisi
ce domaine. C'est un peu le palais d'Auguste... c'est
aussi, si vous le préférez, un peu le palais des Strozzi
à Florence et notre Louvre des Valois. Il s'y est passé
deux drames terribles à trente ans de distance... et
dans la même famille. Cadre superbe, hein ? pour
l'agonie d'une race que ce parc enchanté.

A un de ces drames j'ai assisté..., l'autre relève de
la légende, déjà entré par le recul du temps dans les
lointains de la tradition. Etrange histoire en vérité
que celle de ces Noronsoff venant, à trente ans d'in-
tervalle, s'éteindre ici, loin de Pétersbourg et des leurs.

devant ce chimérique horizon de montagnes et de mer!
C'est presque la chronique d'une dynastie. L'histoire
commence comme un conte de fées et finit comme un
chapitre de Suétone avec, intercalées dans les marges,
des annotations de Saint-Simon. — Mais marchez donc,
faisais-je impatienté à ce damné bavard de Rabastens,
vous n'en finissez pas, vous me jouez là le duo de
Tristan. — Soit, asseyons-nous alors sur ce banc.

Et quand nous eûmes pris place sous une mouvante
et mauve retombée de glycines :

— D'abord croyez-vous à la magie, à l'atavisme et à
la puissance des envoûtements? Si vous n'y croyez pas,
inutile que je commence. Toute l'histoire que j'ai à
vous conter repose sur un étrange cas d'atavisme, un
sortilège ancien, dont fut jadis victime une princesse
Noronsoff et qui, à travers les âges, se serait de temps
à autre abattu sur une des descendantes ou un des des-
cendants de la famille, annihilant toute volonté, vouant
la proie désignée à une obscure et atroce vengeance
perpétuée de siècle en siècle. — Un envoûtement qui
reviendrait! On peut expliquer ainsi l'hystérie et
l'épilepsie sautant de génération en génération. — Si
vous êtes plus médecin que les médecins! Acceptez-
vous, oui ou non, l'hypothèse de l'envoûtement?— Oui !
— Eh bien! écoutez : En 1415, un comte Wladimir
Noronsoff (les Noronsoff n'ont été faits princes que
sous la grande Catherine)... — Service de chambre!
— Qu'importe : En 1415, donc. un comte Wladimir
Noronsoff grand chasseur devant Dieu et grand dé-
trousseur de serfs et de marchands, au cours d'un
repas de chasse dans une de ses propriétés de l'Ukraine,

s'offrait par passe-temps (il devait être ivre de bière chaude et de kummel), s'offrait donc par passe-temps le viol d'une bohémienne, jolie fille de la steppe requise avec une troupe d'autres danseuses pour venir, après boire, amuser les boyards.

La fille, par hasard fort belle, avait tenté le désir de cette brute de Wladimir. Or, la bohémienne se trouvait être sinon honnête, du moins amoureuse et son amour la protégeait. La danseuse avait son fiancé parmi les racleurs de guitare et de guzla entassés dans la salle pour accompagner la danse des gitanes: la bohémienne repoussait Noronsoff et, comme le butor insistait, le fiancé sortait du rang et intervenait, la dague au poing, la menace aux lèvres... C'en était trop. Le comte faisait saisir le couple par ses gens ; on mettait nus l'homme et la fille, on fouettait l'homme jusqu'au sang, et la fille, bâillonnée et ligotée, était jetée comme une proie à la luxure des moujiks qui la violaient à tour de rôle sous les yeux de son amant. Après l'orgie, la fille à demi morte et l'homme sanglant étaient débarrassés de leurs liens, laissés l'un à l'autre..., le comte et les boyards allaient se distraire ailleurs.

La fille mourait, l'homme survivait et toute la tribu s'alliait à l'homme pour la vengeance.

Une nuit, le bohémien fut introduit dans la chambre où dormaient le comte et la comtesse Noronsoff, la douce comtesse Héléna, Héléna Strowenska, la sainte et pure épouse de ce chien de Wladimir. Le bohémien eût pu poignarder le couple, pis, ligoter le comte (car ce Gitane n'entrait pas seul) et lui rendre, sous ses yeux, outrage pour outrage. Sa vengeance fut pire.

Un narcotique versé sur les lèvres du comte le maintenait endormi et, pendant son sommeil, ce damné bohémien volait l'âme de la comtesse en lui jouant, toute la nuit, des airs de Bohème sur un violon maléficié, un violon, dont les cordes étaient des boyaux de pendus, avec un archet fait avec des cheveux de prostituée.

Cet instrument d'enfer envoûta la noble et chaste femme qu'était la comtesse. Le bohémien joua toute la nuit. Le lendemain, Héléna Strowenska s'éveillait avec une âme de criminelle et des sens de fille de joie. Le charme avait opéré. Le jour même, elle se donnait à trois de ses serviteurs ; le lendemain, comme une chienne en folie, elle descendait aux salles des gardes, au chenil, aux écuries, requérant d'amour les hommes d'armes effarés, les valets de meute et les palefreniers : la valetaille consternée n'osait se refuser aux caprices de la comtesse, et puis Héléna était belle... Une stupeur habitait la demeure à cause des représailles possibles du Noronsoff... Lui, toujours entre deux cruches d'hydromel et sûr de la vertu de sa femme, était le seul à ne rien soupçonner, le dernier à ne rien voir. Le pope l'éclairait enfin, la comtesse Héléna poussait trop loin le scandale ; elle allait maintenant les chercher au village.

Soûle de fureur, cette brute de Wladimir faisait écraser la tête de l'ensorcelée entre deux pierres : personne ne soupçonnait encore que la comtesse fût victime d'un envoûtement. Après la mort de la misérable, le bohémien, alors dans les prisons de Cracovie pour un autre méfait, avouait cyniquement son crime, mieux, s'en faisait gloire et s'empoisonnait en présence des juges, dans la chambre même de la torture; mais, à l'agonie, il prédisait avec des râles pareils à des rires que le charme horrible reviendrait. Sa vengeance revivrait d'âge en âge, et les Noronsoff, à travers les siècles, auraient toujours des chiennes et des prostituées dans leur lit. Vous comprenez maintenant : l'envoûtement revient, le bohémien n'a pas menti.

LE CHARME DU BOHÉMIEN

« Et le charme est revenu ? — Il faut le croire. —
Ici même ? — Puisque je vous y ai conduit. — Et vous
avez été témoin, vous avez vu ? — Mieux, j'ai été appelé comme médecin auprès d'une des victimes. —
Quel merveilleux écrivain de romans-feuilletons il y a
en vous, mon cher Rabastens. Vos réticences sont autant de chefs-d'œuvre, vous possédez l'art consommé
de la suite au prochain numéro. »

Rabastens esquissait un léger salut. « Et cette propriété appartient toujours aux Noronsoff ? — Elle leur
reviendra après le décès du propriétaire actuel, le comte
Grégory de Gourkau, celui-là même auquel j'ai téléphoné
ce matin. Le comte Gourkau habite Monte-Carlo ; il n'a
le domaine qu'en viager. — Alors, ce parc est appelé
à revoir des drames, puisque les Noronsoff y reviendront. En ce moment c'est un intermède de la maison
hantée. — La propriété sera vendue le lendemain
même de son retour à la famille, et les Noronsoff n'y
reviendront jamais. D'ailleurs y reviendraient-ils que

le charme n'opérerait plus. Le maléfice du Bohémien s'est éteint avec le dernier Noronsoff de la branche maudite, le dernier petit-fils du fameux Wladimir, le Wladimir de la légende, mort ici le 2 mai 1899. Je l'ai assisté dans ses derniers moments. C'est un peu pour vous raconter cette agonie dans le cadre même, qu'elle épouvanta, que nous nous trouvons assis tous deux sous ces cascades de glycines; mais vous ne me laissez pas respirer, vos perpétuelles questions démantibulent mon récit avant même que je l'ai commancé... — Et je vous coupe tous vos effets, les effets auxquels vous tenez tant. Allez, je ne dis plus mot, une question pourtant. Ce comte Grégory de Gourkau, propriétaire usufruitier du domaine, un parent ou un ami? — Ni l'un ni l'autre, l'ex-intendant dn prince Wladimir, le dernier Noronsoff que j'ai soigné ici: et qui n'a volé ni le domaine ni les millions dont il a la jouissance, car c'était un dur métier que d'être l'intendant des plaisirs du prince. Vous voyez-vous chargé d'organiser une fête sons Néron ou de distraire Héliogabale en plein dix-neuvième siècle, en respectant les préjugés du monde et les règlements de police? C'était un peu le cas de ce pauvre Gourkau. Aussi a-t-il pris en horreur ce parc de féerie où il fut, huit ans, metteur en scène: il y a avalé trop de couleuvres. Ah! ces Cosaques ne sont pas faciles à vivre et c'est une besogne ardue que de satisfaire leurs fantaisies. Mais je commence.

Cette propriété, une des plus anciennes de Nice (vous n'avez qu'à voir la hauteur et la grosseur de ses palmiers) n'a pas été créée par les Noronsoff. C'es un Anglais qui l'a fait surgir à coups de banknotes du roc et des pierrailles du Mont-Boron. Il y entassa des millions, d'où ce surnom de la *Folie de l'Anglais* donné encore dans le vieux Nice à la propriété, propriété qui, d'ailleurs, ruina son créateur, et c'est à sa mise en vente par adjudication que le prince Serge Noronsoff l'acheta. En 1862, le prince Serge Noronsoff (c'est ici que commence le conte de fée du premier chapitre), le prince Serge Noronsoff, jeune, beau, colonel d'un régiment de Préobrajenski, mieux qu'un grand seigneur, un intelligent et un artiste, un peu poète même, épousait par amour une princesse allemande, l'archiduchesse Sophie de Thuringe-Heilberg, la sixième fille du vieux duc Rodolphe de Thuringe, prince régnant de la maison de Stilmar; et ce mariage était un peu une idylle princière dans le goût de celles des chroniques romanesques de la Légende dorée; car, si le prince Serge avait des millions et des millions, l'archiduchesse Sophie n'avait en dot que son trousseau et ses écrins et quels écrins! Devant ces perles une demi-mondaine d'aujourd'hui hausserait les épaules. Mais ce mariage passionnait alors toutes les cours de l'Europe, car c'était l'amour épousant la jeunesse, et le sang de deux races fortuitement unies dans la force et la beauté.

Les Thuringe-Heilberg sont célèbres dans tout le Gotha pour la prestance superbe des hommes et la plastique incomparable des femmes; les Heilberg sont pauvres, mais ont pour eux l'inestimable richesse d'un sang sans mésalliance et transmis jusqu'à ces jours intact et pur. Les mâles y sont courageux, adroits aux armes et cavaliers accomplis; les femmes pudiques, d'une loyauté et d'une vertu insoupçonnables.

L'Allemagne foisonne de proverbes sur cette race :
*Epouser une Thuringe-Heilberg, c'est faire fleurir un lys
dans son lit. Une épée ploie, une Heilberg se brise, on
n'entame pas le cristal. Quand une Heilberg va à la messe
les bluets s'éveillent dans les blés et les anges s'endorment
au paradis...* Voilà les adages les plus connus Outre-
Rhin sur cette étrange et patriarcale famille ; et le
prince Serge épousait une Thuringe-Heilberg et, parmi
les six filles du vieux duc, la plus blonde, la plus svelte,
la plus liliale de cette famille de princesses de contes,
l'archiduchesse Sophie, si miraculeusement blanche et
belle que l'empereur de Hongrie avait, dit-on, un instant songé à elle pour un des archiducs ; et ce mariage
était un mariage d'amour.

L'archiduchesse Sophie était aussi éprise de son
fiancé que Noronsoff était amoureux d'elle, et ces deux
promis privilégiés étaient tous deux musiciens, curieux d'art et de littérature, que dis-je, un peu écrivains même, déjà fervents de l'œuvre de Richard Wa-
gner dont l'étoile commençait à se lever... Admettez
l'hypothèse d'un mariage entre Louis II de Bavière et
celle qui fut depuis l'impératrice Elisabeth d'Autriche
et vous aurez à peu près l'équivalent de l'événement
que furent alors en Europe les fiançailles de Serge
Noronsoff et de l'archiduchesse Sophie.

Et c'est ce couple qui venait s'installer ici.

Pour cette princesse en or fin de légende Noronsoff
avait voulu ce cadre de féerie. La Sicile les posséda d'a-
bord un mois, puis la baie de Naples et Amalfi. Les
tapissiers dépêchés par le prince installaient, pendant le voyage, la villa choisie par lui comme décor à

son amour; la princesse, elle, ne savait rien. Elle con
tinuait sa tournée de jeune mariée à travers l'Italie
de 1860, accessible seulement alors aux Altesses régnantes et aux banquiers millionnaires. Après les joies
esthétiques de Florence et les divines mélancolies de
Venise, cet émerveillement l'attendait; la halte de leur
lune de miel sous les palmiers et les hauts cocotiers de
la *Folie de l'Anglais*, l'enivrement de la passion légi-
time satisfaite dans une oasis de rêve et dans le plus
beau pays du monde, dans une Riviera si pareille alors
à la Sicile qu'elle venait de quitter, une Riviera sans
Continental-Hôtel, sans téléphone et sans restaurants
de nuit, une Riviera sans carnaval, sans tournées Cook
et sans trains de plaisir, une Riviera de grand luxe et
de poésie hautaine, pas plus visitée que ne l'est aujour-
d'hui un lac de Côme ou de Bellagio, parmi les florai-
sons tropicales d'un parc de trois millions alors unique sur tout ce Mont-Boron, et devant l'horizon que
voici.

Vous imaginez-vous deux êtres jeunes et beaux et
pouvant s'adorer avec tous les raffinements du confort
et du luxe dans cette solitude, et deux êtres romanesques comme on l'était alors, deux êtres tout impré-
gnés de lectures de Musset, d'Hugo et de Lamartine,
deux romantiques assis sous ces cascades de glycines,
devant cette mer et ces montagnes, dans l'oppression
de ces parfums!

Il faut croire que c'était tenter Dieu.

Le prince et la princesse Noronsoff étaient venus à
Nice pour y passer trois mois de leur lune de miel; ils y
restèrent deux ans, deux ans sans mettre les pieds à

Paris et à Saint-Pétersbourg. Ils s'étaient isolés dans leur bonheur.

Le prince Serge avait un frère, un frère aîné, Alexis Noronsoff qu'avait à peine entrevu, le jour de ses noces, l'archiduchesse Sophie; le vieux prince Ladislas Noronsoff, demeuré à Moscou dépêchait, un beau jour, ce fils aîné vers le couple pour le prier de revenir; les amoureux s'attardaient trop en Europe et le tsar réclamait le colonel démissionnaire à la cour.

Fut-ce ce climat énervant dans sa douceur continue ou bien le charme héréditaire apporté avec lui par l'aîné de la race, mystérieuse influence du ciel du Midi sur un tempérament du Nord ou plutôt l'horrible emprise du sortilège légué par le gitane? Mais, à la vue de son beau-frère, la princesse Noronsoff eut un éblouissement; ce fut un détraquement soudain de tout son être. Elle vit rouge, des bouffées de chaleur lui montèrent au visage et, à la fois suffoquée et glacée, un affreux désir la mordit au cœur. Ce fut comme si elle avait bu un philtre.

Elle n'essaya même pas de lutter. Comme une bête traquée et prise, elle baissa la tête et tendit le col au joug affreux du désir. La seconde nuit où le prince Alexis couchait sous son toit, elle quittait la chambre conjugale, gagnait celle de son hôte et, s'approchant du lit de son beau-frère, comme une louve et comme une possédée, allait droit à l'inceste.

Comment vous retracerai-je cette scène, dont nul ne fut témoin, mais que tous à la villa reconstituèrent? Le prince Alexis s'était réveillé et, dressé sur son séant, regardait avec épouvante s'avancer vers lui la plus adorable et aussi la plus exécrable des maîtresses. Il avait reconnu cette femme hors d'elle-même, dont le geste implorait et les yeux déliraient, spectre imprévu de la passion et de l'impudeur.

Sa belle-sœur venait s'offrir à lui ; mais elle n'était pas entrée seule dans la chambre. Le prince Serge l'avait suivie ; il l'avait sentie glisser dans l'ombre hors de son lit, avait cru d'abord à un malaise, puis, saisi d'un soupçon, avait marché doucement, lentement, sur ses pas.

Lui aussi, l'épouvante et la stupeur l'avaient cloué au seuil, quand il avait vu où entrait sa femme. Le flambeau, que la princesse tenait à la main, l'éclairait droite dans sa robe de nuit, et les deux hommes horriblement émus se mesuraient du regard, s'interrogeaient des yeux sans vouloir comprendre. La princesse s'approchait du lit d'Alexis et, comme pâmée d'extase, se laissait choir entre ses bras ; elle serait tombée de toute sa hauteur si son beau-frère ne l'avait soutenue. Le mari avait bondi jusqu'au couple.

« Misérable ! » Mais l'aîné, arrêtant le poing levé du cadet : « Elle ne sait pas ce qu'elle fait. Vois ses prunelles ardentes et fixes. Elle est sous l'influence d'un sommeil magnétique. Tâte plutôt ses chairs moites et froides ; ses épaules sont trempées de sueur. Elle obéit à je ne sais quelle volonté occulte, son désir n'est qu'une suggestion. » La femme, elle, demi-nue suffoquait avec des sanglots roucoulés de colombe.

Le prince Serge atterré se rendait compte, ne pouvait nier l'état somnambulique ; les yeux brûlaient agrandis d'hypnose ; la preuve éclatait évidente d'une

affreuse suggestion ; les deux frères se taisaient, s'é-
taient compris. Ils n'avaient pas dit le mot suprême,
mais ils l'avaient tous les deux sur les lèvres : le charme
du bohémien était revenu.

Le prince Serge ramenait doucement, lentement dans
la chambre conjugale cet automate délirant d'amour,
il recouchait comme un enfant cette misérable victime
d'une hystérie héréditaire et veillait auprès d'elle le
reste de la nuit.

Le lendemain, la princesse Sophie s'éveillait comme
si rien ne s'était passé, et la journée se traînait pour
les deux Noronsoff dans l'angoisse et dans les transes.
Si l'horrible mal allait revenir ! Ils ne pouvaient ignorer la légende, eux, qui avaient été élevés dans la
menace et l'effroi du sortilège. La princesse, étroitement surveillée par les deux hommes, ne donna tout
le jour aucun signe d'aliénation sexuelle ; mais, à la
tombée de la nuit, ses yeux s'allumèrent d'une flamme,
tout à coup ce délicieux visage prit une expression
dure, tous ses traits se figèrent dans une stupeur
désirante. Pendant le dîner de famille servi sur cette
terrasse (car on était en juin), ses prunelles insistan-
tes fixaient tout le temps son beau-frère, tous ses gestes allaient inconsciemment vers lui. Les deux Noronsoff suivaient avec terreur le retour effarant de la crise
et, comme les yeux d'Alexis se dérobaient évitant la
requête de la misérable, les yeux de la princesse
allaient maintenant aux serviteurs. Ses prunelles flambaient en se posant sur les maîtres d'hôtel, elle s'a-
languissait défaillante au dossier de son siège quand
le service les voulait derrière elle et, en rentrant dans

la villa, tout son être s'attardait avec des mouvements frôleurs aux valets de pied de l'antichambre.

Les Noronsoff ne dormirent pas cette nuit-là. Pendant qu'Alexis veillait sur le palier, sentinelle de l'honneur du nom : ivre de rage et de désespoir, Serge fut l'amant de la possédée, se résigna à maintenir dans son lit, à force de baisers et de caresses, cette chair inconsciente et libérée de l'amour par l'envoûtement de la luxure. Ce fut une atroce nuit de joie, de volupté, de douleur et de regret : pudeur, chasteté, tout ce qui avait été le charme de la fiancée et de l'épouse avait fondu, disparu ; les Noronsoff, selon la prédiction du Tzigane, avaient une fois de plus une chienne et une prostituée dans leur lit.

Le lendemain matin, pendant que la princesse Sophie reposait, blanche et repue, du sommeil lourd des courtisanes, les deux frères avaient un entretien de trois heures. Enfermés dans le cabinet de Serge, ils en sortaient tous deux, blêmes et les yeux secs et meurtris. On eût dit deux condamnés à mort.

Quelle décision avaient-ils prise?

Le même soir, entre neuf heures et dix heures, la princesse Sophie Noronsoff mourait subitement de la rupture d'un anévrisme.

Trouvez-vous cela suffisamment tragique? »

PROFIL D'EMPEREUR

La demeure resta inhabitée pendant près de trente
ans. Le parc laissé à lui-même envahit les terrasses,
s'empara des allées, donnant à cette oasis, éclose en
Riviera, l'aspect de forêt vierge et de domaine de fée
qu'il a gardé depuis. Les fleurs de la solitude s'y épa-
nouirent après la floraison des sortilèges (M. Rabastens
continuait de soigner ses phrases) et, les Noronsoff
disparus, enfoncés dans l'oubli de leur Russie lointaine,
il ne survécut que le nom, le nom donné à la propriété
par d'anciens fournisseurs et gravé, d'ailleurs, en lettres
d'or sur une plaque de marbre blanc, que j'ai négligé
de vous faire remarquer en entrant.

Aussi grand fut l'émoi de la colonie et de la population quand, il y a neuf ans, la nouvelle se répandit ici que la demeure abandonnée du Mont-Boron
rouvrait ses persiennes et ses portes. Un Noronsoff revenait y habiter. Une légion de tapissiers parisiens
et une nuée d'ouvriers italiens, mosaïstes de Turin et
sculpteurs de Gênes, y précédaient le retour du Maî-

tre ; le souvenir du faste et du luxe déployés par les
hôtes précédents allait singulièrement pâlir auprès
des recherches et des raffinements d'installation et
de mobilier du nouveau propriétaire. On ne parlait
dans le pays que d'une piscine creusée dans l'ancienne
salle de billard de la villa, et d'une vasque de porphyre rouge encastrée dans des dalles de marbre rose,
où le Noronsoff attendu devait prendre ses bains. La
vasque hexagone s'étageait en trois marches arron-
dies et polies comme un torse de femme ; pesamment
accroupies sur le bord, six monstrueuses gre..ouilles
de malachite en gardaient les six angles. D'énormes
topazes étrangement éclairantes animaient le vide
de leurs yeux ; la poussée d'un ressort, habilement
caché dans l'une des marches, faisait cracher aux
six monstres six douches d'eau tiède, bouillante ou
glacée, à la fois ou alternativement. Aux murs, dont
un motif érotique et stuqué ornait la haute plinthe de
cygnes assaillant des Lédas, des fresques mythologi-
ques évoquaient des scènes d'oarystis choisies parmi
les mythes les plus hardis de la fable. Sur des fonds
glauques et doux de roseaux frissonnants, parmi des
vergers d'oliviers et des verdures de lauriers-roses,
c'était l'aventure immortelle de Syrinx traquée par le
dieu Pan, de Daphné presque forcée par Apollon,
l'audace lascive de Salmacis tentant de s'imposer à
Hermaphrodite, la coupable extase de Narcisse, les
complaisances même d'Atalante, toute la luxure éparse
des faunes et des nymphes d'un joyeux paganisme
emplissant les bois et les vallons d'exploits de bouc
et d'œgipans, et cela dans un décor de cyprès, de ro-

ches et de promontoires qu'on eût pu retrouver en poussant la porte ; églogues de la Grèce évoquées dans un cadre identique, à deux mille ans près, par le caprice et pour le bon plaisir d'un grand seigneur cosmopolite, instruit par le musée de Naples, les fresques de Pompéi et les ouvrages des érudits allemands sur Tibère et Néron.

On parlait aussi d'un cabinet de treillages, de treillages dorés et enguirlandés de fleurs de vieux Saxe comme n'en ont jamais connu Chantilly et Versailles, une folie exquise et maniérée du style Louis XV, telle on n'en voit qu'à Munich ou à Potsdam. On parlait enfin du théâtrophone installé entre la villa Noronsoff et le théâtre de Monte-Carlo ; le nouvel hôte voulait jouir de tous les concerts et des représentations de la principauté sans quitter ses appartements, mais on parlait surtout du prince Wladimir, Wladimir, comme le terrible aïeul de la légende, le neveu du prince Serge, l'acquéreur de la *Folie de l'Anglais,* et de la princesse Sophie morte à Nice si malheureusement, le fils unique aussi du prince Alexis Noronsoff demeuré, en sa qualité d'aîné, le chef de la famille après le décès du prince Ladislas.

Le prince Serge était mort sans enfant.

Né déjà du vivant des propriétaires du domaine, ce Wladimir (il avait à peine trois ans au moment de la fin tragique de la princesse Sophie) était fils du mariage d'Alexis et d'une Italienne, la comtesse Benedetta San Carloni, d'une vieille famille de Florence. Ces San Carloni descendaient, disait-on, d'un bâtard d'Alexandre Borgia, et nul doute que de ces deux sangs princiers, Borgia et Noronsoff, quelque redoutable fleuron n'eût jailli.

Une terrible réputation précédait d'ailleurs le prince Wladimir. La mort de son père venait de le faire libre, propriétaire de la demeure de son oncle Serge et maître de tous les millions accumulés des deux branches. La princesse Benedetta Noronsoff sa mère, née San Carloni, ne quittait jamais ce fils trop délicat et trop chéri ; elle accompagnait partout cet enfant choyé, dont les extravagances célèbres et la santé à jamais compromise la tenaient en de perpétuelles alarmes.

La princesse Benedetta Noronsoff c'était la statue même de la Douleur. Elle avait vécu toute sa vie et devait mourir dans les transes ; elle avait échappé, elle, à l'horrible charme, à la honteuse hérédité du sortilège bohémien. Elle était demeurée intacte et pure au milieu d'une famille où il était de tradition de soupçonner la conduite des femmes, mais n'avait pu préserver son fils de l'effarante emprise. C'était sur l'ordre des médecins que le prince Wladimir venait soigner dans le Midi une neurasthénie acquise par toutes les dépenses nerveuses et tous les surmenages d'une existence déjà tristement célèbre. A peine âgé de trente-quatre ans, ce Russe en paraissait au moins cinquante. Usé de sensations et ruiné de débauches, cet homme encore jeune avait déjà un visage de vieillard ; visage aggravé de tics dus à l'abus des anesthésiants. Quelle fantaisie n'avait pas osée ce jeune millionnaire à l'imagination ardente et baroque de barbare élevé dans un luxe d'empereur. Les Russes ont des âmes d'enfant. Instinctif et impulsif avec une naïveté candide, nul peuple ne se pourrit plus facilement au contact des vieilles civilisations ; l'âme cosaque mise aux prises avec nos vices se gâte avec la rapidité d'un jeune fruit ; et le prince Wladimir était bien un fils de cette race sauvage et tendre, hâtée dans sa décomposition facile par cette goutte de sang florentin, apportée là par les San Carloni.

C'était à la fois un phtisique et un névrosé que venait installer dans le domaine familial la princesse Benedetta Noronsoff : de fâcheuses histoires avaient contraint le prince à quitter Saint-Pétersbourg ; une parenté auguste n'avait pu le préserver des rapports de police. C'est sur la demande du gouverneur que le tsar lui-même avait prié Wladimir de quitter son palais de la Perspective Newski, le général commandant en chef de l'armée entendait qu'on respectât l'uniforme ; et pour des fêtes costumées ou plutôt dévêtues, fêtes renouvelées de celles de la décadence romaine et qu'eût peut-être expliquées aujourd'hui la vogue de *Quo Vadis,* le Noronsoff ne s'était-il pas avisé de demander sa figuration aux casernes. C'étaient les hommes de la garnison, qui, par trois fois, avaient fourni les Gaulois et les Celtes obligatoires d'une orgie sous Néron. Le personnel des théâtres recruté à force de roubles avait donné les courtisanes du Palatin, les mérétrices de Suburre, les Augustans et les Centurions ; les Bohémiennes des restaurants de nuit, requises pour les ballets de ces sortes de fêtes, avaient de leur présence aussi bien que de leurs pas lascifs précipité le dénouement de ces réunions ;

des scènes inénarrables s'en étaient suivies ; les soldats grisés de champagne et affolés par les nudités offertes avaient pris leurs rôles au sérieux et cela à la grande joie du Noronsoff et de ses amis naturellement curieux de la nature humaine dans toutes ses manifestations ; mais le général ministre de la guerre avait peu goûté cette main-mise d'un prince dilettante sur les hommes de ses régiments. Il y eut plaintes au palais, des rapports de police contrôlèrent et, après avertissement préalable, le despote et le volontaire, qu'était ce Wladimir, ayant récidivé, le coupable fut prié officieusement d'aller promener ailleurs ses fantaisies d'empereur.

Un empereur en vérité et de la Rome la plus fangeuse et la plus dissolue avec des cruautés de petitfils d'Auguste et une arrogance de parvenu à la Trimalcion. Je vous citerai deux faits. A Paris, où Noronsoff vint s'établir la première année de son exil (les Parisiens de 83 se souviennent encore de son hôtel de l'avenue du Bois-de-Boulogne et des fêtes qui y furent données), ne s'avisa-t-il pas d'un caprice pour Ghislaine de Brême, cette fine et délicate statuette de vieux Saxe, cette femme bibelot, on eût dit descendue d'une étagère... Ghislaine de Brême, elle, jouait alors aux Variétés et venait de faire courir tout Paris au Châtelet, à la reprise de *Cendrillon*. Vous vous souvenez de la nacre de ses épaules et de ce profil de duchesse. Le Noronsoff eut donc, un soir, la fantaisie de pétrir et de meurtrir cette fragilité. Deux mille louis furent la somme convenue et Noronsoff, qui n'avait même pas la pudeur du toit maternel, reçut un soir,

après le théâtre, l'actrice à souper avenue du Bois.
Noronsoff voulait Ghislaine dans son costume de princesse de féerie avec tous ses diamants, les dépouil-
les opimes d'une carrière imprévue chez une aussi
femme jeune.

Ghislaine arrive, le prince est là en habit noir qui
l'attend, le souper est servi dans la chambre. Etait-ce
l'appât d'une conquête réputée difficile ou les grands
crus mélangés du souper? Ghislaine coquette et s'a-
nime, le prince, lui, reste froid ; aux avances de l'actrice il oppose toutes les glaces de la Russie. Il reste
grand seigneur, mais n'ébauche pas un geste ; il regarde curieusement cette jolie créature qui paonne et
qui s'offre. Au sortir de table, comme la femme un peu
dépitée provoque, le prince se lève, sonne et, désignant l'actrice à deux moujiks apparus dans l'embrasure d'une porte, il leur dit en russe : « Allez ! » et
la pauvre fille eut à subir l'assaut de ces deux brutes ;
ce qui mit chaque Russe à dix mille francs. De rage
Ghislaine en fit une maladie.

Ces aventures-là vous campent un homme.

Ce Noronsoff avait d'ailleurs le plus entier mépris
des femmes. L'année suivante, entretenant publiquement Lola Faroudchi, la fille la plus coûteuse d'alors,
et l'affichant dans tous les restaurants, le soir, quand
il dînait en face d'elle, chez Bignon, au dessert ne dé-
crochait-il pas sans façon son râtelier et ne le dépo-
sait-il pas délicatement dans un verre, vis-à-vis de Lola
rouge de fureur. Les dégoûts de Lola ! pourquoi se
fût-il gêné avec elle ? Ne la payait-il pas royalement ?

Ce Noronsoff avait le goût de la servitude et traitait

l'humanité comme les serfs de ses villages; la toute-
puissance de la fortune lui avait appris le mépris des
âmes et des gens. Il voyait le monde à ses ordres,
domestiqué.

A Paris il avait installé chez lui, avenue du Bois-
de-Boulogne, tout un orchestre de Tziganes et le traînait avec lui, les soirs, au cabaret. Ses musiciens
se plaçaient et jouaient sans se soucier des autres dîneurs; si des clients cédaient la place, le prince dé-
dommageait le cabaretier. Il lui arriva certains soirs
de louer tout le restaurant. Ses soupers au Café de la
Paix sont demeurés célèbres; on ne se mettait jamais
à table avant une heure du matin. Il y venait pêle-
mêle des actrices, des journalistes, des écrivains, des
peintres, des sculpteurs, des grandes dames et des
filles en compagnie d'acrobates, de lutteurs, de som-
nambules et de lads d'écurie, invités au hasard des
rencontres. Des grandes dames parfois se levaient et
il arriva à des artistes de quitter la table, mais la plupart du temps on restait par curiosité; les soupers
donnés par Noronsoff étaient les seuls où l'on mangeât
réellement du caviar de Norvège et du sterlet du Volga,
et puis chaque invité trouvait toujours un cadeau de
prix sous sa serviette, porte-cigares en or étoilé de
rubis, perle monstrueuse en épingle de cravate, bra-
celet d'opales, saphir en bague ou quelque orfèvrerie
de Lalique : aucun sexe n'était oublié. Parfois, au milieu du souper, le prince se levait, s'engouffrait derrière les rideaux d'une fenêtre; son valet de chambre
lui passait une aiguière d'argent et dans le silence inquiet de l'assistance on entendait le bruit d'une petite

source. Debout derrière les rideaux, le prince se soulageait comme feue la duchesse de Bourgogne en pleine cour de Versailles ; ce dernier Noronsoff était digne de vivre au temps de Louis XIV. Paris se fâcha à la longue de ses insolences ; des hommes invités à ces soupers prirent mal ce sans-façon de prince du sang de la fin du dix-septième ; le boulevard n'admit pas non plus la cruauté blessante de ses manières avec les femmes. Le vide se fit avenue du Bois-de-Boulogne, des journaux s'emparèrent des faits, des chroniques parurent envenimées de sous-entendus ; Noronsoff sentit l'atmosphère hostile et partit.

Il partit à travers l'Europe, emmenant avec lui son orchestre de Tziganes, étonnant les capitales et scandalisant les foules de l'audace de ses caprices et du spectacle de sa neurasthénie. Londres, où la police est si indulgente aux fantaisies ruineuses de qui peut les payer, le posséda trois mois. Néron s'y ennuyait, le climat exaspérait ses rhumatismes, et puis le type saxon n'était pas son type. A Naples, où il habita deux ans le Pausilippe, le voisinage de Capri lui fut funeste : il voulut ressusciter dans sa villa quelques fêtes de Tibère et fut prié de partir par un avis de la Questure. Il en fut de même à Florence. A Vienne, le prince Noronsoff déplut à l'impératrice, et à Berlin à l'empereur ; une démarche officieuse de chambellan hâta dans les deux villes les préparatifs du départ. A Venise, il faillit se noyer en gondole ; la fraîcheur des lagunes lui fut malsaine.

C'est alors qu'il vint à Nice, combien malade et combien purulent, corps et âme !

Je vous avais promis un profil d'empereur

CHEZ HÉLIOGABALE

— « Noronsoff, mais j'y suis. C'est le Russe qui eut
cette aventure à Menton, il y a quatre ans, avec Liline
Ablette, Liline Ablette que nous a prise l'Angleterre,
Liline devenue, de par la protection d'un prince du
sang... (et pourtant la vîmes-nous assez maladroite à
l'Olympia!) la première mime de l'Aquarium; mais à
Londres il y a encore une aristocratie. Il n'y a que
Paris où un grand seigneur ne puisse pas imposer sa
maîtresse. — Je crois que vous faites erreur, cher
monsieur. Il y a quatre ans, mon Noronsoff à moi était
tout à fait incapable d'avoir n'importe quelle aventure
avec qui que ce fût. Le prince est mort, il y a trois
ans; c'est vous dire qu'il y en a quatre, il entrait presque en agonie. Je l'ai soigné toute cette dernière année
de sa vie. — Mais pourtant cette aventure de Menton lui ressemblait assez. — Oui, je sais, je suis au
courant de la chose. Elle fit assez de bruit. Liline
Ablette avec la coquetterie effrontée, qui la caracté-
rise, tenait la dragée haute à je ne sais quel gros joueur

de Monte-Carlo, un Russe. (En effet, je m'en souviens.)
Venu là pour faire sauter la banque, ce Tartare émer-
veillait alors la Riviera ; prodigalité et millions, il
avait tout. Liline avait pisté l'entreteneur sérieux dans
le ponte et, fine comme elle est, n'avait pas mis grand
temps à emanourer le seigneur. Personne n'a l'air plus
candide que Liline, quand Liline le veut. Quelques
rencontres dans la salle de jeu suffirent pour faire
flamber notre homme comme étoupe ; le Russe se fit
présenter. Liline, qui est de la grande race des courtisanes, refusa toute invitation au restaurant, mais
traita chez elle, à Menton, à la Perle-Rose, le nouveau soupirant. Cette Liline ! Et c'est l'amoureux
qui devint son hôte.

Dîners servis comme on les sert chez elle, chère
exquise, luxe princier d'argenterie et de fleurs : tous
les soirs, Liline Ablette recevait chez elle son flirt cosaque ; et c'était le roulement prévu des écrins offerts,
des chèques et des billets négociés par Lestoufer, l'u-
surier hollandais, de la dame, mais Liline n'accordait
rien. Elle se laissait désirer par son Russe, chauffant
à point sa convoitise, exaspérant sa frénésie, accor-
dant un jour une épaule, un soir un baiser sur l'oreille,
mais refusant toujours sa bouche, jusqu'au soir où le
Cosaque, énervé de ses ajournements, traitait la Célimène intéressée en petite fille. Après un dernier refus
de la belle, il lui retroussait brutalement les jupes et,
l'agenouillant de force sur les coussins, malgré ses
cris et ses prières, la fessait férocement jusqu'au sang :
l'âme du knout s'était réveillée chez ce Russe. Il laissa
Liline meurtrie et pleurante sans même avoir abusé

de la situation. Trente mille roubles furent estimés par lui le prix de cette correction. Liline fessée et furibonde voulait intenter un procès, mais recula devant le scandale. Vous voyez que je connais l'histoire; mais je puis vous affirmer que mon Noronsoff n'y est pour rien. Au premier abord, l'histoire lui ressemble, mais au premier abord seulement. Noronsoff était bien trop grand seigneur pour lever la main sur une femme; frapper soi-même est d'un goujat. Noronsoff eût fait fouetter Liline par ses gens.

— Mais il m'intéresse, vous savez, votre Russe. — Oui, il vous eût intéressé sûrement. C'était une figure comme on en rencontre à peine une par siècle. Moralement et physiquement il résumait bien la fin de deux races; cet homme était une résultante, le fleuron suprême d'une lignée de crimes, de folies et de sang.

La première fois que je fus appelé auprès de lui, je me rappelle encore l'étrange sentiment de déception et de malaise que j'éprouvai devant cet homme, si différent de celui que je m'étais imaginé. De tels racontars avaient déformé d'avance le personnage dont j'affrontais la réalité.

En dehors des légendes que le Noronsoff traînait après lui, légendes de son exil, légendes de son séjour à Paris et de ses haltes à travers toutes les capitales d'Europe, il avait eu dans le pays quelques histoires retentissantes. Ç'avait été d'abord le scandale de son arrivée et de son installation à Nice, les quarante malles d'un shah de Perse en voyage déballées dans le tumulte et les cris d'une domesticité de toute race et de toute couleur : cuisiniers nègres, serviteurs tartares, valet de chambre anglais, écuyer hongrois, masseur arabe, baigneurs smyrniotes, jardinier japonais et tout un orchestre non plus de tziganes, mais de *musicanti* napolitains à demeure dans la villa. Un pianiste autrichien brochait sur le tout, vaguement compositeur et vaguement spirite, favori d'au delà, dont les opéras fantastiques et les élucubrations d'outre-tombe faisaient alors le désespoir de la princesse Benedetta, navrée de voir son fils sombrer dans l'occultisme. La villa retentissait, de l'aube au soir et du soir au matin, de tarentelles, de valses allemandes et de conjurations évocatoires; tables tournantes et mélodies de Schumann, dédoublements d'images astrales et pots-pourris de Gluck et de Mozart, tel était le train de la maison. Un hourvari exaspéré de perroquets dominait les cris d'une valetaille ramassée aux quatre coins du monde, car Noronsoff avait la manie des aras et des perruches rares, et sur cette Babel d'idiomes et ce vacarme de volière régnait, époumonnée d'avance, exténuée de gestes et d'ordres superflus, la puissance illusoire du comte Grégory de Gourkau, l'intendant des plaisirs et le metteur en scène des fêtes et soirées du prince Wladimir.

Il n'y avait pas deux mois que le Noronsoff était au Mont-Boron, que la villa était devenue le rendez-vous de tous les aigrefins et de tous les gens tarés et louches de la Riviera ; ruffians de grands hôtels, entremetteuses et rabatteurs pour riches étrangers, marchandes à la toilette, courtières en bijoux, prêteurs sur gages, anciens cochers devenus loueurs, tenanciers de tripots, usuriers à la petite semaine, tout ce qui vit des vices et de la faiblesse d'autrui s'était abattu comme un vol de vautours sur la proie indiquée qu'était notre prince. A ce blasé, à cet instinctif surmené de jouissances et dont l'imagination seule survivait dans un corps malade et détruit, toute cette tourbe de parasites tentait d'offrir des occasions de joies et des motifs de désir. La princesse, épouvantée de la ruée de cette horde, s'était réfugiée au second étage de la villa ; elle vivait là avec trois femmes de chambre et un chapelain florentin comme elle et qui lui disait la messe dans ses appartements.

Elle avait abandonné le reste de la demeure à son fils ; et le Noronsoff, au milieu de sa valetaille cosmopolite, de ses perroquets et de ses racleurs napolitains, vivait adulé, choyé et tapé dans les moindres et les plus grands prix par sa cour de rufflans et de macettes, occupés à rabattre pour lui le gibier plume ou poil du pays.

Et c'est dans cette cour que j'allais être introduit.

Quelques exécutions l'avaient bien décimée et, après expériences faites, l'intervention de la princesse avait même éliminé nombre de coquins ; mais les réceptions du prince Wladimir n'en demeuraient pas moins légendaires. Il recevait, tous les jours, de quatre à six, vêtu de fastueuses robes de chambre de peluche de toutes les nuances, commandées toutes chez Worth, son fournisseur attitré depuis son séjour à Paris. Brodées, les unes de perles, les autres de turquoises (il y en avait de bleues surchargées de saphirs et de rouges bossuées de rubis), ses robes étaient la fable et la joie de la Riviera. Pour les admirer de près et pouvoir en pouffer ensuite, des gens, même sérieux, avaient sollicité l'honneur d'une audience chez le prince Wladimir. Le prince se tenait ou dans la salle de bains à la vasque de porphyre rouge ou dans le salon des treillages. Installé dans une pièce à côté, l'orchestre italien jouait en sourdine des tarentelles ou des valses lentes, selon l'humeur du maître ce jour-là... Et, les doigts surchargés de bagues (car ce Noronsoff avait les plus beaux écrins), affublé d'une de ses somptueuses robes de carnaval, le prince, l'air d'une idole, trônait dans sa petite cour de fournisseurs et de courtiers louches, vraie cour d'Augustule en peine de jouissance ou de souffrance, si l'on ajoute à la tourbe citée tous les Russes, hommes ou femmes, plus ou moins avariés de la colonie, toutes les épaves de Saint-Pétersbourg, de Moscou et de Livadia échouées en Riviera par crainte de la police ou par ordre du tsar.

J'ai dit *trônait* et je maintiens le mot, car ce n'était pas seulement par caprice que le Noronsoff recevait affublé de longues robes flottantes, les genoux enveloppés de lourdes peaux de renard bleu ou de zibeline. Il trônait en effet, mais à la façon du duc de Vendôme recevant les envoyés du Roy. L'estomac débilité, les entrailles malades et fonctionnant mal, l'organisme atrophié, usé par tous les excès, le dernier des Noronsoff recevait assis sur une chaise percée, et c'est par nécessité que ce Russe du dix-neuvième siècle menait une existence cloîtrée de satrape.

Cet émule des despotes d'Asie avait de bonnes raisons pour ne pas quitter son palais : il ne sortait que lorsqu'il le pouvait.

Vous me regardez avec stupeur ! Ces choses ont pourtant existé et nos aïeux en ont vu de plus étranges encore ; et pourtant ce fou, cet infirme et ce malade était une intelligence remarquable, que dis-je ! supérieure : il y avait en lui un artiste ! — Comme dans Néron, et je ne pouvais réprimer un sourire. — Comme dans Néron. Oui, en un autre siècle cette propriété aurait peut-être vu des fêtes aussi belles que celles dont furent le théâtre Baïes et Antium, mais rien ne réussit et tout tourne au ridicule dans la laideur et la vulgarité modernes.

Faites-moi penser à vous raconter les fêtes d'Adonis ! — D'Adonis ? — Oui, d'Adonis, qui furent célébrées ici sous l'organisation de Gourkau. Elles furent le comble du grotesque par la qualité même des figurants ; elles auraient pu être des merveilles. — J'y penserai, mais nous sommes loin de votre première visite et de votre présentation ! — Pardon. » Et se levant du banc où nous étions assis : « Je fus donc appelé un jour à la villa comme médecin, près du prince ; et quoique enchanté comme curieux de l'aubaine, je ne sonnai pas à la grille sans une certaine appréhension. Qu'allais-je trouver dans ce repaire ?

Introduit dans le parc par le suisse de l'entrée, je fus accueilli sur le perron par un tout jeune moujik vêtu de drap blanc, un vrai costume de théâtre, drap et velours blancs surchargés de broderies d'or. Je reconnaissais sous ce déguisement un décrotteur de la place Masséna que le prince avait eu la fantaisie d'attacher tout récemment à sa personne. La visite s'annonçait bien. Je traversai un long vestibule de marbre gardé par toute une troupe d'autres moujicks blancs ; j'en fis l'escadron d'honneur de ce palais des mille et une folies et déambulai avec une légère oppression au milieu de ce troupeau de gardiens évidemment voués à la Vierge, sinon au célibat.

Une porte s'ouvrait. Toute une floraison de roses et de liserons de porcelaine, escaladant l'or moulu de grands treillages Louis XV, me révélait où j'étais. Devant un fin bureau en marqueterie Louis XVI un homme était assis qui, à mon entrée, se levait. Aucune robe de velours cramoisi ou turquoise, mais un complet bleu marine (nous étions en juin) ; le veston flottait ouvert sur une chemise de soie blanche, une cordelière de soie jaune se nouait au col : tenue d'intérieur ou de convalescent. La main, aimablement tendue, me désignait un siège ; l'armature de perles et d'énormes turquoises dont les doigts de cette main étaient couverts me dénonçait le prince.

C'était un homme mince aux épaules hautes, déjà un peu voûtées. Le bureau le coupait à mi-corps, et ce n'est qu'ensuite que je m'aperçus qu'il avait du ventre, quand, au cours de la conversation, il se mit à marcher. Le prince Noronsoff avait dû être beau ; dans sa pâleur, dans ses yeux un peu las et, ce jour-là, ternis il portait ce mélange de hauteur et de douceur qui est le caractère de la race. Les traits étaient fins, le nez droit et le menton un peu long, comme chez tous les dégénérés. Grisonnants sur les tempes, les cheveux, demeurés blonds sur le haut de la tête, frisaient et retombaient en boucles, voilant à demi le front comme dans la statue du Narcisse. Je n'avais pas vu une femme en noir à qui le prince me présentait : « La princesse Noronsoff, ma mère. » Et, m'ayant invité à m'asseoir, la consultation commençait. »

MÈRE ET FILS

« Toutes les maladies, il les avait eues. Tout chez lui était attaqué, rongé par la tuberculose, usé de névrose aussi ; l'estomac fonctionnait mal, les intestins ne fonctionnaient plus, les reins étaient atteints, le foie congestionné secrétait péniblement, la respiration était une souffrance ; il ne comptait plus ses bronchites et, perclus de douleurs, diabétique et rhumatisant, il mettait une espèce de joie féroce à détailler tous ses maux. Il y avait du sarcasme et de l'orgueil dans la nomenclature qu'il faisait de toutes ses affections ; il en citait les noms techniques et, comme fier de résumer en lui tant de lésions et de déchéances, il me racontait maintenant ses opérations chirurgicales. Il en avait subi trois et des plus délicates ; il avait aussi abusé des anesthésiants : la morphine, l'éther, la cocaïne étaient ses amis familiers. Il avait eu tous les accidents morbides et tous les autres aussi, et il nommait tout à trac les maladies les plus honteuses dans le désarroi de la princesse, sa mère, qui, sortie enfin de sa réserve, essayait en vain de lui imposer silence et l'adjurait en russe avec une volubilité étrange chez une femme aux gestes si calmes et aux regards si lents. Une discussion s'était élevée entre eux, elle, voulant le faire taire, et lui, voulant parler à toute force. Je n'en saisissais pas un mot dans l'ignorance complète de de leur langue, mais je remarquais toutefois qu'en lui parlant elle le nommait *Sacha*, Sacha qui est le diminutif en russe d'Alexandre, et qu'elle évitait de l'appeler Wladimir.

Le prince se rasseyait enfin. Hors d'haleine, les pommettes injectées de sang, un peu d'écume blanchâtre aux coins des lèvres, il s'appuyait au dossier de son fauteuil. Il restait là, les yeux chavirés sous les paupières, n'en pouvant plus, prêt à s'évanouir. « Comme il s'agite, comme il s'agite ! C'est un enfant, un véritable enfant ! » disait la princesse et de son mouchoir froissé en tampon elle épongeait les tempes du malade ; la main lourdement baguée du prince avait cueilli un flacon traînant sur la table. Il le respirait et se ranimait lentement : comme un autre homme réapparaissait dans ce visage redevenu pâle : « Eh bien, monsieur le docteur, grasseyait sa voix à la fois molle et rauque, que pouvez-vous faire pour moi ? Rien de plus que les autres, n'est-ce pas. Rien, absolument rien ! » Une quinte de toux stridente étouffait un rire.

Etrange consultation ! J'étais plutôt interloqué. « Il faudrait que le prince se laissât ausculter, hasardai-je en me tournant du côté de la princesse. Je ne peux pas me prononcer sans avoir examiné le malade. — L'auscultation, oui, je sais, vous tenez beau-

coup à cette cérémonie, vous autres médecins! Cela
fait partie du décor... Bien inutile du reste; mais
vous le voulez, je m'y soumets. On va vous conduire
dans ma chambre. Excusez-moi, on est forcé de me
porter. » Il avait appuyé sur un timbre. Un moujik
blanc entrait, qui s'inclinait devant moi et me montrait le chemin. Deux autres moujiks pareillement vêtus s'étaient emparés du fauteuil du prince, Noronsoff
posait nonchalamment ses bras à leurs épaules. La
princesse s'était levée et une révérence de cour répondait à mon salut.

Je trouvai le prince étendu déshabillé sur son lit.
« Toutes mes excuses, docteur, il n'y a pas d'ascenseur.
J'ai été forcé de vous faire prenure un autre escalier
pour vous éviter d'attendre. Pas d'ascenseur! Cette villa
est une horreur, une véritable horreur. Pas le moindre
confortable. Voyez, je suis prêt. Oh! j'ai l'habitude. »
En effet, le prince se laissait manier et se prêtait à mon
examen avec une souplesse et une douceur inimagi-
nable; son corps fluet était redevenu celui d'un enfant.
Le ventre ballonné, l'estomac dilaté par les gaz étaient
la seule déformation de cet homme encore jeune et qui
avait dû être beau ; mais quelle lamentable anatomie
et quelle misère que cette poitrine rentrée et ces pauvres bras fondus ! Le prince n'avait pas exagéré. Comment vivait-il avec cet estomac détruit, ce chronique
épanchement de bile, cette obstruction des poumons
tout grésillants de râles. La chair du torse était mar-
brée de vésicatoires et la peau du ventre marquée de
cicatrices; les jambes, blêmes sous leurs poils fauves,
semblaient mûres pour l'œdème. Maigre et blette, la nu-

dité de cet archimillionnaire était celle d'un rachiti-
que d'hôpital.

Le prince avait suivi mon examen d'un regard singulièrement aigu. Assis sur son séant, il reboutonnait
maintenant sa chemise de soie molle et passait les
manches d'une ample robe de chambre de panne bleue.
Il allait vers les fenêtres qu'on avait fermées et, les
ayant rouvertes toutes grandes : « Oui, il n'y a pas
à dire, ce paysage est beau. Autant mourir ici. » Et,
feignant de remarquer seulement ma présence : « A
demain, docteur, à la même heure. Je ne sors jamais.
Je sais, c'est un tort, je devrais prendre l'air. Je vous
laisse toute la nuit pour élaborer vos mensonges. Car
vous mentirez comme les autres; c'est votre métier
à vous. Vous me direz aussi que je puis guérir... avec
des soins et en me privant de tout ce que j'aime,
n'est-ce pas ? Je vous préviens, docteur, que je ne
suis aucune ordonnance, que je ne prends aucun mé-
dicament. Je ne vois les médecins que pour me convaincre de leur fausseté, faire plaisir à ma mère et
contrecarrer leur ignorance surtout. Mais oui, cela
m'amuse. Ne prenez pas un mot de tout cela pour vous,
docteur, je serais au désespoir. A demain ! »

C'était mon congé. Un des moujicks venait de reparaître au seuil. « N'est-ce pas que nous ne croyons pas
à ces vilains docteurs et que nous mourrons tranquillement, sans eux, tous les deux ensemble. » C'était le
prince qui câlinait tendrement un petit singe d'Haïti
frileusement blotti contre sa poitrine, et, tout en se
caressant les lèvres à ses oreilles velues, le dorlotait
et lui parlait tout bas.

Telle fut ma première entrevue avec le prince Noronsoff.

J'étais encore dans le jardin, qu'un vacarme exaspéré éclatait tout à coup de perruches et d'aras. On
avait attendu mon départ pour débarrasser de leur
housse les volières, voilées dès mon arrivée pour que
leur caquetage assourdissant ne troublât pas la consultation. Une émeute de cris revanchait maintenant
les damnées bestioles de leur silence ; des bouffées de
valse m'arrivaient aussi mollement rythmées sur des
violons d'Italie. Le domaine était redevenu le royaume
des perroquets et des *musicanti*.

Et je devins le médecin du prince Wladimir Noronsoff.
La tâche n'était guère facile entre ce despote aux caprices et aux colères d'enfant, à la volonté fuyante,
multiple et sans cesse brisée, et les objurgations et les
démarches de la princesse, de la mère maintenant,
tous les matins, dans mon cabinet de consultation à
m'accabler de recommandations et à élaborer des plans
de conduite, sinon de salut, des régimes et des horai-
res pour ce terrible fils.

Dès le lendemain, à dix heures, la princesse était
chez moi. Elle venait à l'insu du prince et me demandait le secret ; elle voulait m'éclairer sur le compte de
Sacha : « Le pauvre enfant n'était pas si noir qu'il voulait le paraître, c'était la meilleure nature, mais il avait
été gâté par l'entourage... Quel entourage, monsieur !
S'il y avait un moyen d'écarter cette bande de coquins
et de pleutres, il reviendrait vite à la santé. Sacha
était trop bon, c'était une proie pour ces gens de sac
et de corde et, quand il faisait quelque folie, on pou-

vait être sûr qu'elle lui avait été soufflée par quelque aigrefin de la troupe. C'était comme les légendes, les histoires racontées... Il y avait eu parfois du vrai, mais ce qu'on avait exagéré ! Une intelligence remarquable et de la vraie bonté, docteur, vous jugerez quand vous le connaîtrez mieux ! » Et c'était une douloureuse chose, émouvante et grave, que de voir cette mère, si cruellement humiliée et crucifiée dans ce monstrueux fils, essayer de l'excuser et de le défendre. Elle prenait sa tache au sérieux, la pauvre femme, mettant toute son intelligence et toute son autorité à innocenter, à laver des calomnies et des vérités aussi son enfant déclassé, son Sacha compromis.

Une influence surtout alarmait la princesse Benedetta Noronsoff, celle d'une certaine comtesse Vera Schoboleska, une Polonaise ruinée, plus jeune, mais encore jolie, bas-bleu et théosophe, dont les doctrines subversives et la complète amoralité enthousiasmaient l'extravagance de Wladimir. Elle avait remplacé auprès du prince le pianiste autrichien vaguement spirite en faveur au moment de l'installation dans le pays. A la différence que la comtesse Schoboleska n'habitait pas la villa, elle exerçait le même empire sur le misérable. Noronsoff ne pouvait se passer d'elle : elle flattait ses manies et cultivait sa coquetterie d'idole par de quotidiens envois de fleurs ; elle lui choisissait des parfums, lui soumettait des fards et des onguents de toilette, des pierres précieuses non montées, des vraies et des fausses, faisait ses courses et ses commissions dans Nice. Elle avait les voitures du prince à ses ordres, descendue, pour lui complaire, au rôle de courtière

et de revendeuse, et inquiétait même le comte Grégory de Gourkau, l'âme damnée du prince, l'intendant
officiel.

L'adroite créature y trouvait son compte. A la fin de
chaque semaine, envois de fleurs et cadeaux étaient
largement rémunérés par quelque joyau de prix ou
même des dons d'argent. C'est elle qui avait gratifié
le prince de l'affreux et grelotant petit singe que je
lui avais vu dans les bras. Noronsoff en raffolait; c'était
le caprice, le jouet du moment. De la bête il ne sentait ni l'odeur caoutchoutée ni l'haleine forte, amusé
d'un détail du sexe de l'animal, deux billes d'un bleu
de lapis pâle surmontées d'une écarlate gousse de piment.

Cette inquiétante bestiole, ce bibelot équivoque et
vivant avait enthousiasmé Wladimir.

« C'est Elle l'Ennemie, avait dès le premier jour
déclaré la princess, cette Polonaise est le malheur installé dans la maison. Elle a rendu mon fils nihiliste!...
Nihiliste! un Noronsoff, dont le grand-père avait quarante mille serfs; nihiliste! un propriétaire terrien qui
possède encore à lui soixante villages et manie une
fortune de trente-trois millions!

« Si ce n'est pas une pitié! Nihiliste! D'ailleurs elle
est Polonaise, sans le sou, divorcée. C'est la dernière
des aventurières, une vraie rouleuse de villes d'eaux,
encore jolie, la gueuse, sous son maquillage, car elle
se maquille et à ravir. L'autre jour n'a-t-elle pas maquillé
mon fils... Il m'est venu comme cela à table! il m'a
fait peur, il avait l'air d'une fille! Ce qu'il a ri! un rien
l'amuse! C'est un enfant, un garçon de dix ans! Oh!

cette gueuse sait ce qu'elle fait, elle connaît Sacha mieux que moi. Je l'ennuie et elle le divertit. Me voyez-vous luttant avec ma vieille figure et mon air grave et triste ! Sacha me reproche toujours mon air triste : « Ris donc, maman ! ris donc ; tu me donnes des idées » de suicide ! »

» Enfin, docteur, on ne peut rien faire sans mettre cette damnée Schoboleska dans son jeu ! Pour que Sacha consente à suivre vos ordonnances, il faudra que vous alliez chez cette maudite femme et lui rendiez visite ; la démarche la flattera ; parlez-lui de la santé du prince. Il est de son intérêt qu'il vive, prenez-la par la seule chose qui l'intéresse : sa fortune et celle de ses enfants... Car elle a deux fils dont l'aîné a quinze ans ; deux amours jolis comme leur mère a dû l'être à vingt ans, et qu'elle amène ici, tous les jours, à quatre heures... Oui, ici, et Dieu sait quelles horreurs se débitent aux quatre heures du prince !

» Cette Polonaise ! j'ai toujours peur qu'elle n'ait quelque intention abominable en conduisant ici ses fils. C'est qu'ils sont beaux comme des dieux ! Et cette femme est capable de tout, de tout, docteur ; elle est si pauvre !... Oh ! c'est un malheur que Dieu ait amené cette Schoboleska à Nice ! Dieu ne devrait pas permettre ces choses... J'ai le pressentiment de quelque chose d'horrible, d'une histoire tout à fait vilaine, irrémédiable, comme vous dites en France, de la part de cette femme !

» Oh ! si ce n'était pas un crime d'empoisonner quelqu'un, il est des êtres qu'on devrait avoir le droit de supprimer. Je l'ai souvent dit au Père confesseur.

» Dieu n'est pas juste. Comme si je n'étais pas assez malheureuse! Enfin, docteur, il faudra aller voir et intéresser à votre cure cette mauvaise femme.

» Moi, elle me déteste. Je ne la reçois pas. Je ne reçois aucun des amis de mon fils! Mais je la recevrais si je lui sentais seulement un peu de pitié pour Sacha. En somme, nous sommes deux mères. »

LE DUR MÉTIER DE PLAIRE

Et la vie la plus extraordinaire, la plus compli-
quée commença pour moi.

Quelle cure ! J'y apportais une patience qui m'é-
tonne encore, mais quels documents j'y cueillais sur
l'âme russe.

Au début, la chose alla mieux que je n'osais l'espérer, le Noronsoff voulut bien quelque temps suivre
mes ordonnances. Grâce à l'emploi de certaines poudres savamment dosées, grâce aussi à des massages
électriques j'étais parvenu à régulariser presque les
fonctions de ses entrailles atrophiées ; le misérable malade n'en était plus tout à fait l'esclave. Si les matinées étaient encore difficiles, il pouvait au moins respirer à partir de midi et, avec sa liberté reconquise,
c'était l'abandon des longues robes de chambre traî-
nées jusqu'à la tombée du jour, la suspension des au-
diences dans la salle de bain ou dans le boudoir aux
treillages sur le trône équivoque où ses infirmités
l'obligeaient à siéger ; c'était enfin, avec la faculté de

sortir, une trêve à cette vie oisive et cloîtrée de satrape, où les dernières forces du malade s'épuisaient.

La vie au grand air! C'est à quoi j'aurais voulu amener le prince. Les poumons attaqués auraient repris un semblant de vigueur. C'est cette atmosphère de parfums et de fards, aggravée d'odeurs d'animaux et de relents pharmaceutiques, qu'il eût fallu avant tout, faire quitter à ce tuberculeux... Ah! de l'air, de l'air vivifiant de montagne et les grands souffles alizés du large dans ces bronches sifflantes et obstruées!

La princesse là-dessus était bien de mon avis. Arracher son Sacha à l'ambiance vénéneuse et délétère de sa petite cour d'intrigantes et de complaisants, voilà ce qu'il importait avant tout. Le tirer, ne fût-ce que trois heures par jour, de cette atmosphère de bassesse, de complicité et de folies, loin de ces remugles de ménagerie, de ces puanteurs de volière et des fadeurs étouffantes et musquées d'un logis encombré de perroquets, de singes et de toutes les eaux de senteurs d'un harem.

Je conseillais des promenades en voiture; le prince s'y résigna. Il y mit des conditions. Tous les jours, à moins qu'il n'y eût mistral, les chevaux de Noronsoff venaient me prendre à quatre heures moins le quart, chez moi, boulevard Dubouchage. De là, je passais cueillir, hôtel de Finlande, la comtesse Schoboleska et l'un de ses fils, l'un ou l'autre, aujourd'hui Nicolas, le lendemain Boris, et nous montions au Mont-Boron chercher le malade, qui consentait alors à se promener avec nous.

La route de Guerro, celle de la Vézubie, les tournants

de Beaulieu, les pentes de la Corniche et les hauteurs
de l'ancienne route de Gênes nous voyaient tour à tour.
Les matins où il s'était levé de bonne humeur, nous
poussions jusqu'à Monte-Carlo et le prince, au bras
de la comtesse Schoboleska, entrait dans les salons de
jeu. Il y pontait sur l'âge de l'un des fils ; il n'y restait
jamais longtemps, ne pouvant, disait-il, supporter l'o-
deur de ces créatures, et il fallait voir de quel geste
il désignait les filles ; mais si, par hasard, la chance
lui était favorable, il remettait gracieusement les billets de banque à l'enfant qui lui avait porté bonheur ;
et ce n'était jamais moins de vingt à vingt-cinq louis,
car il avait des habitudes de gros joueur. De là, nous
allions luncher chez quelque Rumpelmayer et rentrions à Nice dans un silence un peu morne, le cœur
étreint d'une sorte d'angoisse, malgré les féeries du
crépuscule et la gaieté enfiévrée de la comtesse. Ses
saillies spirituelles ne parvenaient pas alors à dé-
rider le prince, et dans cette tristesse je diagnosti-
quais un signe de plus de sa fin prochaine tous les
êtres marqués et voulus par la mort ont, je l'ai remarqué, de ces muettes tristesses à la tombée de la nuit.

Ces tristesses, la comtesse Vera Schoboleska les re-
marquait comme moi avec une évidente inquiétude ; par
la force des choses nous vivions maintenant tous les
jours ensemble, la Polonaise et moi, et avions fini par
nous lier, sinon d'amitié, du moins d'intérêt pour la
santé du prince Wladimir. Suivant les conseils de
la princesse Benedetta, j'avais été rendre visite à la
Polonaise. Je ne lui avais pas caché l'état du prince
condamné selon mes prévisions et celles de tant

d'autres, mais on pouvait le prolonger de trois ou quatre ans peut-être en l'aidant à bien vivre ; j'avais appuyé sur le mot en regardant la Schoboleska dans les yeux et, me rappelant les instructions de la princesse : « Quiconque a de l'affection pour le prince doit tout tenter auprès de lui pour qu'il se soigne ; le prince ne peut faire du bien que de son vivant ; ses amis le perdront deux fois quand il mourra, car il ne prendra aucune disposition testamentaire. C'est un enfant et qui a bien trop peur de la mort pour tester en faveur de qui que ce soit ; le prince est superstitieux et craindrait d'appeler le trépas en dictant n'importe quelle volonté ; le prince Wladimir Noronsoff s'éteindra intestat, tous ses amis ont donc intérêt à ce qu'il vive. Tant qu'il sera debout, il est le maître à la villa, il reçoit qui il veut, commande et ordonne ; terrassé par la maladie, une fois au lit, c'est la princesse qui reprend toute l'autorité et c'est une terrible autorité que la princesse Benedetta Noronsoff. Nous devons, je crois, mettre tous du nôtre pour amener le prince à se soigner sérieusement.

« — C'est aussi mon avis, avait répondu la comtesse du ton le plus naturel, le prince a eu pour moi et les miens trop de bontés pour que je l'oublie ; le prince Wladimir est un calomnié, c'est une des âmes les plus généreuses et les plus hautes que je sache, on est fort injuste pour lui. Vous l'apprécierez quand vous le connaîtrez. — C'est aussi l'avis de sa mère, ne pouvais-je m'empêcher d'observer, la princesse fait grand cas du prince Wladimir. — C'est son fils, m'était-il simplement répliqué, pour moi ce n'est qu'un bienfaiteur; et l'ingratitude trouverait son compte à accepter les légendes en cours, mais je ne suis pas ainsi, je suis fière de déclarer que je dois tout à la famille Noronsoff. En m'aidant à élever mes fils, le prince Wladimir a acquis d'imprescriptibles droits à ma reconnaissance. C'est la princesse Benedetta qui vous envoie, n'est-ce pas, monsieur? Dites à la princesse que je ferai tout au monde pour amener le prince à se soigner — Alors, c'est un pacte? — Non, je serai votre amie, si vous le voulez bien, mais non votre alliée. Il n'est pas plus question d'émoluments pour vous que de gratifications pour moi; j'userai de toute mon influence auprès du prince pour le faire suivre vos prescriptions parce que j'aime le prince Wladimir... Alliée, non! Je trahirai, étant Slave, car a-t-on dû assez vous prévenir contre ma race et contre les miens! Je suis et serai pour vous, monsieur, une solide amie, je ferai tout pour vous seconder par conscience d'abord, par goût ensuite et un peu aussi par coquetterie, pour faire mentir la princesse Benedetta Noronsoff qui me hait et à laquelle je pardonne, parce qu'elle aime son fils comme j'aime les miens. »

Et là-dessus, la comtesse sonnait pour qu'on lui amenât ses fils. J'avais affaire à forte partie. Ils étaient charmants d'ailleurs, ces deux petits Schoboleski : Nicolas près de dix-sep ans, Boris, quatorze ans à peine, tous les deux blonds comme leur mère avec de larges yeux couleur de violette et frangés de longs cils noirs.

Oh! les prunelles mauves et bleues de la comtesse Vera! Elles étaient le grand charme de cet étroit et fin visage, miraculeusement conservé dans tout son galbe délicat. Maquillée, certes, cette femme de trente-huit à quarante ans l'était évidemment et exquisement aussi à la façon d'un pastel, les tempes et les méplats de son joli visage à peine effleurés d'une poudre adhérente et rosée, dont tous les traits s'estompaient délicieusement. C'était un maquillage savant et discret, qui respectait les ailes vibrantes du nez, la pureté du profil, la fossette un peu accusée peut-être d'un menton volontaire et tout le modelé d'une figure qu'on eût dit grecque, s'il n'y avait eu de l'Orient dans la mollesse des paupières tombantes et l'insistante langueur du regard. Une Grecque des Iles, une Chrysis d'Alexandrie sous le règne des Ptolémées, c'était bien ce type qu'avait dû être, à quinze ans, la comtesse Vera. Polonaise, elle était surtout d'Asie-Mineure par la souplesse de ses attitudes et l'impérieuse attirance de toute sa personne. Comme une caresse émanait d'elle. Sa voix un peu sombrée, ses prunelles claires et lentes, l'inflexion de son cou frêle, sa minceur mouvante sous de mouvantes étoffes, tout en elle implorait, suppliait, caressait; je comprenais l'empire que devait exercer une pareille créature. Les lèvres minces et les dents courtes démentaient seules cette face de volupté. La comtesse Schoboleska était manégée, frivole en apparence, coquette et spirituelle avec tout à coup, dans les yeux, une gravité sérieuse qui prenait; elle sentait le musc et les dentelles : ses moindres mouvements déplaçaient de la grâce et d'entêtantes odeurs. Ce n'était pas une femme de ce temps; même à Nice, cette patrie du cosmopolitisme, elle était d'ailleurs, d'une autre époque surtout.

Cette beauté grecque, la comtesse Schoboleska l'accentuait encore par les modes Empire dont elle avait adopté invariablement les étroits fourreaux, les écharpes de soie et les manteaux à trois collets; d'immenses capotes de satin ou de gaze plissées affinaient encore de leur ombre l'ovale aminci du visage, comme elles avivaient le bleu mauve de l'œil. Les deux années que je vécus presque côte à côte avec elle, je la vis toujours dans ces tenues un peu extravagantes de Muse de la Malmaison, mais elles lui seyaient à ravir et rien n'était plus vrai que l'expression en cours à Nice, à propos d'elle, qu'elle ressemblait à un portrait. Le fait est que la comtesse eût pu être signée Ingres ou Gérard.

« Cette chère Schoboleska, elle a dû aimer un houzard de la Garde et en est restée aux modes de son premier amant! » disait souvent le Noronsoff qui ne la ménageait pas. Une autre fois que la comtesse s'était fait attendre, une des rares fois d'ailleurs (car elle était ponctuelle comme le devoir) : « Vous allez voir qu'elle va nous arriver avec un kolbach. Elle se croit toujours au baptême du Roi de Rome ! » et avec une joie méchante d'enfant heureux de décortiquer un jouet : » Elle a eu quelques aventures, notre amie Véra, mais n'a rien su garder de ses anciennes conquêtes et elle a beaucoup conquis...; mais l'argent et les hommes lui ont toujours filé entre les doigts. Elle a été pourtant merveilleusement belle. Figurez-vous que le prince Kokine l'a fait servir, un soir, à un souper, toute nue sur un plat, un plat d'argent porté par quatre maîtres d'hôtel et précédés d'un héraut qui sonnait un ban. On déposa notre amie sur la nappe, au milieu d'une litière de liliums et de roses, et chacun pouvait piquer au plat... de l'œil, car Rokine était aussi vaniteux que jaloux ; et la pudeur de notre amie Vera avait exigé des perles et de valeur dans tous les endroits intéressants... Une nudité garnie, l'huître et ses perles, et huître est le mot, en effet. Qu'a-t-elle gardé de ses écrins ? La pauvre n'exhibe jamais que des bijoux humiliants, des brimborions de pensionnaire ; mais ses deux fils sont beaux à regarder et plaident vraiment pour leur mère ! » Et c'était le train des propos du prince Wladimir sur sa meilleure amie, sur la femme en cour et la seule influence que redoutât la princesse Benedetta.

Une influence, certes, la comtesse Schoboleska en exerçait une réelle sur le prince, mais combien fragile et combien précaire ! Avec ce caractère mobile et fantasque on ne pouvait être certain du lendemain ; autant tabler sur le vent d'Est. Le Noronsoff en avait les sautes imprévues et les brusques emportements, et quelle grossièreté de Cosaque éclatait parfois, impudente et cynique, au cours d'un entretien ou pendant une promenade, faisant craquer tout d'une pièce le vernis du grand seigneur.

Toute pensionnée qu'elle fût par le prince, la comtesse vivait dans les transes ; sa perpétuelle gaieté, son esprit en parade en quête de divertissement n'en étaient pas moins de l'angoisse et, devant ce visage attentif aux moindres gestes du despote, ces sourcils crispés et cette bouche toujours riante il m arriva souvent de la plaindre, oui, il m'arriva souvent de plain-

dre cette triste aventurière dont la beauté finie tablait
maintenant sur celle de ses fils et, dans ce cadre de
luxe et de prodigalité ruineuse où sa médiocrité sala-
riée évoluait, je lui surpris souvent dans la démarche
et les yeux une telle lassitude que la princesse Benedetta, si elle l'avait vue, en eût eu la pitié comme moi.

Deux faits dont je fus témoin établiront mieux les
choses. Un soir, vers six heures, comme nous revenions de Monte-Carlo, le prince, qui avait gagné la
forte somme et qui, par malice, n'en avait pas gratifié
le jeune Boris Schoboleski, le prince, mis en gaieté par
son gain et peut-être la mine un peu déçue de la comtesse, ne tarissait pas de plaisanteries sur la toilette
et la beauté de celle-ci, et, dans le malaise croissant
d'une situation tendue, la comtesse gênée, l'enfant
inquiet, désemparé et moi plus qu'ennuyé de tout cela,
le Noronsoff osait même quelques allusions au passé
de la Schoboleska : « As-tu vu les perles qu'exhibait
cette fille dans l'atrium? disait-il tout à coup, risquant le tutoiement, elle portait une fortune. Quelles
perles! Celles que t'a données le Rokine étaient-elles
aussi belles, comtesse? »

Cette fois la Schoboleska pâlissait sous l'affront :
« Vous êtes gris, répondait-elle au prince, » et, appuyant
sur le bouton d'appel, elle faisait arrêter et voulait
descendre. Boris, tout en larmes, s'était jeté dans les
bras de sa mère; le prince très ennuyé s'excusait,
prétendait à une plaisanterie et, pour calmer la Polonaise, ôtant un gros saphir qu'il portait en bague et la
lui passait au doigt; furieuse la comtesse rendait la
bague : elle avait ouvert la portière et, pour la calmert

le Noronsoff ne trouvait pas d'autre moyen que de forcer l'enfant à accepter le bijou, le priant d'intercéder
auprès de sa mère ; et, comme la comtesse hésitait encore, un rubis suivait le saphir et Boris rentrait à
Nice, la main toute fleurie de joyaux. Le prince aurait
donné toutes ses bagues. Ce jour-là, la comtesse resta.

La seconde fois, ce fut plus grave. Nous roulions en
landau sur la route de Vence, la comtesse, le prince,
Nicolas et moi. Le Noronsoff, avisant je ne sais quel
petit mendiant sur la route, faisait arrêter et, se prenant d'un subit caprice pour les yeux noirs et les hail-
lons de l'enfant, voulait le faire monter en voiture,
l'installer à ses côtés entre lui et la Schoboleska. Celle-ci
de se récrier et de vouloir descendre, elle et son fils
n'acceptaient pas l'équivoque compagnie de ce rouleur
de chemins ; et, buté dans son idée, le prince ne la retenait pas. Ne voulant pas laisser la comtesse seule
sur la grande route, je descendais avec elle et Nicolas.

Le prince emmenait, vautré sur les coussins de soie,
le petit mendiant ravi et stupide. Nous rentrions, nous,
par le chemin de fer.

Le mendiant, imposé le soir comme marmiton aux
cuisines, était renvoyé au bout de trois jours. Le lendemain, le prince était chez la comtesse Schoboleska,
implorant son pardon, mieux, l'achetant à coups de
billets de banque.

Néanmoins ces sorties en voiture, ces promenades
sur les routes devenaient dangereuses ; on y faisait de
mauvaises rencontres. Le grand air excitait trop le
prince et la santé développait en lui des instincts mal-
faisants. La comtesse devenait songeuse.

COUR D'ASIE

Un jour, le landau du prince ne vint pas me chercher; je l'attendis également le lendemain. Que se pas-
sait-il? Le troisième jour, je me rendais à la villa.

Je trouvais le Noronsoff siégeant dans sa miraculeuse
salle de bains. Affublé d'un invraisemblable caftan de
soie rose turc, les doigts surchargés de perles et de
turquoises, il tenait cour plénière. Toute la fripouille
élégante de Nice était là, les Russes avariés, les Anglais
en fuite et les Italiens en quête d'aventures. Il y avait
même une tenancière de garnis, marchande d'objets
d'art au rez-de-chaussée et de bibelots vivants aux
autres étages, et un ancien cocher, établi loueur. Une
escouade de moujiks blancs veillait aux portes, fresque
vivante appliquée contre les fresques peintes des murs.

Renversé parmi les coussins d'un divan, le prince
se pâmait d'aise au récit d'un Allemand amené là je
ne sais par qui, un gros Bavarois joufflu, la chair, on
eût dit, boursouflée de saindoux, qui, sérieux et comique, racontait avec des gestes courts une descente de

police dans une maison équivoque : rafle sanitaire qui était le scandale de la semaine et à laquelle lui, Meinher Schappmann, avait échappé. Arrêté avec les mineures et les clients de l'endroit, il s'était tout bonnement réclamé du consulat d'Allemagne et avait été relâché sur l'heure. La police n'avait gardé que les su·jets français.

Meinher Schappmann, les mains empêtrées dans les opales d'un chapelet musulman, se débattait dans son récit comme dans une mare. Il était préoccupé surtout de s'innocenter et aussi de charger les autres clients... Comment s'était-il trouvé là? Un de ses compatriotes, rencontré la veille au *Tannhauser*, lui avait proposé de le mener dans un endroit amusant. Les prunelles écarquillées derrière des lunettes verdâtres, le Bavarois s'effarait et mimait des pudeurs; le Noronsoff était aux anges. « N'y avait-il vraiment que des mineures dans l'établissement? On citait des fournitures complètes, un chien danois de forte taille et dressé à d'étranges manèges; on parlait aussi d'un gros monsieur surpris en corset de satin rose et courant à quatre pattes par les appartements. Un pharmacien de Cannes marié, père de famille et même marguillier, chuchotaient les uns, un étranger descendu à l'hôtel Westminster, prétendaient les autres, à moins que ce ne fût lui-même, Meinher Schappmann, car l'homme au corset était des plus corpulents. » Et avec une joie féroce le prince harcelait et criblait de questions le Bavarois éperdu, crispé et sursautant. C'était plaisir de voir ce bon Deutsch tressaillir, érupé à chaque insinuation du prince, comme une grosse huître grasse sous un jet de citron.

L'assistance s'esclaffait à cnaque mot du prince; et lui, son singe favori blotti sur ses genoux, piquait de temps à autre d'une petite fourchette d'or les fraises glacées d'une coupe-jacques, posée sur un petit guéridon.

Et moi qui lui avais interdit l'usage de la glace! Il est vrai que, dix minutes après, on installait devant lui un samovar et qu'il s'abreuvait de thé bouillant, douche écossaise interne dont je déplorais plus que tout autre les effets meurtriers sur l'organisme usé du prince.

Tout en buvant, Noronsoff jouait avec les cheveux de l'aîné des Schoboleski, Nicolas, assis près de lui sur le divan; sa main s'attardait dans les boucles blondes et serrées de l'enfant... Ce garçon de seize ans assistait à ces conversations. A quoi songeait donc la comtesse? Elle était là, d'ailleurs, trônant au premier rang des auditeurs, son dernier fils debout entre ses genoux et câlinement appuyé contre elle, la mère et l'enfant formant tableau, lui, vêtu de velours noir; elle, vêtue de blanc.

Dès l'entrée, je sentais la partie perdue: « Venez écouter cela, docteur, me criait le Noronsoff d'aussi loin qu'il me vit, et surtout pas de scène! Finies, les promenades en voiture! Je toussais davantage au retour et puis elles nous attristaient, n'est-ce pas, comtesse? Mes amis sont revenus et vive la compagnie! vous connaîtrez mes quatre-à-sept, c'est tout ce qu'il y a de plus amusant! — Comment, comtesse! faisais-je à la Schoboleska, la rendant évidemment responsable. — Oh! pas de scène à la comtesse! intervenait le prince avec un mauvais sourire, elle a eu assez de mal à renoncer à ces promenades. Le landau, c'est son triomphe ; les hommes ne la regardent plus qu'en voiture ! »

La Schoboleska avait trahi. Flattant les goûts d'adulation et de méchanceté du prince, elle avait ramené à la villa la petite cour équivoque des parasites et des complaisants. En conseillant au prince de reprendre ses réceptions elle avait supprimé du coup les promenades en voiture, le danger des rencontres et l'aléa des caprices, rétabli l'atmosphère spéciale d'adoration et de médisance nécessaire à la nature enfantine et cruelle de ce despote agonisant.

Tous les amuseurs admis à distraire le prince étaient avant tout ses créatures ; elle s'était faite la dispensatrice des libéralités et des dons. Lui obéir, c'était être pensionné par le Noronsoff : il n'y avait pas à lutter contre toute une maison complice. Je n'avais qu'à me retirer, pis, je n'avais qu'à laisser faire, conseiller devenu impuissant.

Et la débâcle commença, débâcle de santé et débâcle morale, si le mot *moral* pouvait s'appliquer à un tel milieu. Je cessais mes visites et ne les reprenais que sur les supplications de la princesse Benedetta, revenue par trois fois à la charge, affolée, indignée et en larmes: « La gueuse, l'abominable Juive, — car elle est Juive, je le sais, — elle me tue mon fils ! » — Et ne sauve pas les siens, pensais-je en moi-même, qu'arrivera-t-il de ces deux enfances dans cette atmosphère de corruption ? Et pour la calmer : « Oui ! la Schoboleska est dangereuse, mais une autre serait peut-être pire.

— Pire ! s'emportait la princesse, mais que voulez-vous donc ? Cette femme a le génie de sa race, c'est une Juive, vous dis-je. Elle a l'instinct de la destruction.

Par égard pour cette douleur, je consentais à ne pas abandonner le prince, mais me faisais une règle de n'aller à la villa qu'appelé, prié par Noronsoff lui-même pour une consultation...

Oui, en vérité, je fus alors témoin d'étranges choses. A ce régime de boissons glacées, de breuvages bouillants, de claustration, de soupers et de veilles (on soupait aussi maintenant à la villa), le peu de santé du malade s'altérait vite, son caractère s'aigrissait aussi. C'étaient maintenant de brusques colères, des crises de fureur quasi épileptiques et cela à propos de rien, de véritables crises qui, une fois passées, laissaient le patient brisé, anéanti presque mort, les yeux chavirés et les membres transis, comme vidés de sang. Et Dieu sait si les sujets de colère se multipliaient dans le désarroi de cette demeure livrée à une domesticité de hasard : serviteurs engagés au gré du caprice, congédiés de même, et dont l'intendant Grégory de Gourkau s'efforçait en vain de maîtriser le troupeau..., un troupeau d'affranchis, favoris d'une heure et maîtres de la veille, tyrannisés, tyranniques et insolents.

Et, dans le deuil d'une agonie qu'on aurait dit hâtée par une main savante et criminelle, c'étaient aussi les scènes les plus comiques.

Un soir, par exemple, j'étais appelé en toute hâte : le prince venait d'être pris d'une crise. Je trouvai la maison bouleversée, le jardin plein de lanternes et de falots errants ; toute la domesticité sur pied, armée de perches, d'échelles et de cordes. Un des aras familiers du prince s'était échappé, il avait rompu la chaînette d'argent de son perchoir et avait gagné les cimes des

arbres; c'était justement le perroquet affectionné de
Wladimir, un ara gris et rose au ventre semé comme
de gouttes de sang. L'oiseau s'était enfui vers une heure
et depuis on lui faisait la chasse ; il s'était réfugié dans
un groupe de palmiers et, caché sous la retombée des
palmes, il demeurait invisible, sourd aux menaces
comme aux supplications... Où était-il ?

Le prince qui, de fureur, s'était mis au lit d'abord
dirigeait maintenant les recherches. A peine vêtu, les
pieds nus dans des babouches, sans souci de la fraîcheur du soir, il courait de-ci de-là, dans le jardin, maigre à faire peur dans l'envolement d'une gandoura de
soie blanche, et, les mains tantôt jointes, tantôt tendues
en signe de détresse, il s'époumonnait à appeler l'ingrat.
Les noms les plus tendres se pressaient sur ses lèvres :
« Mon chéri, mon amour, âme de ma vie, mon bijou
rose ! » Toute une litanie adorante que remplaçaient soudain injures et jurons. Il sacrait après l'oiseau perfide,
le menaçait des pires supplices et, sans vouloir rien
entendre, pas plus le Gourkau que sa mère accourue,
la pauvre femme, et le priant de rentrer, le prince, un
véritable énergumène, envoyait chercher un revolver
et faisait feu tout à trac à travers les arbres du jardin.

Le perroquet effrayé quittait sa cachette et s'en-
volait plus loin, dans le parc d'une villa voisine que le
prince voulait faire envahir. Le concierge s'y opposait,
et, de mâle rage, le Noronsoff donnait l'ordre qu'on
tordît le cou à tous ses perroquets.

Ordre qu'on ne suivait pas, naturellement, en prévision des caprices du lendemain. Le prince était remonté, exténué, dans sa chambre.

Je dus veiller une partie de cette nuit-là.

Une autre fois, ce fut bien autre chose. On venait au grand galop me chercher pour le prince. Son singe l'avait mordu et il le croyait enragé, le petit singe au sexe bleu, que lui avait donné la comtesse.

Après sa réception de quatre à sept, Noronsoff était remonté dans sa chambre et, comme il s'attardait devant la fenêtre ouverte, dans une de ces mélancolies dont il était coutumier au coucher du soleil, la bestiole comme toujours blottie sur un de ses bras, le prince avait été pris d'une quinte de toux et, dans un mouvement inconscient, avait dû trop serrer l'animal, car avec un petit cri plaintif, la bête s'était prestement retournée et, lui grimpant au visage, lui avait mordu la joue.

De douleur le prince avait lâché le singe, mais pour le reprendre aussitôt et, dans un accès de fureur maniaque, l'avait précipité par la fenêtre; puis, appelant à grands cris, il était tombé sur son lit.

Le Noronsoff ne doutait pas que l'animal ne fût enragé et se croyait perdu. La villa vécut pendant neuf jours dans les transes. Malgré la cautérisation immédiate on ne parlait plus, au Mont Boron, que de l'Institut Pasteur. Pendant neuf jours le prince ne voulut pas entendre parler de la comtesse Schoboleska; c'était elle l'auteur de tout le mal. Pendant neuf jours elle fut consignée à la porte et la princesse Benedetta put espérer que c'en était fini du règne de la Polonaise; mais, le neuvième jour, Wladimir rassuré était pris d'un accès de tendresse: il s'informait de sa victime, apprenait que Taïtou avait été ramassé, les côtes brisées, par un palefrenier et mourait lentement dans les écuries. Wladimir voulut le revoir : on lui apporta la bête agonisante, il la voulut dans sa chambre. Elle y reçut mes soins, les siens et vécut trois jours.

On l'enterra dans le jardin dans un coffret de bois de santal et on lui fit de véritables funérailles : la comtesse Schoboleska y assista : ce fut sa rentrée en grâce.

Que vous dirai-je encore ? Il serait plus simple de feuilleter Suétone aux pages consacrées à Tibère et à Caligula ; la vieille âme des Césars revivait dans ce Russe, bizarrement mêlée aux instincts puérils des satrapes d'Asie. Les colères et les crises se succédaient toujours plus précipitées, plus fréquentes, plus violentes aussi, affaiblissant le malade et l'avançant chaque fois d'un pas vers la mort.

Et le comique de ces tristesses, c'était la futilité même des motifs de tant de colères.

Tantôt c'était un plat d'argent qu'un aide de cuisine avait dérobé ; on chassait trois marmitons, on appelait la police, on faisait maison nette. Au bout de huit jours un jardinier retrouvait le plat dans un massif. Une autre fois, un moujick avait découché, un des moujicks du bataillon sacré, et Wladimir entrait dans une fureur à la fois terrifiée et jalouse : cette vermine allait rapporter quelque affreuse maladie des bas quartiers de Nice et contaminer toute la demeure et, l'écume aux lèvres, le torse secoué par des spasmes, le Noronsoff vociférait et râlait, crachait des injures et du sang.

La princesse Benedetta stupéfiée assistait dans l'angoisse et l'épouvante ; la comtesse Schoboleska attendait. »

LA FAVORITE

La Polonaise était redevenue maîtresse. Occuper
avant tout le prince, ne lui laisser aucun répit, l'énerver dans une fièvre de projets et de plaisirs, empiéter
sur les moindres minutes d'une existence surchauffée
à blanc, ne permettre au malade ni de respirer ni de
réfléchir une seconde, tel était le programme adopté
par la Schoboleska. Le Noronsoff ne devait pouvoir ni
penser ni se ressaisir. Une furie de fêtes et de réceptions soufflait maintenant sur la villa, la comtesse en
était l'inspiratrice et de Gourkau le metteur en scène.
En attisant la vanité du prince l'adroite créature avait
trouvé un sûr et généreux filon à exploiter; l'enfant
morbide, qu'était Wladimir, voulait maintenant éblouir
la Riviera du luxe de ses dîners et du raffinement de
ses menus. Mourant, purulent des bronches et de partout, il ne rêvait que raouts merveilleux et festins à la
Trimalcion. Pareil à Néron, il voulait étonner le monde.
La comtesse Vera avait mis en tête à cette guenille humaine de se faire un renom de satrape et de prince des

Mille et une Nuits dans ce pays des prodigalités et des folies ruineuses qu'est la Côte-d'Azur.

Et la danse des millions commença. Non seulement les réceptions de quatre à sept s'étendirent, ouvertes à la curiosité de tous les étrangers des grands hôtels et des villas, mais les invitations se mirent à pleuvoir sur toute la Riviera, allant déranger dans leur farniente d'hiverneurs les grands-ducs en villégiature à Cannes et arracher à la table de jeu les ponteurs princiers de Monte-Carlo. Wladimir, allié aux plus grandes familles de la Russie, invitait au nom de la princesse Benedetta et forçait ainsi la main aux plus récalcitrants; on venait, sinon pour le fils, du moins pour la mère. Il est vrai qu'on n'y reprenait pas les gens deux fois, car la princesse ne paraissait jamais à ces dîners; la comtesse les présidait; et, seuls, les hommes, amusés, quoique scandalisés parfois, acceptaient une seconde politesse, escortés alors de quelques filles de haute volée, cueillies au *Trente et Quarante* ou dans les Réserves de la Riviera.

Pourvu qu'elles fussent jolies et diamantées, le Noronsoff fermait les yeux. C'était une occasion pour lui de sortir tous ses écrins. Il luttait de splendeur de bagues avec les donzelles amenées par les dîneurs et avait un flair de lapidaire pour dépister et dénigrer les diamants douteux; il découvrait d'un coup d'œil les fausses perles. Les perles étaient son orgueil. Comme il le disait lui-même avec une joie de parvenu, pour les perles il ne craignait personne. Ces soirs-là, la comtesse apparaissait endiamantée comme une châsse, parée des plus beaux joyaux de Noronsoff; le Russe les

lui prêtait pour se faire honneur à lui-même, et croyez
que, sur le nombre des bijoux, la fine mouche oubliait
parfois d'en rendre quelques-uns.

Un gaspillage effréné régnait à l'antichambre comme
aux cuisines. C'était la débâcle joyeuse, le coulage effarant d'une auberge mal tenue, tombée aux mains des
gens de service ; l'orchestre des musicanti, violonant
et flûtant, menait la sarabande et le désarroi des millions. Dès quatre heures, la villa et le parc s'emplissaient de valses et de tarentelles. Elles ne cessaient que
bien avant dans la nuit, relayées de temps à autre par
des marches et des czardas tziganes, car Noronsoff
avait maintenant deux troupes de musiciens, une pour
les réceptions de quatre à sept et une pour les dîners
du soir.

Le prince donnait maintenant deux ou trois dîners
par semaine. On était invité tard pour neuf heures,
mais souvent, à dix heures et demie, les convives at-
tendaient encore ; le prince demeurait invisible et la
comtesse, prenant alors le bras du plus vieux ou du
plus important personnage, passait dans la salle à manger et l'on se mettait à table.

Les épaules nues, les fracs constellés de décorations,
les diamants, les perles, les aigrettes, les yeux avivés
de kohl, l'édifice des cheveux teints et la nacre des
nuques se coudoyaient, se frôlaient ou se toisaient
comme à une table d'hôte, dans le va-et-vient des
servants déguisés en moujicks ; les conversations dé-
viaient vite parmi le fumet des venaisons, le poivre
des épices rares et la fleur musquée des grands vins ;
sur la nappe des avalanches de roses s'effeuillaient,

entêtantes. Campés sur une estrade, comme dans un restaurant de nuit, des Tziganes équivoques, maquillés et câlins raclaient des valses et roulaient des œillades ; des rires de femmes chatouillées fusaient dans les coins, une odeur de chaire moite et de fleurs pâmées traînait dans la salle, et les hommes, excités sur la nudité fine et les seins délicats poudrerizés et blancs de la Schoboleska intangible, lointaine, un sourire frais dans ses larges yeux mauves, auraient, sans cette réserve et cette grâce hautaine, pu croire dîner au mauvais lieu.

Les fins de dîners et de soupers du prince ! Parfois, vers les minuit, quand la fête surchauffée prenait des allures d'orgie, l'orchestre entamait l'air national russe et tous les yeux se tournaient, effarés, vers l'entrée de la salle. Un spectre venait d'y apparaître, la pâleur livide d'un homme en habit noir, la maigreur quasi macabre du Noronsoff ; et, les doigts étincelants de perles, des diamants gros comme des noisettes au plastron de sa chemise molle, le prince Wladimir s'avançait, hésitant, les bras aux épaules de deux serviteurs.

Les joues frottées de rouge, il souriait péniblement, la poitrine obstruée de râles, et branlait sur sa cravate blanche une étonnante figure de vieille femme. Une crise le terrassait depuis neuf heures ; il avait cru rendre l'âme. Il était là-haut dans sa chambre à cracher ses derniers poumons, pendant qu'eux sablaient le champagne et se bourraient de pain de caviar ; mais il avait tenu à serrer la main de tous ces bons amis qui l'aidaient si joyeusement à mourir ; il s'était rhabillé coûte que coûte et était venu leur dire bonsoir,

peut-être adieu, car qui sait s'il passerait la nuit ; et,
un étrange sourire, fait de mépris et de sarcasme, retroussait alors ses lèvres blêmes et lui découvrait les
dents.

Ah ! les dents longues et déchaussées déjà, les dents
de moribond poitrinaire que montrait alors le Noronsoff
en dévisageant d'un œil curieux la gêne de ses convives ; chez quelques-uns c'était même de l'effroi. Il
jouissait alors de leur malaise. Leurs yeux effarés
le payaient de toute sa fatigue. Il s'excusait dans un
jargon câlin et rauque de les attrister du récit de ses
maux, de les ennuyer de la vue de sa déchéance et
puis brusquement se mettait à rire, demandait du
champagne frappé et disait que ça n'était rien, que dans
vingt-quatre heures il irait bien, et, facétieux et go-
guenard, il invitait tel et tel à dîner pour le surlendemain... Mais sa présence avait jeté un froid, les hommes demandaient leurs chapeaux, les femmes leurs
pelisses ; et le prince, resté seul avec la Polonaise,
s'esclaffait et s'étranglait, riant aux larmes : « As-tu vu
leurs gueules, comtesse? Ils t'auraient vue nue sur un
plat qu'ils n'auraient pas fait plus sales têtes. En au-
rais-je fait un homme de théâtre ! Quand ils m'ont vu,
leur foie gras leur est remonté à la gorge. S'ils pouvaient
crever d'indigestion, cette nuit ! J'ai bonne envie, un
soir, de faire droguer les plats. Vois-tu toutes ces
belles dames se tordant de coliques... Ah ! leur frousse,
leur lamentable frousse s'ils se croyaient empoisonnés.
Tas de parasites et d'intrigants, la peste les étouffe !
Comme je les hais ! sont-ils assez bien portants ! Qui
est-ce qui t'a fait la cour, ce soir? le Luidgi Frozzi ne

te quittait pas de l'œil, il m'a semblé. Celui-là, je te le permets, il est assez beau. Tu n'as pas amené Boris, Nicolas non plus. Tu as bien fait. Ils sont trop jolis pour ces mufes. *Margaritas ante porcos.* Oui, des porcs, de véritables porcs! Tout de même, si on les empoisonnait quelque soir. » Et la comtesse, avec son doux sourire : « Quel beau César Borgia vous eussiez fait, mon prince! » Et le Noronsoff, flatté : « Oui, je suis né trop tard et trois siècles plus tôt peut-être; le monde aurait-il vu des choses! mais, patience, nous finirons bien par étonner et faire crier tous ces gens-là, un jour, car tu hais le monde, toi aussi, tu es nihiliste. — Un vrai Borgia, roucoulait la comtesse en continuant son rôle. — Oui, j'ai du sang florentin dans les veines, j'ai aussi du sang des Romanoff par mon arrière-grand-père, qui fut l'amant de la grande Catherine. Allons dormir, comtesse, votre voiture est là. »

Et c'étaient là les tendresses dialoguées, après souper, entre ces deux êtres.

Le prince Wladimir se tuait, des sommes fabuleuses se dépensaient dans ces diners. Il y ruinait plus que sa santé maintenant : il y dilapidait sa fortune. Toute la demeure était au pillage; les hommes d'affaires avaient reçu de Gourkau l'ordre de vendre des villages et des bois; la princesse Benedetta avertie s'irritait, mais se taisait, impuissante. La Polonaise poursuivait son œuvre, acharnée, on eût dit, à détruire; la nihiliste transparaissait dans cette femme.

A quel mot d'ordre obéissait-elle? Elle me semblait grandie, devenue l'âme de quelque complot obscur, incarnait, par moment, à mes yeux l'Esprit de perdi-

tion, je ne sais quelle tangible Perversité. Comme
elle m'avait joué! Avec quelle habileté elle avait fait
évader le prince des mailles serrées de mes prescriptions et de mes ordonnances! Elle les avait rompues
avec patience, lenteur et certitude : la Schoboleska
triomphait.

Elle faillit pourtant échouer au port et, par un ma-
licieux concours de circonstances, laisser son influence
aux mains d'un des mille et un amuseurs amenés par
ello pour occuper le prince.

Pami la foule des aventuriers et des histrions racolés
au hasard des rencontres pour animer les quatre-à-sept
et les soupers de Wladimir, *olla podrida* de tous les
talents et de toutes les réputations méritées ou surfaites
de l'Europe théâtrale et banquiste: barytons italiens
en représentation à Monte-Carlo, étoiles d'opérette au
programme du théâtre de Nice, acrobates et jongleurs
même du Kursaal et jusqu'à des numéros de matinées
mondaines, cantatrices de salons en éternelle expectative d'engagement, Muses roucoulantes de vers de
Jacques Normand et de Verlaine, bas bleus diseurs de
leurs propres élucubrations au zézaiement frôleur et
puéril, évidemment voulu pour attiser les vieux messieurs, (la curiosité ahurie des invités de Noronsoff vit
jusqu'à des danseuses espagnoles d'un bar mal famé
des environs de la gare, et il offrit même, un soir, à nos
stupeurs la nudité historiée et bleuâtre d'un homme
tatoué, le corps musculeux et comme brodé de fines
arabesques d'un lutteur de foire, ramassé on ne sait
où, au Marché des Ponchettes), donc parmi ce défilé
de prétentions, de monstruosités et de cabotinages, ho-

chets d'une journée ou pantins d'un soir rejetés vite à la rue par le caprice énervé du prince, il arriva à Sacha de se prendre d'un sentiment très vif, d'une sorte d'amitié tendre et mélancolique pour un matelot d'Aigues-Mortes, *un navigateur*, comme s'intitule pompeusement à Marseille quiconque a mis le pied sur un bateau, un de ces espèces de camelots de la mer qui, à peine débarqués à la Joliette, courent écumer la Riviera, en hiver, et, en été, les villes d'eau en quête d'aventures et de nigauds à qui placer leur pacotille, robes japonaises, pongées de Chine, objets d'ivoire et broderies turques, achetés par eux au cours de leurs escales en Orient. Vêtus de complets bleus à boutons de métal, coiffés de casquettes de yachtmen, ces trafiquants de la marine s'appareillent ordinairement par couple et, le ballot sur l'épaule, vont, le matin, sonner aux portes. Fanfarons, communicatifs et hâbleurs, une joie dans leur œil luisant, la joie du matelot en bordée et du commerçant roublard en affaires, ils vont souriant aux servantes, l'air de pirates bons enfants. Tannés par les embruns, le teint cuit et robustes, ils ont gardé dans leurs prunelles le bleu profond de la Méditerranée et le gris changeant de l'Océan ; ils sentent le goudron, la liberté et le large ; et leur démarche en chaloupe, le balancement rythmé de leur carrure caressante, la hardiesse de leurs gestes sont la gaieté de la rue, la stupeur amusée du passant.

Tel était Marius Rabassol.

LE RÈGNE DE MARIUS

Marius Rabassol était donc un vulgaire *chineur*.
Ancien gabier mécanicien à bord du *Formidable*, dans
l'escadre de la Méditerranée, à sa libération du service il était entré dans la Compagnie Touache et avait
fait, trois ans, le parcours de Marseille à Tripoli avec
escales à Tunis, Sousse, Sfax et Gabès et parfois le
crochet de Tunis à Palerme au retour; puis il avait
été second à bord d'un caboteur de Bastia, avait connu
les côtes de Sardaigne et de Sicile, et, depuis un an,
était redescendu à la *chauffe* d'un transport de Chine.
C'était son premier voyage au pays jaune; il en avait
rapporté toute une pacotille d'étoffes et d'objets d'Extrême-Orient qu'il essayait de débiter le plus cher
possible aux hiverneurs de la Côte-d'Azur.

Un Basque de Biarritz, Pierre Etchegarry, ancien
marin de l'Etat comme lui et rencontré dans quelque
bouge de Marseille, l'accompagnait dans sa tournée.
Les deux faisaient la paire. Ils venaient de Cannes, où
ils n'avaient guère réussi, tenus en respect par les

portiers des somptueux hôtels et la livrée des villas princières, mais ils espéraient bien se refaire à Nice, à Beaulieu et à Menton, où la vie moins mondaine est plus propice aux tentations d'achat. Ils étaient d'ailleurs décidés à tout pour mener à bien leurs affaires, et, en vrais Méridionaux passionnés de jeux et de coups de hasard, avaient arrêté le projet, une fois leur camelote vendue, de tenter la chance à Monte-Carlo et de risquer leurs bénéfices sur le numéro de leur âge. Si Rabassol en avait vingt-huit, Etchegarry n'avait pas plus de vingt-cinq ans.

Tel était le couple que croisait, un matin, la comtesse Schoboleska dans le vestibule de son hôtel. Les deux compagnons y avaient étalé leurs marchandises. La Polonaise descendait déjeuner avec ses fils ; les deux enfants s'arrêtaient aux robes brodées et aux magots de porcelaine, et la comtesse s'amusait aux boniments. Allumés par la joliesse de la femme, les deux marins luttaient de verve, exagéraient le respect, retenaient des gestes enjôleurs, et, trompés par l'élégance de la Polonaise, croyant à l'aubaine d'une riche cliente dans ce petit hôtel, souriaient de la dent et de l'œil.

Leur jeunesse et leur gaieté émerveillaient l'aventurière ; elle jaugeait à leur juste prix tant d'entrain et de santé robuste. « Oui, ces deux camelots amuseraient certainement ce morne Wladimir, leur loquacité bon enfant emplirait au moins une journée du prince. » Elle achetait une babiole et donnait l'adresse de la villa.

« Après cinq heures. villa Noronsoff, au Mont-Boron. Si le concierge fait des difficultés, vous remettrez cette carte et demanderez la comtesse Schoboleska. Inutile de venir à deux. Venez, vous, disait-elle au Provençal, inconsciemment sensible aux yeux d'eau verte et à la face sarrazine de Rabassol, votre ami pendant ce temps ira placer sa marchandise dans les propriétés voisines », et elle donnait l'adresse de quelques villas.

Ce jour-là, Noronsoff offrait aux invités de son qua-tre-à-sept les contorsions désarticulées d'un homme-serpent, un numéro, je crois, du Kursaal : le spectacle était assez piètre. Moulé dans un maillot d'écailles argentées, tout éraillé par places, l'acrobate étirait une maigreur impressionnante, et, le ventre abomi-nablement creux, l'estomac bombé sur la saillie des côtes, tordait et nouait, comme des écharpes, deux longs bras filandreux et deux jambes héronnières aux mollets absents. C'était une vision de cauchemar ; la mine hâve et souffreteuse du pauvre hère l'aggra-vait. Les traits chavirés d'angoisse, il opérait, recro-quevillé sur lui-même, avec une étrange fixité dans les yeux : maintenant, les membres enchevêtrés, adhé-rents au torse, réduits à leur plus simple volume, comme amalgamés l'un dans l'autre, il gisait blotti au fond d'une boîte de verre, et sa face jaune, surgie d'entre ses cuisses, irradiait deux prunelles attentives et béantes, un regard vide et fou de Méduse, et tous et toutes avaient le cœur étreint devant cette immobi-lité suppliciée. Maigreur étique de jeûneur, détresse effarée de patient à la torture, pâleur exsangue et yeux hypnotisés de captif, il y avait tout cela dans ce spectacle hallucinant et même plus encore, de l'épouvante et de la fascination : la fascination d'une pieuvre qui regarderait, aplatie aux parois verdâtres d'un aquarium.

La minute était plutôt pénible : un moujik entrait sur la pointe du pied et remettait une carte à la comtesse. « Bien, faites attendre », répondait la Polonaise. Mais Noronsoff, que le spectacle ennuyait, voulait savoir. « Qu'est-ce, des cachotteries encore ! » et il questionnait la comtesse. « C'est un marchand d'étoffes et de chinoiseries rencontré, ce matin, à l'hôtel. Il a d'assez belles robes, je lui ai dit de venir. — Quelque Juif? — Non, un marin, un voyageur. — Un marin ! qu'il entre ! » Et, subitement intéressé, Noronsoff, levé de son divan, faisait signe qu'il en avait assez du disloqué et de ses laideurs ; l'homme-serpent se dégageait lentement de sa boîte, se cambrait, s'étirait et, sur un craquement de ses jointures, saluait l'assistance. Déjà indifférent à tous, pis, presque oublié, il se retirait à reculons en épongeant un front moite.

Marius Rabassol venait d'entrer. Son large sourire, sa barbe courte, sa face ronde et brune, la clarté d'eau de ses yeux verts, toute la gaieté de sa personne avaient comme illuminé la salle. Il s'était arrêté sur le seuil, un peu courbé sous son ballot d'étoffes, brusque et bon enfant avec une joie dans l'œil. « Il me plaît, déclarait Noronsoff en se renversant dans ses coussins. Quelle carrure ! Mes compliments, comtesse, vous vous y connaissez en hommes ! » Et sur cette impertinence il disait au marin d'avancer.

Encouragé par un regard de la Polonaise, le camelot s'exécutait. Il déposait son ballot devant le prince, mettait un genou en terre et, preste, en trois mouvements, étalait sa pacotille. Boris et Nicolas Schoboleski s'étaient approchés, ravis des animaux fabuleux des broderies et des contorsions sculptées des neskes. Mis tout à fait à l'aise par l'accueil, le Provençal bonimentait maintenant sa murchandise ; ses prunelles et son bagout pétillaient. C'était un jargon pittoresque avec des trouvailles de mots et d'inattendues métaphores, des audaces et des allusions grivoises qu'il risquait, enhardi par l'attitude du prince, un chapelet de contes à dormir debout oépéché pour faire valoir ses objets et expliquer leur provenance. Toute la blague de Marseille fusait de ses gestes, de sa bouche et de ses yeux. Dans le silence attentif de tous, Wladimir, énigmatique et muet, écoutait : « Choisissez, mes enfants, prenez, mes agneaux. » Et, touchant légerement Boris ou Nicolas à l'épaule, il poussait les deux adolescents à des achats, dirigeait leur choix, forçait leur hésitation. Il offrait trois robes à la comtesse, cueillait des menus bibelots pour les autres invités et ne quittait pas le marchand de l'œil. Le visage fermé, il détaillait l'entablement du front, le profond enchâssement des paupières, le nez brusque aux narines mobiles, les lèvres épaisses, les dents courtes et ie teint basané ; le Russe regardait ce Provençal, comme la maladie doit regarder la santé. L'homme enfin se relevait, il avait tout vendu. Wladimir le faisait régler par Gourkau. « Tu as encore d'autres bibelots chez toi, à ton hôtel ? » et brutalement le prince risquait le tutoiement. « Certainement, monseigneur, ou plu-

tôt, moi, je n'ai plus rien, mais mon ami en a encore.
— Ah! tu as un ami? Tu ne voyages pas seul? — Un
ami, c'est-à-dire un compagnon. Non, on ne voyage
pas seul. Pour courir les pays ça serait trop triste. —
Tu es marié? — Moi! A marier tous les soirs! » Et
le marin rougissait, comme en ayant trop dit. « C'est
bon, tu reviendras demain avec tes marchandises, mais
n'amène pas ton ami. »

Marius se retirait, dansant presque de joie.

« Vous avez eu la main heureuse, comtesse. Cet
homme est la gaieté même, il nous a délivrés d'un
cauchemar. »

Et le règne de Marius commença; il revint le lendemain, il revint le surlendemain et tous les autres lende-
mains encore. Quand il eut épuisé sa pacotille et même
les fonds de magasins de l'avenue de la Gare, placés
comme objets exotiques à la nouvelle folie de Wladimir, il revint à titre de conteur aux appointements de
quarante francs par jour. Gourkau le réglait chaque
soir et, chaque matinée, vers midi, le Provençal venait aux ordres. Wladimir était encore au lit, on
faisait déjeuner le Marius à l'office et, à quatre heures, le conteur attitré du prince prenait son emploi.

Sacha l'imposait maintenant à ses quatre-à-sept.
Les orchestres congédiés ne jouaient plus qu'à l'heure
des repas et, dans le silence de tout l'auditoire, le
matelot abreuvé de limonade (comme tous les gens
du Midi, Marius était sobre), racontait ses voyages,
narrait son enfance de mousse, ses années de service
à bord du *Formidable* et, surexcité au bruit de sa
voix propre, s'exaltait, inventait, osait des hyperboles

et bavardait, mimait, monologuait avec l'intarissable entrain des hommes de sa race. Ce fils de Troubadours à l'imagination élargie par des années d'aventures et d'expéditions lointaines se trouvait être un merveilleux conteur.

Les coudes aux genoux, le menton appuyé dans une main, Wladimir, avec un étonnant rajeunissement de toute la face, buvait les paroles du marin. Il buvait aussi ses yeux, ses yeux d'eau transparente et verte où tremblait le reflet de tant d'horizons; il buvait, on eût dit aussi, sa santé et sa force, tant sa pitoyable figure de vieille femme s'animait d'une passion intense aux contes bleus et jaunes du Rabassol.

Le marin disait les corvées de bord, les aventures d'entrepont et de hamac, les rixes entre infanterie de marine et mathurins qaand on descendait en ville, les soirs de paie d'escadre et les bordées dans les rues chaudes, les nuits du Chapeau-Rouge, les saouleries des Bretons et les bons tours des mokos, galanteries et galejades, les filles aux portes et la ruée des mâles au seuil des maisons closes, les danses dans les bars; et Wladimir halluciné revivait avec lui toute une vie de jeunesse en rut, de débauche robuste, animale et saine. Il crispait ses mains nerveuses et retenait comme des henissements en croyant humer des relents de marée et de fard; les récits du marin sentaient l'ail et le musc; ses moindres gestes évoquaient des robes troussées et des gouges pâmées aux bras musclés de gars dans des envolements de peignoir, et Wladimir enviait ces marins et ces filles; la vieille âme prostituée des princesses de son sang se réveillait en lui.

Et puis le Rabassol racontait ses voyages. C'était Alger la blanche, étageant comme en falaise les cubes crayeux de sa casbah, les friteria de la marine, les cafés maures et, la nuit, les plaisirs violents de la ville arabe; c'était aussi Oran l'espagnole, l'ordure du quartier des Juifs et, plus oriental que l'Orient, le fourmillement diapré, coloré, gouaché d'argent et d'or, dans le clair obscur et la lumière, de la foule affairée des souks de Tunis. Le marin racontait aussi Sousse, Monastir et Sfax, Gabès et son campement de spahis, Gabès et ses chargeurs d'alfa; il racontait aussi Djerba, l'ancienne île de Calypso selon les uns, l'île des Lotophages selon les autres; Djerba et les voiles rousses des pêcheurs de corail essaimées sur le bleu méditerranéen, les voiles rousses des pêcheurs apparues dans le couchant comme un troupeau de flamants roses sur la mer; il racontait enfin Tripoli, Tripoli de Barbarie, le Tripoli des corsaires, des expéditions espagnoles et de la Princesse lointaine, et Sacha transporté ailleurs, Sacha transfiguré écoutait ses histoires dans l'hypnose adorante d'un nomade écoutant un conte de chamelier à l'ombre bleue d'un caravansérail.

L'Asiatique était reparu en lui, le débauché avait fait place à l'homme du rêve; tous ces noms de villes barbaresques de la Tripolitaine et du Sud Tunisien l'enivraient comme un philtre : c'était l'incantation aussi à une invitation au voyage. Ces villes, il les voyait toutes, les unes au milieu des palmiers de leurs oasis, les autres encerclées dans les hautes murailles, toutes nonchalamment couchées dans le miroitement des sables et surtout dans le mirage des lieues, des lieues et des lieues qui grandissent, déforment et magnifient les décors.

Le marin racontait aussi la Sicile, les Latomies de Syracuse, les palais espagnols de la ville, la Voie des Tombeaux et le panorama de grandiose mélancolie, qu'on découvre du théâtre grec ; il racontait aussi Messine, le phare dressé à l'extrémité du môle ; Catane et ses rues pavées de lave durcie, ses chaussées figées, torrentueuses et noires ; il racontait aussi Naples et le Vésuve, les osterias du Basso-Porto et les nuits crapuleuses de Portici au bord de la mer ; il connaissait Sorrente (il y avait passé deux jours), la splendeur du golfe de Salerne et la féerie de roches et d'eau d'Amalfi ; ce Provençal avait fait aussi Palerme, et savait dire Monréale et la Concha d'Oro, les jardins d'orangers et de citronniers en fleurs, énervants d'odeurs et de douceur, la foule élégante et poncée des *Quatro Santi*, la pêche au trident et le mont Pellegrino.

Marius Rabassol avait été aussi en Chine.

LA DISGRACE

Ces décors de songe et de réalité, cet Orient de féerie et cette Sicile d'apothéose, le Provençal les peuplait d'aventures. Des burnous, des gandouras de soie, des caleçons brodés de femmes juives, des haïcks transparents de Fathmas, des colliers de fleurs de jasmin et des vestes cuirassées d'or chatoyaient et flottaient dans les récits d'Alger et de Tunis; pê e-mêle et çà et là des dolmans d'officiers y coudoyaient des uniformes bleus de tirailleurs. Dans les histoires de Sicile, des paysannes à profil de médaille dansaient, gaînées de châles roses et de robes lourdes, avec des hommes sveltes et bruns comme des Maures. Pour le marin Naples et la Sicile étaient des pays de gitanes dévots à la Madone, impudiques et rageurs; les hommes y couraient nus sur les grèves, et les femmes très empaquetées allaient et venaient, crasseuses et hypocrites, du Dôme à la maison de rendez-vous et de chez l'entremetteuse à la chapelle du Sacré-Cœur. Siciliens, Napolitains, Espagnols, Corses même (car ce

damné matelot avait été à Barcelone et à Bastia),
Marius les désignait tous du nom méprisant de *macaroni;* il affirmait ainsi l'orgueilleuse supériorité que
le Marseillais s'arroge sur toutes les races latines et le
dédain tout spécial du Phocéen, ce Grec, pour les races
d'Italie.

Macaroni! et par sa mère le prince Wladimir était
Italien. Il n'avait même pas tressailli, tout au charme
de la voix et des yeux gris du conteur; le conteur
pourtant ne se renouvelait guère. Au décor près,
c'étaient toujours les mêmes rixes, les mêmes aventures de bouges et de gouges, les mêmes soûleries de
marins en bordée, pour la plupart, terminées dans le
ruisseau ou à la Questure, où venait les réclamer le
consul; à la longue le répertoire de Marius exhalait
une monotone odeur de grabat, d'anisette et de chenil.
La comtesse y bâillait ostensiblement, et aux dîners, où
Noronsoff imposait maintenant le *chineur,* c'était à qui
défilerait à l'anglaise et déclinerait l'invitation ! Les
mains aux nuques rondes de Nicolas et de Boris, Wladimir, lui, ne se lassait ni d'écouter, ni d'entendre.
C'étaient surtout les décors qu'il vivait, emporté par
un étrange dédoublement de son être dans les pays
qu'évoquait le conteur ; la magie des ciels et des eaux
surtout le ravissait. Pour les peindre, ce Provençal
avait un véritable don d'images et de couleur... Oh !
les crépuscules d'or rose et de soufre incandescent de
ses traversées et les nuées enflammées des aubes, posées à l'horizon comme au bord d'un miroir...! Ce
matelot avait aussi des histoires pires, il ne se cachait
pas d'avoir goûté aux prostitutions de toutes les lati-

tudes, et c'est ce genre d'aventures qui enchantait surtout Wladimir. Le Marius les assaisonnait d'anas et de gaudrioles marseillaises; il soitait alors tout le vocabulaire et tort le répertoire spécial qui traîne des rues Ventomagy et de la Rose aux bars de mathurins du vieux port.

Wladimir se délectait à ces turpitudes, néanmoins rajeuni, revenu, on eût dit, à la santé, comme si ce Rabassol lui avait fusé du sang nouveau avec ses histoires. Décidément le malade ne buvait pas que les paroles et les yeux du *chineur*, on aurait cru qu'en l'endormant de ces récits l'autre lui avait versé de sa jeunesse et de sa force. Le prince ne pouvait plus se passer de Marius; il avait voulu l'installer à la villa, mais le marin entendait garder la liberté de ses nuits. Il arrivait le matin, à midi, et s'en allait tous les soirs, à onze heures, mais il avait amené son ami, son compagnon de vente, Pierre Etchegarry; et les exclamations du Basque: « T'en souviens-tu! Oui, c'est bien cela! Non, tu oublies! » animaient maintenant les récits de Rabassol et renouvelaient la joie de Wladimir.

C'était pour les deux compagnons une perpétuelle frairie. Vêtus de neuf, chaussés de fin, le gilet sonnaillant de chaînes d'or, les doigts étincelants de bagues, ils s'abreuvaient de limonade et fumaient des londrès tout le long du jour. Coquets tous deux, Marius comme un Marseillais et Etchegarry comme un Basque, ils arboraient des cravates éclatantes et empestaient le musc et les odeurs.

Dans l'entourage, on gouaillait leurs prétentions et leurs maladresses. « Ce sont les nouveaux perroquets

du prince », souriait la comtesse, mais, au fond, la
Polonaise riait jaune; elle se dévorait d'inquiétude et
supportait mal la faveur grandissante de l'intrus : deux
ou trois fois, elle avait voulu intervenir au milieu des
contes interminables du Rabassol et s'était fait dure-
ment rembarrer par le prince. Un jour, à un des
quatre-à-sept, elle interrompait le conteur et voulait
placer un souvenir à elle, une anecdote spirituelle
dont elle avait été témoin et d'un à-propos relatif à
l'aventure narrée par le Marius. « Ne lui coupez pas
la parole », avait sifflé la voix brève du prince, et,
comme avec une moue de jolie femme, la Polonaise insistait : « Mais j'ai voyagé, moi aussi. » « Pardon,
comtesse, intervenait Noronsoff, monsieur a navigué,
vous, vous avez roulé. » Et la Schoboleska se l'était
tenu pour dit.

Une autre fois, après un racontar plus qu'épicé, la
Polonaise se levait de table, faisait signe à ses fils et,
retrouvant tout à coup de la pudeur : « Comment pouvez-vous supporter cela, prince, c'est du fumier qu'on
remue devant vous. » A quoi le Noronsoff, jouant
avec ses perles : « Fumier de varech qui vaut bien le
fumier de serre. Compareriez-vous, Vera, votre passé
à son passé, à lui ? » L'injure était sanglante, la
Schoboleska s'évanouit; elle se laissait emporter par
ies femmes. Comme le dit le prince : « Elle avait sauvé
sa sortie ! »

Elle bouda pendant trois jours et revint; elle ne
trouvait pas Wladimir dans la salle de bain. Il était aux
cuisines à surveiller une bouillabaisse que lui confec-
tionnait Marius. Le Provençal régnait maintenant par

ses talents culinaires ; il mijotait, avec une escouade de marmitons à ses ordres, des soupes aux crabes et des aïolis qui ravissaient Wladimir ; le prince s'en pourléchait les doigts. Il passait maintenant ses journées dans le sous-sol, autour des fourneaux, intéressé au maniement des casseroles, au dosage des épices et à la combinaison des coulis.

Dans la salle de bain, au milieu des fresques érotiques, les habitués de la villa commentaient l'absence de Wladimir ; c'était le train ordinaire des sous-entendus et des allusions désobligeantes à l'empire exercé par le nouveau favori. La comtesse arrivait à point pour entendre dénigrer cet abominable Marseillais et, toute au plaisir des propos chers à sa rancune : « Le prince et ses hommes de joie », ricanait-elle d'une voix stridente. — « Ses hommes de joie et sa dame d'ennui. » C'était Noronsoff qui venait d'entrer dans la salle et cérémonieusement lui baisait la main.

Ceints de tabliers blancs, des vestes de cuisiniers passées sur leurs vestons, le Basque et le Provençal s'esclaffaient dans son ombre.

Toute l'assistance crut devoir se tenir les côtes. Pour la Polonaise c'était décidément la disgrâce, la mise au second plan, l'atroce déchéance ; et c'était elle qui avait introduit ce Marseillais de malheur.

A l'office comme aux cuisines la fête continuait ; les deux compagnons n'avaient-ils pas invité le prince à déjeuner dans un petit restaurant des Ponchettes, où des portefaix et des pêcheurs dansaient entre eux, le soir, et, affriolant Sacha de la description des danses pratiquées au Chapeau-Rouge comme dans toutes les fêtes du littoral, n'avaient-ils pas, eux, les rouleurs de quais, décidé le grand seigneur russe à les suivre dans ce taudis!

Noronsoff en était revenu enchanté de la cuisine, délecté du menu et surtout enthousiasmé de l'accueil... Oh! la bonhomie de ces gens-là, leur entrain et la franchise de leur rire, la forte étreinte de leur poignée de main! Comme on sentait là des natures et des caractères! Ces cœurs-là n'avaient jamais menti. Et il fallait voir le regard dont le prince scrutait la comtesse; mais ce qui l'avait charmé et sur ce dont il ne tarissait pas, c'étaient les danses.

Nos deux compères avaient rassemblé une dizaine de drôles, gars à tout faire, découplés et hardis, débardeurs du port, matelots débarqués, la fine écume de Gênes, de Toulon et de Nice, mais tous danseurs accomplis; et, aux sons des guitares de trois racleurs de cordes prévenus, toute cette racaille, arrosée d'Asti, avait envahi le restaurant au moment du dessert. Tous, se prenant à la taille ou les mains aux épaules, avaient émerveillé le prince par la souplesse de leurs torses, le pliant de leurs jarrets et la grâce de leurs attitudes.

Ils valsaient, les yeux dans les yeux, les jambes enchevêtrées et pourtant libres, les doigts noués aux hanches avec un ensemble dans le mouvement en vérité unique, une certitude de rythme qu'on ne rencontre que dans ces pays.

De ce déjeuner le prince revint transporté et voulut à toute force apprendre à danser cette manière de valse avec, pour professeurs, Rabassol et Etchegarry.

C'est invraisemblable, mais c'est comme je vous le

dis. Nous eûmes ce lamentable spectacle du prince Noronsoff, de cette guenille et de cette loque, de cette tuberculose et de cette neurasthénie valsant, pâmé comme une petite fille, tour à tour aux bras de l'aventurier basque, tour à tour aux mains du Marseillais favori.

La Russie agonisante agonisait deux fois dans le Midi.

L'orchestre des Tziganes rythmait les premiers pas du prince. Une effroyable quinte de toux arrêtait ses débuts, des sanguinolences lui giclaient de la bouche, salissant son plastron de chemise. Il s'effondrait entre les bras de son danseur et nous l'emportions, souillé de bavures rouges, les prunelles révulsées, raidi d'hypnose, fantoche brisé de l'hystérie.

Cette première leçon de valse le tint couché pendant huit jours. Pendant cette huitaine, la Schoboleska eut cette idée lumineuse de demander aux deux marins d'apprendre à danser à ses fils ; elle n'en était plus à reculer devant les moyens de plaire. Boris et Nicolas apprirent donc la valse mokote. En bons compagnons le Basque et la Marseillais consentirent aux leçons ; ils devaient trop à la comtesse pour pouvoir lui refuser quoi que ce fût, et puis les deux mignons étaient vraiment trop jolis

Le jour de ses relevailles, comme il le disait lui-même, le prince eut ce spectacle de Rabassol et du Basque valsant avec les jeunes Schoboleski. Leur mère avait organisé la chose avec la complicité de tous ses amis : les deux chineurs, pour la circonstance, étaient costumés en marins de l'État, Boris et Nicolas vêtus à la Polonaise.

Tout blême encore de huit jours d'hémorragie, le malade regardait évoluer les couples avec un mystérieux sourire. « C'est un ballet », disait-il sur les derniers accords de la valse tzigane, et, baisant délicatement les doigts de la Schoboleska : « Quelle amie vous êtes, comtesse ! Vous avez deviné mes plus chers désirs. »

Il n'en dit pas plus.

La comtesse demeurait interdite, mais ne rentrait pas en grâce.

Les deux hommes de joie, comme elle les avait stigmatisés elle-même, continuèrent de régner à la villa. La santé était revenue à Noronsoff et le convalescent noçait avec eux : leurs fantaisies et leurs frasques étaient pour lui paroles d'Evangile.

N'eurent-ils pas un soir l'aplomb de persuader au prince de les suivre aux *Briques*, les maisons closes du quartier Riquier, l'affreux pâté de vieux logis qui s'entassent au coin de la même petite rue, presque en pignon sur la grande voie qui conduit aux casernes. Merveilleusement placées entre les flâneries italiennes de la place Garibaldi et la ruée quotidienne des soldats permissionnaires, leurs cinq façades lépreuses constituent le quartier chaud de Nice ; l'intérieur en est sordide. Des pièces s'ouvrent, blanchies à la chaux ou revêtues d'un enduit jaunâtre, avec des bancs cirés scellés dans les murs ; des hommes en feutre mou, des chasseurs alpins et de l'artillerie de forteresse s'y vautrent pêle-mêle avec des matelots, de yachts et des débardeurs ; ces messieurs fument, crachent, se bousculent et paressent. Lamentable et

résigné dans des costumes trop courts de bébé ou de
Suissesse, un bétail de femelles tourne en rond dans
les salles avec des mines atrocement lasses ; les hommes
assis continuent à parler entre eux, indifférents à la
promenade des femmes ; ils viennent là passer la soirée, c'est moins cher qu'au café ; l'étal errant passe
et repasse. Parfois un homme se décide et touche l'é-
paule d'une fille du bout du doigt ; l'endroit est d'une
monotonie et d'une tristesse abominables.

Le Noronsoff en revint réconforté, ravi de l'attitude
dédaigneuse des hommes, de leur mysoginie évidente
(la femme pour le vrai Méridional n'est qu'une pon-
deuse ou un instrument de plaisir), flatté surtout dans
sa férocité russe par l'air abruti et les yeux d'esclave
des filles.

« Voilà des gens comme je les comprends, disait-il
le lendemain à la comtesse, pour eux la femme n'est
pas un but dans la vie comme chez nous, elle est ce
qu'elle doit être : un accessoire et encore ! Ces maisons
m'ont consolé de vivre, je me sentais vengé en regardant tourner ces créatures. Ah ! le Midi a la vraie supériorité sur nous. » Et ses prunelles vitreuses fouil-
laient la Polonaise d'un regard singulièrement aigu.
La Schoboleska ne pouvait plus douter, c'était bien la
disgrâce.

L'HOROSCOPE

Et avec la complicité de Gourkau le complot s'élabora. L'important était d'avoir le yacht sous la main
lorsqu'on déciderait Wladimir à la croisière projetée;
il fallait ne pas lui laisser le temps de se ressaisir. Si
on l'amenait à s'embarquer, la chose devait être faite
dans les deux jours sans qu'il eût la minute d'une réflexion ; tout était à craindre de cette nature friable et
mouvante. Un grand yacht anglais mouillait justement
à Cannes, qui réunissait les conditions de luxe et de
confort désirées. Son propriétaire voulait bien le céder
pour six mois, les six mois nécessaires à la construc-
tion du bâtiment qu'eût voulu la princesse pour son
fils. Gourkau, comme agissant au nom du prince, entra
en pourparlers avec le propriétaire de l'*Edouard III*;
on était d'accord sur le prix de la location, il ne s'a-
gissait plus que de fixer les dates et cette date demeurait au caprice de Wladimir.

Aucune démarche n'avait encore été faite auprès de
lui, il fallait se défier et de lui et de la comtesse et des

deux suppôts de la Polonaise, ses amants peut-être,
dressés et façonnés par elle pour achever de ruiner le
prince de réputation et de santé ; leur installation
ici était un permanent scandale. Un Noronsoff qui a
du sang impérial dans les veines ne s'acoquine pas
avec deux matelots ; la Polonaise suffisait pour le désho-
norer. Cette gueuse voulait lui tuer son fils, et elle me
citait, comme preuves à l'appui, et la fameuse leçon
de danse terminée dans une crise d'hystérie et du sang,
et la visite de Wladimir aux mauvaises maisons de Riquier. Ces deux ruffians l'entraînaient maintenant
dans les bouges, et l'agonie d'un Noronsoff traînait
dans les mauvais lieux. « Mon fils joue les Néron, parole ! Je ne sais quel sort il me réserve avec cette
Juive damnée dans son ombre, mais je ne jouerai
pas, moi, les Agrippine. Je me défendrai contre mon
fils et je saurai le défendre et contre elle et contre
lui-même. Nous vivons dans des temps effroyables,
docteur. A croire que le charme abominable est revenu et que l'âme affreuse des princesses de la race
tourmente parfois mon Sacha ! »

Elle allait, dépêchant le long chapelet de ses ran-
cœurs. J'écoutais silencieusement cette mère décharger le lourd fardeau de ses souffrances. Sa face pâle,
ses yeux de fièvre, sa haute stature et ses longs habits
de deuil en faisaient une vivante statue de la Douleur ; ses paupières étaient rouges tant elle avait pleuré ;
mais, par orgueil, elle avait séché ses larmes et dans
le violent éclat de ses prunelles brûlait plus que l'angoisse d'une mère, l'angoisse de toute une race.

La princesse reprenait : « Le comble enfin, docteur,

le comble de la folie ou de l'audace ! Mon fils ne s'est-il
pas mis en tête de me faire déjeuner avec ces deux
rouleurs, et de me faire goûter à leur cuisine ! Il veut
les amener à ma table ! Il ne tarit pas d'éloges sur
leur compte, leur caractère et leur gaieté ; il est enti-
ché d'eux comme jamais je ne l'ai vu de personne ; il
cuisine avec eux les plats et me harcèle pour me faire
manger je ne sais quelle horreur de leur invention
qu'ils appellent bouillabaisse... une sorte de soupe au
poisson, paraît-il : c'est à faire frémir ! Et c'est que
Sacha tient à me faire déjeuner avec ces deux espèces,
moi qui ai toujours refusé de voir sa Polonaise ! »

Une pitié en même temps qu'une idée me venait :
« La comtesse Schoboleska n'est pas de ce déjeuner, je
pense. Elle ne vient ici qu'à quatre heures ! — Vous
ne voudriez pas ? J'ai signifié une fois pour toutes à
mon fils que je ne verrai jamais la Schoboleska. —
Alors c'est un déjeuner avec les deux hommes seulement ? — Oui. Pourquoi me demandez-vous cela ? —
Parce qu'il faut consentir à ce déjeuner, princesse. —
Moi ! »

Et je lui expliquai la faveur, en effet, inouïe de Marius et la disgrâce évidente de la Polonaise ; il y avait
peut-être quelque chose à tenter en flattant le goût du
prince pour ces deux camelots. C'était peut-être même
le seul moyen de ruiner à jamais le crédit de la Schoboleska ; son influence ne tenait plus qu'à un fil ; le nouveau favori paraissait une assez bonne nature, on
pouvait le circonvenir. La princesse ouvrait de grands
yeux et buvait mes paroles comme celles d'un oracle,
un nouvel horizon venait de lui apparaître ; elle eût

tout accepté dans sa haine pour la Schoboleska ; elle
me comprenait à demi-mots. « Alors, il faut déjeuner
avec ces hommes? — Il le faut. Vous les jugerez vous-
même à table. — Soit, je déjeunerai. Merci. »

Le déjeuner eut lieu. Le soir même la princesse me
faisait appeler. « Ils ne sont pas dangereux, en effet.
Je les ai vus, merci ! » Et, me forçant à m'asseoir auprès d'elle : « Ils ont de l'entrain, une espèce de gaieté
commune et de bagout facile dont s'amuse la veulerie
de Sacha, mais pas l'ombre de ruse. C'est de la canaille
vulgaire, et que roulerait d'un geste le dernier fachino
de Naples. Leur grosse nature simple délasse et repose
le prince des complexités de la Polonaise. Je connais
mon fils, c'est un enfant. Il se retrouve avec ces deux
brutes... oui, deux brutes joyeuses avec toute la santé
et la fraîcheur de sang que Sacha n'a plus, mais ils
n'en sont pas moins un péril pour le prince, puisqu'ils
le traînent dans les bouges et le ramènent mourant
d'expéditions où il finira par rester quelque jour. Que
voyez-vous à faire avec ces deux matelots? Avez-vous
un projet, une idée ? Ils ne sont pas assez ambitieux
pour qu'on les intéresse au renvoi de la comtesse.
Pour eux elle reste leur bienfaitrice ; ce sont des âmes
encore trop neuves pour goûter le plaisir d'une trahison... Je sens en eux un levier possible, une chance
de nous débarrasser de la comtesse... Mais comment?
J'y songe, mais jusqu'ici je ne vois pas, je ne trouve
pas ! »

Je priai la princesse de vouloir bien m'écouter. Je
lui narrai par le menu l'entrée de Marius, le subit en-

gouement du prince, l'installation du marin comme
conteur et l'espèce d'hypnose adorante de Wladimir
pendant les récits de bouges et de traversées du Provençal ; le réel talent du Rabassol pour évoquer les
ciels, les atmosphères et les paysages, la transfigura-
tion du prince en l'écoutant ; le prince métamorphosé,
rajeuni, presque guéri, du sang aux joues et de la vie
dans les yeux, quand le Provençal le conduisait de
Tunis à Gabès et de Malte en Sicile avec des mots
évocateurs de larges échappées et d'infinis horizons...
Et la princesse songeuse, les yeux ailleurs et pourtant
attentive, interrompait parfois : « Oui, oui, c'est bien
cela. Tout enfant, il adorait les contes... Déjà fantasque et révolté, on obtenait tout de lui en lui disant les
génies, les géants et les fées ; il a une imagination
de poète... Ah ! si Paris et Vienne et Pétersbourg ne
l'avaient pas gâté, mon Sacha eût peut-être été un
Lhermontof, un Dostoïewski, un Tolstoï ! Il avait des
dons merveilleux ! » Et l'orgueil de cette mère imagi-
native, comme son fils, se consolait des hontes pré-
sentes dans les hypothèses de l'avenir, qui aurait pu
être, et le mirage décevant du souvenir.

Et quand je lui eus établi la situation réelle entre le
crédit menacé de la comtesse et la faveur inconsciente
du marin et, malgré l'imprévu des frasques récentes,
la villa comme assainie par la présence des deux hommes et la santé quasi revenue au tuberculeux, comme
si le Marius lui eût soufflé dans les poumons le vent
du large. « Oui, il y a quelque chose à faire. Je le sens,
je le devine, mais quoi ? » Et devant le geste à mains
jointes de cette mère suppliante j'oubliais ma visite

et mon premier entretien avec la Schoboleska. Ne m'a-
vait-elle pas trahi d'ailleurs, et, en faisant cesser les
promenades en voiture, n'avait-elle pas rompu d'elle-
même le traité d'alliance ! et puis la princesse Benedetta m'étreignait et me remuait le cœur par l'intensité de sa passion pour son fils.

« Quoi ! Mais il y a les voyages. Si l'on pouvait y
décider le prince ! si on pouvait l'arracher de Nice et
de cette villa. — Non, cela il n'y faut pas compter :
lui faire quitter son luxe, ses aises, son atmosphère ;
et puis les chemins de fer, les longs trajets, les heures
de départ avec ses accidents nerveux et cette santé
détruite ! et puis que ferions-nous des deux matelots?
Je ne vois pas. Je ne saisis pas. — Mais si on emportait tout ce luxe, ce confort et cette atmosphère avec
soi. Si l'Etchegarry et le Rabassol devenaient nécessaires, mieux, si leur présence s'imposait et s'expliquait dans l'expédition que je vous propose ! — Comment ? — Si la Polonaise était du coup supprimée de
la vie du prince et si, dans le voyage que je vois, la
santé de votre fils, au contraire, s'améliorait. — Mais
dites alors, dites, docteur, sauvez-nous, sauvez-le, sauvez-moi ! — Et la vie en yacht ? princesse. Un yacht
de luxe comme il en mouille au port de Cannes, et parfois, ici même, au pied de la villa. Vous n'en êtes pas
à trois cent mille francs près? — Ah ! vous pensez bien
que je donnerais le double et plus encore pour sauver
Sacha. — Un yacht de grand luxe, le *Wladimir* ou l'*A-
lexandre?* — Oh ! pas le *Wladimir* ! l'*Alexandre*. Wladimir est un nom déjà porté qui appelle le malheur ! —
Le Rabassol et l'Etchegarry installés à bord comme

seconds ou cuisiniers même, et les grandes croisières dans la Méditerranée, les escales le long de l'Adriatique : Venise, Trieste et Ravenne ; les longs séjours dans les ports de Sicile, ces ports, dont les noms prononcés font hennir et frémir votre fils ; cela, je l'ai vu de mes yeux.

Les îles de l'Archipel et les villes de la Grèce ! Voyez-vous cet avenir : un hiver à Corfou, un printemps à Palerme, l'été dans la baie de Naples, dans la fraîcheur ombreuse de la forêt de Castellamare, un peu de l'automne à Amalfi, la féerie de Pœstum et puis la course errante reprise dans l'infini des horizons changeants et leur libre allégresse ; et puis après, ce seraient les Baléares et les ports d'Espagne : Carthagène, Malaga, Alicante et puis l'Afrique, et puis Malte, et puis encore Athènes ; la vie à pleins poumons dans des décors de songe, entre le ciel et l'eau ! — Oui, et vous viendriez avec nous, docteur, n'est-ce pas ? tandis que l'autre se consumerait ici d'impuissance et de rage. » Elle m'avait saisi brusquement les mains et ne nommait même pas la Polonaise : *l'autre*, elle la désignait de ce terme vague et autrement éloquent dans son imprécision. *L'autre!* toute une joie la possédait, moins de sauver son fils que de l'arracher à cette femme.

« Oui ! je naviguerais bien avec vous pendant six mois, et puis vous me débarquerez quelque part, à Reggio ou à Salerne, en eau italienne? — Oui, c'est cela, là-bas, je ne crains personne; en Italie, je suis chez moi. On pourrait peut-être emmener la Polonaise ! » Et un sourire aigu retroussait ses lèvres

blèmes, un bout de langue y pointait, caresseur et gour-
mand. Oh ! pour détester la comtesse, la princesse Benedetta la détestait bien.

« Oui ! Mais comment décider Sacha, il a horreur de
la mer, il y a toujours été malade. La plus longue
traversée qu'il ait jamais faite a été de Naples à Palerme et, à l'aller comme au retour, il n'a pas quitté
sa cabine. — Justement, le mal de mer le guérira : c'est
vingt-quatre heures à passer. Je réponds de sa santé
une fois au large; mais voilà, comment l'amener à
cela? — Ordonnez-lui le voyage. A la prochaine consultation conseillez le yacht et une croisière en Sicile,
en Grèce, où il voudra ; insistez, convainquez-le. Je
demanderai la consultation, docteur, c'est moi qui la
ferai naître ! — Oui, mais il faudrait l'y préparer, lui
donner le désir de partir, la nostalgie de l'au delà. —
Vous me dites que Sacha s'anime et revit au seul récit
d'un voyage, qu'il a l'aventure dans le sang? — Certes, il a surtout le Rabassol en tête et c'est celui-là
qu'il faut acquérir tout d'abord. Rien à faire sans lui
et son ami, sans tous les deux d'ailleurs. Nous avons
besoin du concours des deux hommes, il faut les faire
entrer dans notre projet, les associer à notre dessein !
— Mais, avec de l'argent? Ces gens sont besoigneux.
En leur donnant une forte somme ? — Ces gens-là
sont, avant tout, des marins ; ils aiment surtout la mer
et s'ennuient déjà de ce long séjour à terre ; et puis
jusqu'à nouvel ordre ils sont à la comtesse. Elle a toujours le prestige de la bienfaitrice ; ils lui doivent leur
fortune et ne se rendent même pas compte de leur
pouvoir ; il sera bien difficile de les détacher d'elle ! —

Et cela est pourtant nécessaire. — Absolument ! Rien ne s'accomplira sans eux. Il faudrait les sonder habilement, faire briller à leurs yeux le commandement du yacht, séduire les aventuriers qu'ils sont par l'existence de luxe et de liberté de la croisière, dont je vous parlais. Vos deux drôles n'y résisteraient pas ; mais comment leur proposer la chose sans exciter leur défiance ? — Mon chapelain peut-être y parviendrait. Ils doivent être superstitieux, des marins ! — Non, votre Père Angelo est Italien, il n'aurait aucune action sur cet homme d'Aigues-Mortes. Laissez-moi y réfléchir. Nous trouverons, mais de la prudence et des précautions, princesse. Les trois quarts de cette maison, domesticité et fournisseurs, sont aux ordres de la Schoboleska ! — Je suis sûre de Gourkau ! — Oui, je sais. Il pourrait, lui, négocier l'achat du yacht ; mais il nous faut d'abord l'appui des hommes de joie. — Des hommes de... — Pardonnez-moi, princesse, le terme court ; il est de la Schoboleska. »

LE COMPLOT

« Ah ça ! docteur, pourriez-vous me dire ce qui se
passe ici ? Mon fils vit avec des cuisiniers maintenant.
Il ne quitte pas, paraît-il, les fourneaux ; le prince
Wladimir Noronsoff épluche de l'ail et tourne des sau-
ces ; il est aux ordres de deux marmitons ! Mais cela
est la fin du monde, l'abomination de la désolation et
vous assistez à cela, docteur ! et vous ne m'avertissez
pas ! J'avais plus de confiance en vous ! » Et la princesse Benedetta Noronsoff, se levant de son siège, brisait d'un coup sec le mince coupe-papier d'ivoire qu'elle
tenait à la main ; elle dominait de toute sa hauteur la
table devant laquelle je venais de comparaître : c'était
un vrai réquisitoire. Alarmée du train que prenaient
les choses, elle m'avait fait appeler, s'enquérait,
voulait savoir.

J'étais vraiment bien coupable. Qu'est-ce que c'étaient
que ces deux rouleurs de port qui régnaient maintenant à la villa ? Deux créatures de la Schoboleska,
sûrement, puisque c'était elle qui les avait amenés ;

créatures de celle-ci; les deux marins étaient tout ac
quis. Ils avaient lâché la Polonaise avec une facilité
inconsciente, bien plus tentés par la joie de reprendre
la mer que convaincus par les arguments sonnants de
Gourkau. C'étaient de braves garçons, en somme, et la
princesse avec son grand air et sa douleur vraie avait
su, en trois entretiens, les détacher de la Schoboleska;
Marius, surtout, s'était laissé prendre au chagrin de
cette mère en perpétuelle angoisse pour la vie de son
fils; il avait lui aussi, dans un coin de Camargue, au
bord de quelque route blanche, une vieille ratatinée
aux mains sèches et noueuses comme des branches
d'olivier, une vieille marmotteuse d'oremus, acagnar-
dée au coin de l'âtre et dont la voix tout à coup
sombrait dans les larmes quand elle prononçait le
nom de son Marius; ce Provençal était bon fils. Etchegarry, enfant naturel, avait le cœur moins sensible,
mais ce que Marius voulait, lui, Pierre Etchegarry,
le voulait. A celui-là la princesse en avait imposé avec
son profil de grande race; puis, c'était une bonne action, en somme, qu'ils faisaient d'arracher ce malade
à l'empire de cette gueuse, et ils s'approuvaient d'être
pour la mère contre la favorite. Ils défendaient la famille, sans compter que leur bonne action leur rapportait gros, qu'ils y gagnaient la liberté, la joie de
naviguer, pour eux la première de toutes, et gardaient leur situation: ils demeuraient les amis choyés
de Wladimir.

Tranquillité de conscience et aucun risque, nos deux
compagnons se refaisaient des âmes neuves en trahis-
sant leur bienfaitrice.

Leur faveur, d'ailleurs, sans baisser pour cela, était
moins vive. Sacha commençait à se lasser des salades
de poivrons, des anchois aux tomates et du veau farci
aux pistaches; les récits de Marius le captivaient aussi
moins. Pour le moment, c'était le Basque qui tenait la
corde grâce à des parties de pelote organisées par lui
dans un coin du parc; d'autres Basques, retrouvés de
ci de là, formaient les camps; le parc étant en pente,
on avait tendu, très haut, dans les palmiers des filets à
mailles serrées pour retenir les balles; les parties se
poursuivaient dans les plus mauvaises conditions,
coupées par les touffes d'agaves, les massifs de bambous et les plates-bandes d'anémones en fleurs; les
partenaires d'Etchegarry y trempaient leur chemise
de sueur, sacrant et jurant dans le patois rauque
de Saint-Jean-de-Luz et d'Ustarits qu'on ne pouvait
peloter sur un terrain pareil; mais la munificence de
Noronsoff les retenait. Tout à fait incapable de juger
les coups, il ne s'intéressait qu'à l'agilité, au déploie-
ment de force et d'adresse du Biarrote et de ses amis.
Souples et musclés comme des chats, leur sveltesse
aussi le ravissait; et, supprimant du coup ses quatre-à-
sept, il passait maintenant ses journées dans le parc:
ce qui lui mettait du sang aux joues et lui redonnait
une apparence de vigueur.

Entre temps, une correspondance active s'échangeait
entre Gourkau et lord Férédith, le propriétaire de
l'*Edouard III*; la princesse Benedetta ne quittait plus
Sainte-Réparate, où elle faisait dire des messes et brûlait des cierges et des cierges pour la réussite de son
projet, pour l'enlèvement de son Wladimir; une hysté-

fie de dévotion la possédait. Dirigée par son *frate* Angelo Cappini, elle emplissait toutes les paroisses de Nice de mômeries italiennes. Je n'avais pu lui refuser d'assister avec elle et Gourkau à un office célébré toujours dans le même but à la cathédrale, mais je lui fis comprendre que notre présence assidue, à tous trois, à des messes votives, dans les églises de Nice, pourrait être remarquée et rapportée quelque jour au prince qui, sûrement, s'en alarmerait; et je pus, par la suite, esquiver l'ennui de ces cérémonies et de ces actes de foi. Gourkau resta le compagnon désigné de ces pèlerinages; ils avaient lieu, le matin, pendant les sommeils anéantis du prince, vautré au lit jusqu'à une heure; ils entretenaient la princesse dans cet état de surexcitation fébrile et d'espérance désirante qui me rappelait malgré moi l'hyperesthésie des premiers néophytes chrétiens. Le prince continuait à s'intéresser aux gants d'osier et aux tayolles rouges des joueurs de pelote, et tout, jusqu'alors, tout de l'enlèvement projeté semblait en voie de réussir.

« La dissimulation de ces Russes, la fausseté surtout de ce Wladimir! Figurez-vous qu'il est en train d'acheter un yacht! Oui, oui, un yacht, *l'Édouard III*, à Cannes, et qu'il ne m'en a rien dit! C'est Gourkau qui a entamé les négociations. Vous n'êtes au courant de rien, vous non plus? — Non, vraiment; vous êtes sûre, comtesse? — Si je suis sûre! Le propriétaire est un de mes amis, lord Férédith. Il m'a écrit pour les renseignements; il voulait savoir si la proposition était sérieuse. J'ai répondu qu'elle ne tenait pas debout; c'est un caprice du prince, et vous savez ce qu'ils durent

ses caprices! Alors, vous n'en saviez rien? » La comtesse venait de s'asseoir auprès de moi; c'était sur la
terrasse même où nous sommes, devant le panorama de
l'Esterel et du mont Chauve, de la montagne et de la
mer; sous les bambous, les enfants et les partenaires
d'Etchegarry jouaient à la pelote.

Je supportais sans broncher l'interrogation des yeux
aigus de la Schoboleska: « Rien. Quelle fourberie a ce
Wladimir! Qu'il ne m'ait rien dit, cela lui ressemble.
Il tient de sa mère cette âme de Jésuite, mais que
Gourkau ne m'ait pas prévenue; voilà ce que je ne
saurais permettre. Je puis perdre qui je veux, ici. » Et
ses prunelles mauves croisaient encore les miennes.
« Alors, vous êtes ignorant, vous aussi? » Je tentais de
sauver la situation. Après tout cette proposition d'achat
ne venait peut-être pas du prince; Gourkau connaissait toute la colonie russe, il pouvait agir au nom de
quelqu'un, il avait peut-être commission de... « De la
princesse! Alors ce serait encore pis. D'ailleurs, tel
valet, tel maître; cette demeure est celle de l'intrigue,
et chacun y pêche en eau trouble. Bonsoir, monsieur
Rabastens, et merci. » Et la comtesse, se levant, allait
rejoindre Noronsoff, en train d'expliquer un coup douteux à ses fils.

Le soir même, je prévenais la princesse: il n'y avait
là qu'une coïncidence fâcheuse, la malchance de ce lord
Férédith qui connaissait la Schoboleska et lui avait écrit
mais rien n'était encore perdu. Si la Polonaise avait
l'aplomb d'interroger Gourkau, il donnerait le nom
d'un des hommes d'affaires de la princesse en Russie;
ce qu'il fallait savoir au plus tôt, c'était si les deux

marins n'avaient pas parlé, si, dans quelque cabaiet, leur vantardise n'avait pas tout compromis. Un propos avait pu être rapporté à la comtesse. Si elle avait vent de l'embauchage des deux hommes, la partie s'annonçait dangereuse, elle avertirait Wladimir. Qui sait même si elle n'avait pas fait venir ces deux chineurs et ne les avait pas confessés avec son air indifférent et sa nonchalance de chatte. « Cette chienne de Juive et de Polonaise avariée, elle avait dû rouler ces deux nigauds comme des boulettes dans la farine » et la princesse Benedetta s'encolérait, tout un vocabulaire de basses injures remonté soudain aux lèvres.

Informations prises, les deux marins n'avaient rien dit. La comtesse les avait bien mandés chez elle et leur avait proposé un engagement des plus avantageux à bord d'un yacht de Cannes, l'*Edouard III*, propriétaire, lord Férédith, mais ils n'avaient pas bronché, flairant un piège, et avaient dit non. Ils ne se souciaient pas de la discipline et de l'étiquette auxquelles on est astreint à bord des yachts; ils préféraient le sans-gêne, la vie bon enfant et les aubaines imprévues du cabotage; ils avaient même informé la comtesse que le bureau de l'Inscription maritime de Marseille les réclamait, et qu'ils s'embarqueraient à la fin du mois.

Sa vigilance était donc dépistée, mais elle avait eu vent de quelque chose et toute sa police devait être sur pied; il fallait absolument brusquer ce départ. La consultation où je devais ordonner le voyage était urgente, nécessaire; nous étions tous là-dessus du même avis; et la princesse demandait à son fils de vouloir bien la rassurer par une consultation donnée par moi en sa

présence; elle voyait, il lui semblait, son Sacha revenir à la santé, mais il y avait des mieux apparents, et
elle tenait à être édifiée sur son état; il ne pouvait refuser ce léger ennui à sa sollicitude maternelle.

Le prince répondait que cela était ridicule, mais qu'il
nous recevrait le lendemain, vers trois heures.

La veille de cette mémorable consultation, au cours
même d'une des coutumières parties de pelote, un in-
cident éclata, dont le souvenir m'intrigue encore. Noronsoff était là, comme toujours, attentif à la tactique
des deux camps; le Rabassol, ce jour-là, était de la
partie, il s'était piqué au jeu et voulait peloter comme
les autres; sa maladresse faisait la joie de Wladimir, et
il riait encore avec la comtesse du dernier coup manqué
du Provençal, quand la pelote, rattrapée au vol par le
chistera de Marius, déviait de sa parabole et venait
cingler droit le prince à la tempe Par un geste instinctif Noronsoff levait la main pour se garantir; une seconde plus tôt, le coup l'aurait tué net.

Ce ne fut qu'un cri; le prince s'était levé un peu pâle
avec la main simplement engourdie; l'armature des
bagues avait protégé les doigts, mais le chaton de l'une
d'elles avait volé en éclats. C'était une mosaïque de
Florence représentant un sujet érotique.

Marius confus, plus rouge qu'une pomme d'amour,
ânonnait et s'excusait, debout devant le prince. Wladimir retirait tranquillement sa bague brisée et la passait au doigt du marin: « Tu la garderas en souvenir
de moi et de ton adresse. » Mais la comtesse s'était
emparée de la main. Elle la tournait et la retournait
avec une curiosité de chiromancienne, en étudiait la

forme et les ongles et les lignes de la paume, et, à mesure qu'elle observait, une angoisse et une inquiétude montaient dans les yeux de Wladimir. « Eh bien ! » Le Russe s'impatientait de ses lenteurs. « Eh bien ! vous l'avez échappé be'le, et j'en tiens toujours pour ce que je vous ai dit : les lignes concordent, le danger pour vous : le voilà. » Et d'un geste, elle embrassait tout l'horizon de la baie. « Il faut vous defier de tout ce qui vient de la mer. »

Cette consultation ! A trois heures, j'étais à la villa et presque immédiatement reçu : le prince m'attendait dans le petit salon des treillages où je l'avais trouvé à ma première visite et, comme à ma première visite, la princesse Benedetta assistait.

Je l'auscultais, je le faisais marcher, je lui tâtais les jointures, les reins, j'écoutais attentivement et sa respiration et sa toux ; je prenais sa température et, ayant remarqué le manège de la veille, l'inquiétude du prince quand la Polonaise avait lu dans sa main, je m'attardais assez longuement, moi aussi, à l'examen de ses doigts :

« Vous vous y connaissez, me demandait nonchalamment Wladimir. — Non, mais, nous autres médecins, nous sommes aussi un peu mages. Les lignes ne nous disent rien, mais beaucoup de choses nous sont révélées par la mollesse ou la dureté des doigts. — Et les miens vous apprennent ? — Rien que vous ne sachiez, de la dépression physique, de la dépression morale, un état de langueur et d'énervement. — En effet, vous n'êtes pas un grand clerc. Si c'est pour lui raconter ces vérités que vous avez dérangé ma mère, ah! mon pauvre docteur!... » Et le prince souriait. « Mais je vois aussi autre chose et ce sont vos poumons qui m'ont renseigné. Cela va mieux par là, il y a moins de râle; l'air circule plus librement; le foie aussi est moins gonflé malgré les cuisines diaboliques de votre Provençal, et la circulation est meilleure, naturellement. — Alors, je suis guéri? Vous voilà heureuse, ma mère! — Guéri, non, mais si vous vouliez! » Et, enhardi par un regard de la princesse, j'entamai la longue énumération des motifs plausibles et convenus.

Certainement, il allait mieux grâce à la vie de grand air qu'il consentait presque à mener maintenant. S'il respirait enfin, c'est parce qu'il voulait bien passer ses journées dans le parc et s'était résigné à sortir. C'est de la distraction qu'il fallait avant tout; il reviendrait à la santé s'il abandonnait l'atmosphère raréfiée de ses quatre-à-sept et surtout l'étouffement de ses dîners, de ses soupers prolongés dans la nuit. Ah! s'il voulait essayer de la vie animale, de l'existence robuste et fortifiante des simples... De l'exercice, du grand air et du calme, beaucoup de calme, le repos physique et moral, loin des racontars de Nice et des intrigues de sa petite cour, c'est cette vie-là et son cercle de familiers qui l'anémiaient.

La princesse d'un mouvement de tête approuvait. Une main crispée contre les dents, Wladimir écoutait en se rongeant les ongles; ses yeux jaunâtres ne quittaient pas les miens, et, un peu oppressé, je poursuivais :

Il y aurait bien un moyen, mais le prince voudrait-il se résigner à abandonner momentanément la villa? Ce moyen, d'autres l'avaient essayé et tous s'en étaient trouvés à merveille, des malades bien plus avancés que lui avaient recouvré la santé... « Et ce moyen? » Et les prunelles de Wladimir, de jaunes, étaient devenues verdâtres. « Et ce moyen, vous le connaissez, ma mère? » Et Sacha, à demi tourné vers la princesse, la fouillait d'un regard ardent. « Mais oui, nous en avons même parlé avec le docteur et longuement, répondait la princesse sans se décontenancer. — Vraiment! Eh bien, j'attends, parlez? — Eh bien! monseigneur, ce serait de naviguer! » Et, risquant le tout pour le tout, je vantais les avantages de la vie de grand yacht, les bénéfices immédiats qu'il en tirerait à tous points de vue : recrudescence de forces, paix morale, tranquillité, sans parler du divertissant et changeant panorama des côtes, l'allégresse de vivre au large, l'imprévu des escales, les matins jamais les mêmes devant les villes surgies avec l'aurore à l'avant du navire, et les golfes enfuis à l'arrière du yacht dans l'or flambant des soirs. Je me sentais devenir poète en lui disant les mirages et les rivages mouvants de la vie de yachtman ; toutes mes humanités latines et grecques me revenaient en réminiscence, des fragments de Virgile et d'Homère se traduisaient d'eux-mêmes sur mes lèvres, j'étais tour à tour Odysseus et Enée et j'étais aussi Rabassol. Je me surprenais des intonations de voix du Provençal ; j'avais, pour peindre Tunis et Palerme, les images heureuses du matelot. Comme lui, j'évoquais, dans une olla podrida d'épithètes, des Malte

d'apothéose, des Tripoli de rêve et de chimériques
Tanger; une espèce de folie me possédait et, à bout
d'arguments, bafouillant dans la précipitation de mon
dithyrambe, je concluais: « La princesse est prête à
vous suivre et ne demande qu'à venir: on pourrait
aussi embarquer le Basque et le Provençal: ce seraient
deux joyeux compagnons tout trouvés. — Qu'on dé-
barquerait en eaux italiennes dès qu'on serait hors de
vue des côtes de France. » Et, avec un mince sourire,
Wladimir appuyait ses épaules étroites au large dossier de son fauteuil.

Nous échangions, la princesse et moi, un rapide regard. Mais déjà le prince avait repris sa hautaine indolence « Voyons, docteur, continuez. » Et, un peu comme
un somnambule, je reprenais le long chapelet des arguments convenus. Indifférent, les paupières maintenant
baissées sur ses prunelles luisantes, Wladimir me laissait parler. Sans l'éclair aux aguets de ses yeux, on
l'eût dit endormi ; mes propos le berçaient, il se laissait bercer ; une lassitude semblait aussi l'abattre.
Un malaise grandissait entre nous, une gêne aggravée
par ce mauvais silence ; chacune de mes phrases semblait se coaguler et je continuais quand même, vantant
les croisières et les haltes, les presqu'îles et les archi-
pols, quand un roulement de voiture s'arrêtait sous les
fenêtres. Des sabots de chevaux faisaient crier le gra-
vier.

Le prince se levait, allait à une fenêtre, puis, reve-
nant vers nous, il posait ses deux mains sur la table
et, le torse en avant, les épaules hautes, comme prêt
à foncer : « Et le mal de mer, le mal de mer qui me vide

comme une bouteille et me secoue comme un prunier,
le mal de mer qui me décroche le cœur, le foie et les
entrailles, y avez-vous songé, ma mère? Si le docteur
ne le sait pas, vous, vous ne pouvez l'ignorer. Vous
m'avez vu à bord durant deux traversées, les deux
seules de ma vie, et vous avez décidé de me faire naviguer! vous êtes donc bien lasse de me voir vivre?...
Pour le peu de temps que j'ai encore à vous ennuyer
de ma présence, vous auriez pu me laisser crever ici.
— Sacha! — Quel mal ai-je donc fait que vous désirez
si tôt en finir...? Ah! cette fortune, cette misérable fortune qui déchaîne cette meute d'intérêts et d'intrigues
dans cette maison de souffrance et vous fait disputer les
lambeaux de mon agonie!... Ah! ces millions, ces millions héréditaires comme la maladie qui me tord, ces
millions qui m'étouffent dans une cour de salariés et
parasites, ces millions qui corrompent le docteur, comme
ils vous affolent, vous, ma mère, puisque vous en arri-
vez à désirer ma mort. — Moi! — Oui, vous cherchez
à abréger ma vie. »

La princesse s'était levée, blême, avec, dans tous
les membres, un tremblement affreux; le prince tremblait aussi, mais d'une fureur contenue, d'une fureur
concentrée, lentement amassée, qui le serrait à la
gorge, étranglait sa voix et lui faisait mâcher les
mots entre ses dents. Il scandait ses phrases en prenant des pauses, comme à l'emporte-pièce, et cette
rage froide, ces invectives lentes étaient horribles
à supporter. La princesse ne disait plus un mot; elle
s'était appuyée, elle aussi, des deux mains sur la table
et regardait Sacha dans les yeux, fixement; lui, main-

tenant, se taisait, et ce silence entre la mère et le fils
était un terrible silence.

Avec une figure étrangement rapetissée le prince
reprenait lentement:

« On me donne deux ans, deux ans au maximum à
vivre. Ne pouviez-vous attendre deux ans. — Sacha ! »
Mais Sacha appuyait sur un timbre ; un moujick sur-
gissait d'une portière. « La comtesse est arrivée ? —
Oui, monseigneur. — Priez-la de monter. — Cela, jamais ! Vous ne me ferez pas rencontrer cette femme. »
Et la princesse, redressée de toute sa hauteur, ébauchait
un mouvement vers la porte. « Si, vous ferez cela pour
moi, ma mère. Vous ne refuserez pas cette faveur à
votre Sacha bien-aimé. Songez-y, un mourant ! » Et
preste, avec une agilité de félin, il tournait la table
et brusquement saisissait la princesse au poignet ; ses
doigts osseux se fermaient comme un étau sur le bras
de sa mère, une énergie atroce vivait dans ses yeux
fauves. Un mauvais sourire aux lèvres, il maintenait
la princesse debout contre la table. « Entrez, comtesse,
entrez, très chère. On vous attend. »

Délicieuse et menue dans une longue redingote de
soie mauve, un énorme nœud de mousseline blanche
bouffant sous son menton pointu, la Polonaise faisait
son entrée. Ses longs yeux avivés de kohl, ses lèvres
touchées de rouge, tout son visage fardé de frais res-
piraient une sérénité de commande, je ne sais quelle
artificieuse candeur. Elle entrait dans un sillage de ber-
gamote et un remous de dessous soyeux ; une énorme
capote de tulle mauve estompait sa figure d'une douceur de pastel. « La comtesse Schoboletka, ma mère. »

La comtesse s'inclinait avec un regard de biche effa-
rouchée, la princesse ne bronchait pas : « Vous me
faites mal, Sacha, murmurait-elle à voix basse, lâchez
mon bras ! — Pardon, ma mère, je ne me sens plus, la
main d'un mort. » Et, s'adressant à l'autre : « Vous savez
dans quel état je suis, Vera. Vous avez entendu ma toux et
avez vu le sang que je crache ; je suis un homme perdu
ou presque, personne ici ne l'ignore. Eh bien, savez-
vous ce que monsieur (et sa main me désignait), savez-
vous ce que monsieur, de connivence avec ma mère,
a trouvé pour me guérir ? Devinez ! Un voyage en mer,
une croisière sur les côtes de Sicile ou de Grèce, n'importe
où : mais ils ont trouvé cela de me faire embarquer,
de me faire naviguer, moi, malade, quand, bien portant, la mer déjà me brisait à me tuer et me tuait. Je
vomis le sang à terre, cela ne leur suffit pas. Moi, en
mer, voyez-vous cela ! J'en aurais eu pour trois jours ;
c'était ma mort immédiate et à terme fixe. Quand, dans
votre sollicitude, vous êtes venue m'avertir des pourparlers pour l'achat de ce yacht (car c'est la comtesse
qui m'a prévenu), quand vous êtes venue me dire qu'on
voulait m'enlever d'ici et m'embarquer, je ne vous ai
pas crue, je ne pouvais y croire. Cette consultation a
eu lieu, je vous crois maintenant. On voulait ici ma
mort ! — Mon fils ! — Taisez-vous, ma mère, vous par-
lerez après le réquisitoire. — Nous sommes donc des
accusés, ici ? — Vous êtes des coupables. — Et c'est
madame qui nous charge ? — Non ! c'est madame qui
me convainc. J'ai les preuves. — Alors, c'est une ten-
tative de meurtre. Moi, votre mère, j'attentais à vos
jours. — A mes jours ! Bien pis, vous attentiez à ma

liberté, car, une fois sur ce yacht, j'étais votre chose avec ce médecin et ces matelots complices, vous me débarquiez en Italie et m'interniez chez quelque doc-teur d'aliénés, car c'est la maison de santé que vous rêvez pour moi. Je sais bien que la vie que je mène ici vous fait horreur; vous haïssez tout ce qui m'aime ; vous blâmez tous mes plaisirs, et votre aveugle pas-sion de mère est si jalouse qu'elle n'est plus que de la haine. Il y a des années que vous ne vivez que dans la pensée de ce rapt et de cet enlèvement; vous aviez enfin trouvé des complices; mais madame heureuse-ment veillait. — Il n'y a sans doute que madame qui vous aime? — La comtesse n'aime qu'elle et ses enfants. Elle a intérêt à me plaire et fait naître mes caprices ; mes caprices la font vivre : elle les cultive, elle a rai-son. J'aime mieux sa complaisance intéressée que votre amour égoïste, votre dévouement qui me gêne et votre résignation qui m'obsède comme un remords. Que m'im-porte que vous m'aimiez, si vous me faites mal en m'ai-mant. — Sacha! — Oui, vous m'aimez maladroitement comme toutes les femmes et comme toutes les mères ; ceux-là seuls m'aiment qui m'obéissent. Je ne suis pas un sensible, moi, je suis un volontaire ; je suis million-naire et mourant, j'ai droit deux fois à toutes les sou-missions. »

La princesse s'était appuyée sur mon épaule, je la sentais défaillir. « Par pitié, prince ! — Ah! c'est vous, monsieur le docteur ! Comment osez-vous être encore ici? On vous a donc payé bien cher pour cette consul-tation criminelle? » Ce malade retrouvait dans la co-lère une véritable éloquence. « Ce que vous avez fait là relève de la justice, l'ignorez-vous ?... Je vous tiens quitte. Allez vous faire arrêter ailleurs. Je vous ai assez regardé : je vous chasse ! — Monsieur ! — Et vous aussi, Gourkau, vous n'avez plus rien à faire ici. Et vous aussi les deux imbéciles, les deux nigauds de bouillabaisse, les deux malins des anchois aux poivrons et de la salade de tomates ! » Et il montrait froidement la porte à l'intendant et aux deux marins accourus avec toute la domesticité au bruit ; toute la demeure avait cru à une nouvelle crise du prince.

Un silence atterré donnait à chaque parole le poids d'une sentence ; il regardait sournoisement ses victimes. « J'annule ma dotation, disait-il à Gourkau. — Je la maintiens, ripostait une voix rauque, celle de la princesse. — Naturellement, vous payez la trahison. J'ai dit, sortez tous ! — Moi aussi ? s'étranglait la voix de la pauvre femme. — Vous aussi si voulez, ma mère. Vous êtes libre de rester pour me regarder mourir. »

La princesse faisait un pas et puis chancelait en arrière ; la Schoboleska esquissait un mouvement vers elle. La princesse Benedetta se redressait, prenait mon bras et sortait lentement avec une indicible majesté Elle n'avait pas un regard pour son fils ; ses yeux fixes n'avaient pas laissé tomber une larme. La Polonaise ne l'avait pas vue pleurer.

La portière à peine retombée, un éclat de rire fusait dans le boudoir. « Etes-vous contente de moi, comtesse ? » Le prince Wladimir s'amusait.

SACHA S'AMUSE

J'étais cassé aux gages, un médecin suédois me remplaçait. Cela avait été une véritable révolution de palais; le tiers de la domesticité avait été renouvelé, la Schoboleska n'avait conservé que ses créatures; c'était le complet triomphe de la Pologne. Après dix jours d'absence, de Gourkau était rentré en grâce : on ne pouvait se passer de ses services. La princesse Benedetta s'était retirée à Cimiez, chez les Dames Assomptionnistes; elle n'avait pu supporter l'affront des reproches essuyés en présence de son ennemie. C'était la première fois depuis sept ans, que la princesse quittait son fils. L'Italienne avait sur le cœur la victoire de la Polonaise.

L'événement avait fait sensation à Nice; on en avait parlé pendant huit jours, presque une éternité dans une ville où la moyenne des scandales est de trois par semaine. Pendant quinze jours, je rencontrai l'Etchegarry et le Rabassol traînant l'avenue de la Gare; astiqués et flamblants neuf, ils ne quittaient pas les tables de la Régence et de la Brasserie Alsacienne, installés du matin au soir devant des orangades. Ils m'avaient salué d'un sourire, souri, d'un clignement d'œil et témoigné à leur façon qu'ils ne m'en voulent pas ; notre plan n'avait pas réussi, c'est l'aléa des jeux du hasard ; ces deux marins étaient beaux joueurs. Et puis, un jour, je ne les revis plus : ils avaient dû regagner Marseille. Je croisais parfois de Gourkau aux environs du Crédit Lyonnais, mais il mettait un soin tout particulier à m'éviter ; je devais être suspect à la villa, et le bon intendant craignait de se compromettre. La princesse me fit appeler deux fois au couvent.

Je la trouvai en camp volant dans une chambre blanchie à la chaux, presque une cellule, le seul genre de pièce que les Dames Assomptionnistes mettent à la disposition de leurs pensionnaires. Elle vivait là, dans un encombrement de malles non défaites et l'effarement de trois femmes de chambre italiennes, logées à l'autre extrémité des bâtiments, très loin de leur maîtresse, dont le moindre coup de sonnette emplissait d'effrénées galopades le silence religieux des couloirs : installation sommaire d'une femme toujours sur le qui-vive, on eût dit à la veille de quelque départ. La princesse ne recevait que de Gourkau et moi, attendant, pour rentrer à la villa, que le prince lui fît un signe ; mais Wladimir ne bougeait pas. Il était retombé tout entier sous la domination de la comtesse, et cette mère se morfondait là, dans ce couvent, à huit cents mètres de la villa regrettée, comme une reine en disgrâce que ne veut plus connaître le dauphin.

Elle m'avait fait appeler pour des troubles cardiaques dont elle disait souffrir, et, pendant mes deux visites, ne prononça même pas le nom de Sacha; et puis elle ne me demanda plus. Auprès d'elle aussi le médecin suédois m'avait remplacé; maintenant, elle se faisait soigner par lui. Par lui, au moins, savait-elle un peu ce qui se passait à la villa. Elle se dévorait de désir d'entendre parler de son fils.

Moi non plus, je ne savais plus rien du Noronsoff que les racontars courant chez les fournisseurs, et, vraiment, ce Russe déséquilibré et l'imprévu de ses fantaisies me manquaient; j'avais fini par aimer presque ce singulier malade. Malgré toutes ses folies, ce Slave avait un charme qui forçait l'attachement. Retombé dans ma clientèle ordinaire de passants et d'hiverneurs, il me semblait avoir rêvé. Chez ce Noronsoff j'avais vécu un conte des *Mille et une Nuits*, et la vie terre à terre me reprenait. On s'éveille toujours péniblement d'un rêve.

Que faisait Wladimir entre Gourkau et la Schoboleska? On avait, paraît-il, restreint le train de vie de la maison et quelque peu éliminé des invités des quatre-à-sept; la comtesse surveillait les présentations, n'amenait que des créatures à elle et faisait bonne garde : c'était presque de la claustration. Une sœur à elle ou de son mari, une baronne Narimoff, mandée d'on ne sait d'où, l'accompagnait dans ses courses par la ville. On la voyait assise avec elle dans le fond du landau du prince. C'était une femme assez. belle, plus grande et plus forte que la Schoboleska, mais qui avait renoncé à plaire : la fraîcheur du teint complètement détruite, avec des yeux éteints, comme ternis à force de pleurer; elle avait assez grand air et l'attitude d'une parente pauvre; les enfants l'appe-laient : ma tante... Et une sorte d'accalmie semblait avoir succédé à la folie de luxe et de fête de la villa. Un des orchestres, celui des Italiens avait été congé-dié.

Les favoris du moment étaient une tragédienne pié-montaise et un jeune premier vénitien du théâtre Risso, tous deux sujets de la troupe italienne qui donne ses représentations dans le fond d'une cour d'auberge, dans les relents d'écurie et de poulailler et dont, pour la rareté du fait, la société de Nice s'engoua tout un hiver. Sur la foi d'un article d'un chroniqueur parisien de passage, le Tout-Nice des vegliones et des batailles de fleurs crut devoir aller s'empiler sur les bancs de Risso, côte à côte avec les Napolitains du port et les Piémontais de la place Garibaldi; il fallait applaudir la Miligenti dans *Ameleto, principe de Danemark* et *Eli-sabeth, regina del Inglesia*, Giacometti et Shakespeare, Shakespeare et Giacometti.

La Miligenti, quadragénaire énorme au beau profil, hélas! empâté par la lymphe, remuait vraiment les fibres du public au cinquième acte d'*Elisabeth*. Sous des oripeaux de baraque foraine elle avait trouvé une agonie saisissante et donnait le frisson par le réalisme effarant de ses hoquets et de ses râles. Dans *Hamlet*, elle arrivait à dissimuler sa silhouette bedonnante sous un arrangement merveilleux des plis de son man-teau. Gainée dans huit mètres de drap noir, elle don-nait un grand spectre sombre, dont l'étonnante figure d'ange bouffi et blond imposait plus le prince de Dane-

mark que toutes les tragédieanes qui l'ont incarné
depuis. La science des attitudes était chez elle logique
et rare, et, tout un hiver, le Nice rastaquouère et barbare des grands hôtels et des villas mordit, docile, à
ce plaisir artiste. La vogue était d'aller applaudir la
Miligenti; le ton, de l'aimer et de la comprendre. De
un franc cinquante, les premières places montèrent à
dix francs; le reste de la troupe était quelconque. L'an·
née suivante, la Miligenti, à qui, l'autre hiver, les
grandes dames de la colonie italienne envoyaient des
bijoux, des robes et des fleurs, jouait devant des ban-
quettes vides : la tragédienne était retombée à son public de portefaix et de pêcheurs; la mode qui s'était
engouée d'elle l'avait oubliée. Les engouements durent
peu à Nice; le climat y fane vite les femmes et les
fleurs.

C'est ce jouet démodé que venait de découvrir Noronsoff. Pour dire la vérité, c'était la Schoboleska qui
avait trouvé le nouveau hochet de Sacha. Elle avait
proposé une matinée au théâtre Risso, assurée d'avance
que le prince s'amuserait à l'exubérance et à l'exagé-
ration du jeu de cette troupe italienne. Cette mauvaise
pièce de Wladimir avait retrouvé dans la Miligenti la
mimique de sa mère; prodigieusement intéressé à sa
gesticulation, il l'avait invitée séance tenante à la villa.

La troupe Risso y jouait, maintenant, trois fois par
semaine, à la grande joie de Wladimir qui, dans trois
scènes sur cinq, prétendait reconnaître des attitudes
et des faux airs de la princesse et de son chapelain. Un
jenne premier à la pâleur virgulée de terribles moustaches, les lèvres trop rouges et les paupières bistrées

comme un lendemain de noces, brochait sur le tout. Démantibulé, tel un fantoche, et long comme un jour sans pain, Giuseppe Fiaschi était son nom, et ce Fiaschi mettait en liesse Wladimir et toute la villa; il croyait avoir impressionné le prince et, bon Italien, il se cambrait et prenait en jouant un air langoureux et fatal, ses prunelles remontées sous ses paupières sombres, le blanc des yeux seul apparent, tout en torse et tout en œillades.

Wladimir s'en amusait follement. C'était aussi la joie de la comtesse; c'était à qui bernerait le jeune cabotin. On accablait le pauvre hère de cadeaux anonymes : épingles de cravate et honnêtes petites bagues dans les prix doux, dont le Fiaschi paraissait paré, aux représentations suivantes, au mépris de toute vérité historique. Pour plaire à Noronsoff, dont on citait la prodigalité, le malheureux dépensait tous ses appointements en costumes; ses harnachements étaient ceux d'un carême-prenant, et chacune de ses entrées saluée d'un fou rire.

Les représentations avaient lieu dans le parc, dans le merveilleux décor des cèdres et des palmiers. Dès que le Fiaschi apparaissait dans ses oripeaux de carnaval, le prince se renversait, étranglé de hoquets, et battait des mains à tout rompre pour couvrir ses éclats de voix; à côté de lui, la Schoboleska s'étouffait dans un mouchoir; Nicolas et Boris sortaient, n'en pouvant plus, et tous les invités trépignaient de joie. L'Italien, lui, souriait, croyant le prince effondré d'admiration; à la fin du spectacle on rappelait l'acteur et on le couvrait de fleurs : c'étaient des avalanches d'œillets, d'iris noirs et de violettes de Nice. Fiaschi, tout ruisselant de fard, demandait à baiser la main du prince, qui pouffait.

Tout a une fin. Un jour, après la représentation, une enorme gerbe de tulipes était remise à l'acteur en scène : des tulipes géantes, déchiquetées, jaspées des couleurs les plus vives, jaunes et rouges, les jaunes éclaboussées de sang, les rouges tigrées d'or, des fleurs éclatantes et violentes, des tulipes dites « perroquet ». Le cabotin se pliait en deux, reconnaissant, et enfouissait son visage dans les fleurs. Il se redressait en poussant un cri. Du sang lui giclait près de l'œil, tachant le velours blanc de son pourpoint ; un effroi d'ailes saccageait les tulipes. Le jeune premier avait lâché la gerbe. Par ordre de Sacha un perroquet avait été caché au milieu des fleurs, solidement ligoté entre les tiges : furieux, l'oiseau avait cruellement mordu l'Italien à la joue.

Le Vénitien comprit et ne revint plus ; la troupe italienne avait régné trois semaines. « Le Fiaschi a fait fiasco », conclut Wladimir et tout Nice répéta le mot du prince.

Le prince avait aussi repris ses promenades en voiture, on rencontrait son landau arrêté devant les fournisseurs. La comtesse en occupait le fond à côté de Wladimir : Boris et Nicolas faisaient vis-à-vis. Quand la Polonaise était à Cannes, (elle allait souvent à Cannes maintenant), la baronne Narimoff occupait sa place. Wladimir n'était jamais laissé seul ; mais ce n'étaient plus les longues promenades d'autrefois ; on sortait seulement en ville pour des emplettes ; le landau sta-

tionnait des heures devant les joailliers du quai Saint-
Jean-Baptiste et du quai Masséna, c'étaient de longs
pourparlers aux devantures des Morgan et des Laclo-
che; le prince ne descendait même plus. Il restait ac-
coté aux coussins du landau et se faisait apporter les
écrins. Debout sur le trottoir, un employé ou le joaillier lui-même vantait l'orient des perles, faisait couler
l'eau des rivières, admirer les reflets de telle opale ou
de tel rubis; la foule s'attroupait, et, ravi de l'étonne-
ment qu'il provoquait, mais indifférent en apparence,
Sacha pérorait, donnait des avis, consultait la comtesse,
voulait voir d'autres pierres, se donnait en spectacle et
généralement ne se décidait pas. Le landau repartait
au grand trot, laissant le joaillier et la foule ahuris,
mais les jours où il se décidait, le Russe était un si bon
client que les plus mal lunés supportaient ses caprices.

C'est dans une de ses stations devant un bijoutier
que je rencontrais un jour le prince et la Schoboleska.
Ce fut de la part de la comtesse le salut le plus gra-
cieux et de Wladimir le plus cordial sourire avec un
gentil signe de la main, son mouchoir agité en appel
vers moi. Je rendais le salut et passais.

Etrange caractère! et la princesse continuait à se
morfondre dans son couvent et sa disgrâce. C'est alors
que tout Nice éclata de rire, un soir, à la nouvelle de la
mystite du prince. Pendant un de ses longs marchan-
dages à la porte d'un joaillier, Wladimir se levait tout
à coup, repoussait les écrins, descendait de voiture,
traversait le trottoir, entrait dans le magasin, et, bous-
culant les employés, gagnait précipitamment l'arrière-
boutique, et là, s'emparant d'une jardinière (l'arrière-

boutique se trouvait être un petit salon), il se mettait debout dans un angle et se soulageait. La chose faite, il reposait la jardinière sur un meuble, retraversait le magasin (« Excusez-moi, ma cystite! »), remontait en voiture et partait sans rien acheter.

Comme insolence de grand seigneur, on ne pouvait aller plus loin.

LA MARISKA

Dans la colonie russe on goûta fort la cystite du prince, on ne s'intéressait pas moins aux agissements de la comtesse : la lutte était bien déclarée entre elle et la princesse Benedetta. Toutes les sympathies étaient, certes, pour la mère, mais les hommes se passionnaient au jeu de la Polonaise, les hommes et des femmes aussi ; la science d'intrigue de l'aventurière forçait l'admiration. Qui demeurerait maîtresse de la place et de l'heure ?

La retraite prolongée de la princesse Noronsoff chez les Dames Assomptionnistes de Cimiez donnait gain de cause aux partisans de la comtesse, mais elle avait frôlé tant de fois la disgrâce et ce Wladimir était si imprévu : on pouvait s'attendre avec lui à tous les revirements, et la bataille, toute gagnée qu'elle fût, se poursuivait avec des alternatives alarmantes de hauts et de bas.

Je n'en avais les échos que par la rumeur publique, échos tronqués, erronés, qui me renseignaient bien moins que mes souvenirs personnels sur la villa. Peut-être moins par amour filial, que pour inquiéter la comtesse, ç'avait été d'abord, de la part de Noronsoff, de vagues tentatives de rapprochement que la princesse avait laissées avorter ; elle avait signifié qu'elle ne rentrerait à la villa qu'après l'expulsion de son ennemie, et les projets de réconciliation n'avaient pas eu de suite. Je reconnaissais bien là le caractère taquin de Sacha, cet agité toujours préoccupé de tourmenter et d'angoisser quelqu'un.

La Polonaise semblait d'ailleurs avoir changé de tactique. Elle surveillait moins le prince, le laissait des journées seul à son ennui, sûre, on eût dit, d'avoir épuisé ses caprices ; elle s'absentait souvent, allait, une fois ou deux la semaine, à Cannes où elle avait retrouvé des amis, lord Férédith entre autres, le propriétaire de l'*Edouard III*, le yacht des pourparlers entamés par Gourkau au moment des projets de croisière. Il lui arriva même d'y demeurer trois jours, hospitalisée avec ses fils à bord du yacht ; bref, la Polonaise se laissait désirer. Il est vrai que, la plupart du temps, elle laissait Boris et Nicolas à Nice, et que la baronne Narimoff demeurait auprès de Wladimir. Noronsoff était donc bien gardé ; néanmoins quelque chose de nouveau était survenu dans l'existence de la Schoboleska, que dénonçaient son relâchement d'assiduités à la villa et la fréquence de ses visites à Cannes. Que pouvait bien préparer là cette fine mouche ?

C'est pendant une de ses absences que Noronsoff, agacé sans doute de ses façons, médita le tour de ramener sa mère à la villa, escomptant d'avance la joie qu'il aurait de la mine de la Schoboleska, quand elle retrouverait la princesse au Mont-Boron.

Edifié **sur** les conditions posées par sa mère, il pré-
féra s'adresser **à sa** tendresse et, sans se soucier de
l'affolement où pouvait la jeter la nouvelle, il se mettait au lit, feignait une crise et mandait auprès de lui
le pope ; il allait mourir et voulait la confession. Il
voulait aussi le pardon de sa mère ; il fallait que la
princesse fût réinstallée dans ses appartements, et,
dans l'effroi de toute la domesticité ignorante de la comédie, il appelait la baronne Narimoff à son chevet,
l'épouvantait de ses râles, des convulsions de son corps
d'acrobate, bref, abrutissait la pauvre femme du spectacle d'une agonie de singe et la dépêchait en toute
hâte au couvent, avec mission de ramener la princesse.

Convaincue par l'effarement de la Narimoff, la princesse Benedetta accourait. Le metteur en scène qu'était
Noronsoff avait bien fait les choses. La princesse trouvait la livrée en prières, des cierges allumés dans le
hall et le pope en larmes dans l'escalier ; il se jetait
aux genoux de la princesse et lui mouillait les mains
de sa salive et de ses pleurs. Le prince était perdu,
perdu pour la terre et pour le ciel, car il n'avait pu l'ab-
soudre. Délirant, en pleine agonie, il lui avait fait la
plus étrange confession, avouant en russe les peccadilles et le courant ordinaire des péchés véniels, mais
baragouinant en italien, dès qu'il s'agissait de fautes
graves, et le malheureux pope n'entendait point l'italien. Il n'existait pas de religion au monde où l'on pût
recevoir pareille confession, et le pope, prostré aux
genoux de la princesse, suait à grosses gouttes, sanglotait et se lamentait.

A cet étrange aveu la princesse Benedetta s'était

arrêtée, inconsciemment mise en garde. Elle demeurait debout sur une marche, éclairée par les candélabres portés haut par les moujiks; elle ne s'expliquait pas cette coupable lucidité du moribond, biaisant dans la confession et changeant soudain de langue dans l'exposé de ses fautes; elle y reconnaissait l'esprit retors et la fourberie de son fils, elle hésitait comme devant une mystification.

Elle se décidait pourtant à monter, quand une porte s'ouvrait sur le palier et Gourkau paraissait au seuil. Il se précipitait au devant de la princesse et la suppliait de descendre, de retourner à l'Assomption : « Monseigneur est fou. En vérité, je ne peux pas laisser Son Excellence être témoin des excentricités du prince. »

De grands éclats de rire, fusant par la porte entr'ouverte, achevaient d'instruire la pauvre femme. Elle avait déjà pris le bras de Gourkau et se mettait à descendre.

Debout sur son lit, une gandoura de soie verte jetée sur ses épaules, enturbanné à la hâte d'une étoffe bleue et or, le prince s'était improvisé mamamouchi pour recevoir sa mère. Il avait compté sur cette mascarade pour brusquer le dénouement et par surprise enlever son pardon; il avait préparé ses mots les plus drôles et ses câlineries les plus tendres; mais le respect humain de Gourkau évitait à la mère cette humiliation. Gourkau s'était souvenu que la princesse avait maintenu la dotation annulée par le prince, ce parfait intendant avait de la mémoire; il avait du flair aussi et ne doutait pas que la princesse ne survécût à son fils.

La princesse quittait la villa sans avoir vu l'agonie

carnavalesque de Sacha. Noronsoff en fut pour ses frais ;
l'ahurissement de la baronne Narimoff, éperdue devant
ce mort ressuscité dans la folie d'un déguisement, le
consola d'avoir manqué son coup.

« Vous avez failli trouver ma mère ici, disait-il le
lendemain à la Schoboleska. Oui, la princesse est venue
ici, hier ; j'agonisais sans vous, mais elle a pris peur
en voyant votre sœur ; elle s'en est retournée comme
elle était venue sans m'avoir vu. Bénissez le ciel,
Vera ! Ma mère est une Russe de la vieille race ; elle
a la haine du Turc et je mourais en Turc pour avoir
droit au Paradis où je vous retrouverai sûrement.

> Il est un ciel que Mahomet
>   Prédit à ses apôtres.
> Mais les plaisirs qu'on y promet
>   Ne valent pas les nôtres...

Et c'était le ton ordinaire de ses divagations.

Le côté mystificateur s'accentuait en lui ; une pointe
de férocité perçait aussi dans ses plaisirs. Il avait toujours été cruel, mais cette cruauté s'affirmait brutale.
Autrefois affinée, comme voilée d'ironie, il l'affichait
maintenant insolente et lourde. On eût dit que la Polonaise s'ingéniait à développer en lui les mauvais côtés de son âme barbare.

Il gardait une rancune sournoise à sa mère, ne pouvait se faire à la pensée qu'elle pût demeurer si longtemps sans le voir. Il la croyait domestiquée par sa
tendresse ; et son éloignement prolongé, le dernier in-
cident surtout de sa visite interrompue et sa nouvelle
retraite au couvent, tout l'irritait comme un crime de
lèse-majesté envers lui, le chef de la race et le por-

teur du nom. C'est cette sourde animosité contre la
princesse qui faillit faire la fortune de Mariska Zisco,
une demoiselle de Monte-Carlo dont les excentricités
étaient, cette année-là, la fable de la saison.

Née à Budapest, Juive hongroise, disaient les uns,
Tzigane, disaient les autres, cette Mariska était vraiment princesse divorcée par le fait du caprice d'un
Russe de la haute société et peut-être encore plus par
le hasard d'un pari. A la fin d'un souper, elle avait parié
qu'elle se ferait épouser par Zisco, avait su se refuser
et avait réussi; le pari gagné, elle avait croqué un
million et liquidé le mari.

C'était moins une courtisane qu'une aventurière
cosmopolite. Elle drainait Berlin, Vienne, Pétersbourg,
les villes d'eaux du Rhin, la Riviera et les stations d'Autriche et dédaignait Paris : Paris déclasse, s'il consa-
cre. Née dans la Pusta, cette Bohémienne avait des
allures de grande dame. A Vienne, les archiduchesses
copiaient ses robes et enviaient son luxe. Au cabaret
elle buvait dans une coupe de jade incrustée de rubis;
la Mariska vivait pour la galerie. Par son aplomb, ses
prodigalités, l'audace de ses reparties elle éblouissait,
ahurissait les sots et les plumait jusqu'à l'os: c'était
une effrénée dépensière, une mangeuse terrible.

Rien de plus voulu et de plus réglé que le fantasque
apparent de sa conduite; la Mariska tenait son public
en haleine, et le snobisme est l'âme du public d'aujour-
d'hui.

Hors qu'elle ne s'était pas encore suicidée, elle avait
tout fait pour emplir l'Europe des viveurs et des filles
du scandale permanent de ses foucades et de ses bluffs.

La Mariska avait trouvé beaucoup d'imbéciles; il est vrai qu'elle avait un flair tout particulier pour les découvrir.

C'était une femme mince et menue, presque androgyne dans l'heureuse eurythmie des jambes fines et du torse, brune comme un cigare avec des lèvres rouges d'un rouge qui brûlait, et de longs yeux d'eau claire aux paupières noircies. Elle était surtout singulièrement mouvante, trépignait, ne tenait pas en place, toujours prête, on eût dit, à danser une czarda de son pays.

Ces czardas et ces marches tziganes, elle les dansait parfois au petit jour, après souper, dans les restaurants de nuit. A la cinquième bouteille de champagne, au coup d'archet d'un Zorath ou d'un Boldi, la Mariska se levait, retroussait le tumulte de ses dessous de soie, cambrait sa taille et la voilà partie...

Elle dansait pour le plaisir avec une ardeur furibonde, insoucieuse alors de la galerie; l'âme de la Pusta la possédait toute. C'était une danse de damnée ou de sybille. Elle se tordait avec des appels de langue et de bras tendus, ses talons nus martelaient le sol; car, pour danser, la Mariska se déchaussait, envoyait voler aux quatre coins de la salle ses mules de satin et ses bas de dix louis.

Elle dansait, jambes nues, déchevelée, ses lourds bandeaux noirs épars sur la face; et cette face moite aux yeux lourds de rêve, aux prunelles absentes, était le charme et la grande séduction de la courtisane : elle dansait, les mains à ses tempes, soutenant, on eût dit, une tête endolorie. Elle dansait une espèce de dans

crucifiée, une danse torturée, lascive, exténuée; et
cette face de sueur et de pâleur affolait les soupeurs
de la Burghaus à Vienne, comme à Monte-Carlo les
fêtards de Ciro et de l'hôtel de Paris.

La danse finie, la Mariska rabattait ses jupes, tordait
ses cheveux et redevenait une mondaine exquise.

— Messieurs, quelques louis aux Tziganes, commandait la Mariska d'une voix un peu rauque avec un sourire aux hommes qui avaient fait cercle. Les Tziganes
y gagnaient de dix à vingt louis.

Ce printemps-là, la Mariska jouait un jeu d'enfer.

C'est à la roulette que Noronsoff faisait sa rencontre.
Il était entré là avec la comtesse, Nicolas et Boris; le
hasard de la promenade les avait menés à Monte-Carlo.

Ils tombaient en entrant, sur un attroupement de
joueurs amusés autour de la dispute et des cris de deux
femmes.

Debout contre une table, face au public, une élégante
jeune femme montrait le poing, insultante, à une vieille
dame en deuil, une vieille dame à cabas, peureusement
reculée en arrière et serrant contre elle un petit sac
bourré de billets de banque. Comme le prince entrait,
le croupier avec son râteau ramenait une liasse de
banknotes posée devant la joueuse élégante.

La jeune femme, toute de dentelles blanches, était la
Mariska; l'humble vieille dame était sa mère, Mirka
Shovani.

SACHA TROUVE A QUI PARLER

Ce jour-là, la chance avait trahi la courtisane. Aucun numéro ne sortait, c'était la série noire. Elle venait de perdre quarante mille francs ; elle avait surtout perdu son sang-froid et, butée sur une martingale illusoire, s'acharnait à rattraper son argent ; sa vieille mère, porteuse de la petite sacoche aux billets de banque, s'alarmait enfin de cette déveine et, en bonne trésorière effarée de cette déroute des gains et des économies de sa fille, venait de lui refuser des fonds.

Elle avait fermé la sacoche et la maintenait serrée contre elle, ne voulait plus rien savoir. La Mariska, qui sentait revenir la veine, avait eu beau insister, menacer, supplier ; rien n'avait pu ébranler cette prudence avare. Entêtée à ne rien céder, elle se contentait de gronder en langue hongroise des injures ou des *oremus*, et ses doigts crispés ne lâchaient pas le sac, crispés jusqu'à en égratigner le cuir.

C'était beau, cette lutte de la passion du jeu et de l'avarice, ces yeux de lucre et ces mains de convoitise

autour de la sacoche aux billets bleus. La Mariska avait
bien tenté de s'en saisir, mais preste d'un bond, la
vieille dame avait sauté en arrière ; le public amusé
avait fait cercle, et c'était maintenant l'engueulade ho-
mérique, une bordée de basses injures, baragouinées
par la vieille en idiome tzigane, par la Mariska en hongrois des faubourgs. La courtisane les vociférait avec
des gestes d'Euménide, la face décomposée de rage,
trempée de sueur et merveilleusement belle dans la
fermentation des fards ; les rires des assistants excitaient les deux femmes. Exténuée, la voix enrouée à
force de crier, la Mariska se penchait tout à coup, se
déchaussait et lançait sa mule à la tête de sa mère. La
vieille dame s'esquivait, évitait le coup.

Le prince alors s'approchait. Il avait écouté la que-
relle et en avait savouré le ton, comprenant le hongrois : « Mes compliments, madame, disait-il incliné
devant la courtisane, vous savez traiter les mères comme
elles le méritent. » Mais la Mariska, encore toute trépidante : « Qu'est-ce qui lui prend, à celui-là ! Est-ce
que je vous connais, moi ? » Le prince se nommait :
« Wladimir Noronsoff, madame, pour vous admirer et
vous servir. On n'est pas plus tragiquement belle ! »
Et il exagérait le salut. La Mariska avait toisé l'interlocuteur. Aux lourdes bagues des doigts, à la voix
rauque et caressante elle avait jugé l'homme. « Oui, je
sais traiter les mères, et vous, savez-vous traiter les femmes, monseigneur ? » Wladimir ne relevait pas l'insolence. « Pourquoi ne faites-vous pas du théâtre ? —
Qui vous dit que je n'en fais pas ? Je joue la comédie
à la ville. — Et vous avez de la voix. Je viens de l'ap-

précier. Vous chantez? — Non, je danse. — Oui, je sais, on m'a dit. — Et je suis bien plus belle en dansant qu'en jouant. Vous ne m'avez jamais vue danser? » L'impertinence tournait au marivaudage. « Non, je vous vois, cela me suffit. — Vous avez tort, cela vous intéresserait. Je danserai, ce soir, chez Ciro. Venez. — Je ne soupe pas dehors. — Vous craignez les mauvaises rencontres? » Le prince retenait une méchanceté. « Je ne les crains plus ; je n'ai plus de santé. Je soupe chez moi par ordre de la Faculté. — C'est vrai, j'oubliais. » La Mariska se souvenait maintenant des légendes. « Croyez à tous mes regrets, monseigneur. » Il y eut un silence.

Le prince la dévisageait, prodigieusement intéressé au délabrement de ce visage de passion et de pâleur. Il surveillait aussi du coin de l'œil la comtesse Schoboleska, demeurée à l'écart avec ses fils et un peu inquiète. « Croyez que je regrette, moi aussi ! » Et puis, après une pause. « Voulez-vous venir danser, un soir, chez moi ? — Après dîner, pour vos invités ? C'est un cachet. — Non, je vous invite à dîner aussi. — Je ne dîne jamais chez les autres. — Mais les autres sont les autres, et moi, je suis moi. » Et d'un geste d'autorité Noronsoff prenait la main de la courtisane. « Vous êtes despote. Vous avez des façons qui me plaisent. Et je dînerai avec qui, chez vous? — Avec qui vous voudrez, donnez-moi votre liste ! — Avec des femmes du monde. Ça me changera, je ne danse ici que devant des grues. — Soit, vous aurez des femmes du monde. — De Nice ? — De Nice et de Cannes. — C'est mieux, de vraies femmes du monde? Vraiment, vous en con-

naissez? — Je ne connais qu'elles. — Comme vous devez
vous ennuyer ! — Aussi, voyez, je suis triste. — Très
triste, en effet. — Et c'est œuvre pie que de me distraire.
Quel soir voudrez-vous dîner ? Voyons, demain !... —
Non. — Après-demain! Non plus. Voulez-vous samedi ?
— Samedi... C'est dit! — C'est dit! Vous présiderez la
table, et après, vous danserez. — Je ne danse qu'après
souper. — On soupera donc! — Dîner, souper, toutes
les joies. C'est que je joue aussi, je suis folle des cartes! — On jouera donc. Ordonnez! ordonnez! » Le regard de la Mariska venait de tomber sur les deux
Schoboleski. « Y aura-t-il de jolis hommes chez vous?
— Amenez-les d'ici. Ce sera plus sûr. — Peuh! ils sont
rares et j'aime les inconnus. — C'est bon, j'y pourvoi-
rai. Vous appréciez les jolis garçons? — Presque
autant que vous. » Et elle pirouettait sur ses talons
dans une révérence de ballerine. « En effet, vous êtes
née! »

Ainsi furent faites, en cinq minutes, la présentation
et l'invitation.

« Elle dîne samedi à la villa, déclarait Wladimir en
s'installant dans le landau, après, nous la verrons
danser. Qui pourrions-nous inviter comme femmes un
peu possibles? — Mais, aucune femme possible ne viendra, s'ébrouait la comtesse, on ne fait pas dîner des
femmes avec une fille. — Vous croyez. Je ferai ma
liste moi-même. Toutes celles de Cannes viendront
C'est une économie que de la voir danser chez moi.
C'est toujours dix louis de gagnés de voyage et de
souper. — A votre fantaisie. Elle n'est même pas jolie.
— Comme vous êtes injuste. Elle ne quittait pas Boris

les yeux. Nicolas aussi est de son goût. — Elle a bien de la bonté ; mais elle se passera de mes fils. Nous dînons samedi à Cannes. — Parce que j'ai chez moi la Mariska ce jour-là ? — Peut-être ! S'il ne me plaît pas à moi de dîner avec cette Mariska ! — Comme il vous plaira. Il ne manquera pas d'autres femmes. — Surtout si je n'y suis pas ! — Surtout si vous n'y êtes pas. — Et la Mariska présidera. — Vous l'avez dit. Elle présidera. — Vous me raconterez la fête le lendemain, cela pourra être drôle. — Ce sera mieux que drôle. — Ça sera drôlesse, c'est une étoile qui se lève. — Oui, une nouvelle favorite peut-être. Mariska rime avec Schoboleska. »

Cette conversation rapportée par Noronsoff faisait la joie du dîner du samedi. Wladimir la détaillait en comédien consommé, imitant avec une perfidie rare jusqu'aux moindres intonations de la Schoboleska. La Hongroise écoutait assez indifférente. Assise en face du prince, elle prenait des poses, s'alanguissait et puis toisait, hautaine, les autres femmes assemblées là ; c'était une joute à grand fracas de falbalas, de diamants et d'épaules. La Mariska avait sorti des perles presque aussi belles que celles de Wladimir et, quasi ingénue dans un décolletage savant qui la faisait chaste parmi tant de chairs offertes, elle affectait un profond ennui et ne daignait sourire qu'aux propos du prince.

Malgré la féerie d'une table lumineuse, incendiée de reflets allumés dans des glaces, et le luxe d'une invraisemblable garniture d'orchidées mauves et jaunes reliant entre eux candélabres et cristaux, le dîner traînait en longueur. La Mariska s'était fait attendre ; invitée pour huit heures, elle était arrivée à neuf, donnant pour excuse la rencontre d'un ami américain trouvé dans l'atrium, comme elle rentrait s'habiller à l'hôtel. Le prince l'ayant autorisée à amener qui elle voudrait, elle avait amené le Yankee. C'était un grand et robuste garçon, glabre et frais, et dont la forte carrure semblait une menace pour son mince habit noir. La Mariska l'avait à peine présenté et l'avait réclamé près d'elle à table ; pour cela on avait dérangé l'ordonnance des places. Master Edmond ne parlait pas français et le pauvre eût été dépaysé loin d'elle. Master Edmond, installé près de son amie, dévorait comme un ogre et ne s'arrêtait de manger que pour promener sur l'assistance de gros yeux vides et clairs. L'implantation de cet intrus avait jeté un froid ; le retard de la courtisane avait déjà indisposé le prince. Son sans-gêne, sa façon d'imposer son Américain, tout autorisée qu'elle y fût, achevaient d'énerver Wladimir. Il avait ses yeux des mauvais jours, ses étranges yeux rapetissés aux luisances troubles et jaunes ; il ne quittait pas le Yankee du regard.

La Mariska ne se départait pas non plus de son attitude hostile ; elle était venue avec un parti pris d'insolence et de s'offrir la tête des femmes invitées en son honneur : « Je ne vois pas la jolie femme qui vous accompagnait à Monte-Carlo, l'autre jour, disait-elle tout à coup au prince. — La comtesse ! Elle est à Cannes. Tout Cannes étant ici ce soir, elle est allée voir à Cannes quelques amis. » Wladimir immolait l'ab-

sente. Un silence, et la Hongroise reprenait : « Comme
ses fils sont jolis! On m'avait dit que vous les aviez
adoptés, prince! — Ah! j'ai tout au plus pour les
Schoboleski une affection de parent, de vieil oncle,
comme vous pour monsieur que voici. » Et Wladimir
indiquait le colosse assis auprès de la courtisane.

La Mariska avait bien trente-cinq ans ; le coup portait : elle blêmissait un peu sous son fard.

On se levait de table et l'on passait sur la terrasse ;
le café y était servi. C'était une soirée admirable : une
féerie de roches, de nuées et de frissons d'eau lointaine
s'échafaudaient dans un ciel verdissant de turquoise.
Criblé d'étoiles au-dessus des montagnes, zébré de
lueurs au-dessus de la mer, c'était un ciel unique, on
eut dit commandé pour une apothéose; des fadeurs
de seringats, des odeurs sucrées de lilas et d'arbres de
Judée alanguissaient l'atmosphère; la nuit avait des
douceurs de miel. La Mariska se laissait aller au charme
de l'heure et du paysage. « Une propriété incomparable, disait-elle à Wladimir, je ne connais rien de pareil, même en Autriche, sur notre Adriatique. — *Alla
dispositione della señora*, roucoulait galamment le
Russe. — Ah! si je vous prenais au mot, il n'y aurait
pas assez d'huissiers pour me mettre dehors. Je connais ces façons d'Espagne : on offre tout et l'on ne
donne rien... A propos, bien laids les échantillons de
Niçois et de Cannois que vous nous aviez sortis. Vous
m'aviez promis de jolis hommes. C'est très mal à vous,
prince, de nous cacher ainsi vos amis. Avez-vous peur
qu'on vous les prenne ? »

Les prunelles fauves de Noronsoff flambaient comme

des topazes; il offrait son bras à la Hongroise. On
rentrait dans les salons ; ils bourdonnaient déjà de valses de Tziganes. Des femmes entouraient la Mariska,
on la priait de danser.

« Après souper, après souper ! j'ai dit après souper,
se défendait la courtisane. Prince, vous m'aviez promis de me faire jouer. »

On installait une table de baccara : la Mariska prenait la banque. Elle jouait un jeu d'enfer, perdait, gagnait ce qu'elle voulait. Le prince lui succédait comme
banquier ; la Mariska doublait, triplait ses mises, emportée dans une fièvre de jeu ; des liasses de billets
s'entassaient devant elle. Quand elle n'en avait plus,
elle en demandait à l'Américain demeuré debout derrière elle et, quand l'Américain s'asseyait à sa place,
c'est elle qui dirigeait son jeu : et, le Yankee ayant
perdu, c'est elle qui à son tour puisait dans un petit
sac de cuir blanc et lui passait les billets. Les couples
de valseurs s'étaient arrêtés de danser. On faisait cercle autour de cette enragée ponteuse ; le prince, visi-
blement excédé, suait à grosses gouttes, pâlissait, s'é-
nervait : cette interminable partie l'exténuait. « Vous
faites bourse commune, ricanait-il à un dernier tripo-
tage de billets bleus entre la Hongroise et son parte-
naire, c'est une raison sociale ? — Parfaitement,
prince, une *Illimited Company*. Je n'ai jamais été pensionnée. Je ne suis pas Polonaise, moi. »

Le prince se levait, il s'excusait, il avait à donner
quelques ordres ; il faisait appeler Gourkau, le prenait
dans un coin : « Les trois hommes sont là ? — Oui,
monseigneur ! — Eh ! bien, faites ce que j'ai dit. —

Monseigneur y tient? — Faites ! — Mais Monseigneur a-t-il songé? — Faites, vous ai-je dit ! » Gourkau se retirait.

La Mariska s'était aussi levée. A une phrase de valse plus tendre, plus insistante, elle avait esquissé une longue glissade, avait retroussé sa robe sur ses jupes et dans un remous de soie et de dentelles s'apprêtait à danser; déjà on se groupait autour d'elle; la Mariska allait danser. C'est alors qu'intervenait le prince :

« Après souper, câlinait Wladimir, vous avez dit après souper. » Et caressant, enjôleur, il glissait sous son bras celui de la courtisane : « Vous êtes servie, madame. Allons d'abord nous restaurer! »

Le souper était dressé dans la salle des bains.

LE SOUPER DE TRIMALCION

Le prince avait bien fait les choses. Tous en en·
trant retenaient mal un cri d'admiration. Une énorme
table ronde occupait le centre de la salle des fres·
ques, l'emplacement même de la piscine hexagone :
un parquet improvisé la recouvrait, surélevant un peu
la table, comme sur une estrade; des gerbes d'iris
blancs, de narcisses et de roses posées dans leurs gueu·
les de monstres, les huit grenouilles de malachite faisaient sentinelle autour ; des pétales de roses jonchaient
les dalles, et l'illusion d'un souper chez Néron se per·
pétuait par les rondes de satyres, de nymphes et de
déesses peintes sur la muraille : frises d'idylles antiques
animées autour de batraciens crachant des jets de fleurs.
Une nappe ajourée de guipure de Venise s'égayait
aussi d'un effeuillement de pétales; des flambeaux d'argent érigeaient des cires roses et, dans l'émerveille·
ment des femmes et des habits noirs, le prince prenait
place avec, cette fois, la Mariska à sa droite et je ne
sais plus quelle grande-duchesse à sa gauche. Une dé·

licieuse petite guenon costumée à la turque lui faisait
face et, surveillée par deux moujicks, présidait le souper... Un peu ahurie, elle tournait à chaque instant
vers les portes une petite tête inquiète et se levait
brusquement de son fauteuil ; mais les moujiks la ras-
seyaient de force et l'y maintenaient prisonnière. Un
sourire détendait toutes les physionomies : on allait
donc s'amuser, mais un malaise se peignait presque
aussitôt sur tous les visages. Un étrange, un énorme
surtout occupait toute la table, dont la forme et les
proportions ne laissaient pas que d'intriguer. C'était,
piquée de fleurs de magnolia, de roses blanches et
d'œillets mauves, une espèce de housse de gaze d'or,
comme un grand voile lumineux et jaune bizarrement bossué et soulevé par places ; et l'on sentait
que sous cette gaze quelque chose vivait. Cela respirait et s'étirait avec un visible effort à retenir son souffle, et cette vie mystérieuse figeait plus d'un sourire,
faisait froncer plus d'un sourcil ; on ne mangeait plus
que du bout des lèvres. Ce Zaïmph fleuri était pour
tous une menace, menace pour la pudeur des femmes,
menace pour la dignité des hommes ; on pouvait s'attendre à tout de Noronsoff. De lui tout était à redouter.

— Ce sont peut-être des serpents qui grouillent là
sous cette gaze ? — Ou des grenouilles-taureaux, comme
à l'Acclimatation ! — Ou peut-être un chevreuil ! — Un
chevreuil vivant, qu'on va égorger sous nos yeux. —
Quelle horreur ! J'aimerais mieux partir de suite. —
Ou peut-être des rats ! — Mais vous êtes sinistre ! —
Taisez-vous. — Non c'est un sanglier. — Domestique.

— Je vais me trouver mal. — Laissez donc, ce sont ses perroquets, qui vont tout à coup envahir la nappe et se répandre sur nos genoux. — Et moi qui ne puis les supporter. — Pourvu que le souper ne soit pas empoisonné! — Non? — Oh! avec lui, je ne dis pas de l'arsenic, mais peut-être de la rhubarbe. — Non, de la cantharide! — Mais c'est le marquis de Sade. — Où croyez-vous donc être? — Ah! baron, où m'avez-vous menée?

Et c'était le ton des apartés; tout ce monde voulait rire et ne parlait que par monosyllabes. Heureusement les Czardas et les marches hongroises animaient-elles le silence, jouées par les Tziganes installés à côté.

La Mariska seule affichait de l'entrain : elle s'était enfin déridée et, la lèvre en fleur, un pétillement dans l'œil, se penchait vers le prince, riait de toutes ses dents et se laissait verser rasade sur rasade; les propos de Wladimir semblaient l'exciter et elle se laissait griser de champagne, tout à fait partie, l'air d'une pouliche en gaieté.

La livrée venait d'enlever le troisième service et de poser, entre les flambeaux, d'énormes fruits dans des corbeilles d'argent emplies de glace pilée; quatre moujicks venaient d'apparaître aux deux extrémités de la table; le prince Noronsoff se levait :

— J'aurais voulu vous offrir la comtesse Schoboleska et ses fils. J'ai dû me rabattre sur d'autres spécimens d'humanité, mais votre pudeur sera sauve, mesdames : mes spécimens sont tatoués.

Et d'un clin d'œil il faisait signe aux moujicks de découvrir le surtout. »

Les fleurs et la gaze d'or enlevées mettaient debout

toute la table : couchés sur une immense glace, trois hommes absolument nus y étalaient leurs torses durs, pris, on eût dit, tels des poissons, dans les mailles serrées d'un filet. C'était un cri dans toute la salle : les chevelures incultes, les ongles rudes, les calus des pieds, le hâle des mains et des nuques disaient assez les pêcheurs ou des portefaix. C'en était trop : des femmes se retiraient, demandaient leur manteau, leur voiture, indignées; des hommes, très pâles, échangeaient des propos brefs : fallait-il gifler le prince, lui remettre leur carte? Et d'autres femmes intercédaient.

— Il est fou. Un malade!

Dans le désarroi et le tumulte, les trois hommes nus demeuraient immobiles et les Tziganes continuaient de jouer.

La Mariska, elle aussi, s'était levée, mais elle demeurait sur place : elle avait pris sa face-à-main et, penchée sur l'étrange surtout, le détaillait curieusement, en connaisseuse qui s'intéresse.

C'était trois gars solidement charpentés, trois mokos de la Riviera, dont la chair brune était singulièrement tatouée. L'un couché sur le ventre offrait le fameux tatouage, connu sous le nom de « la chasse au renard », que Pierre Loti a décrit dans *Mon frère Yves* : tracés à l'encre bleue, les chiens et les chevaux, la meute et les cavaliers contournent les épaules, la poitrine et le torse à la poursuite du renard, disparu dans son terrier; c'est un tatouage classique. L'autre renversé sur le dos, les mains croisées sur son visage, étalait, des épaules aux genoux, l'effigie d'un vautour aux ailes à demi refermées; le bec de l'oiseau occupait le milieu de la poitrine, les dernières plumes des ailes s'effilaient sur les rotules' les serres étreignaient un étrange per-choir. Le troisième couché sur le côté enrichissait son derme de détails d'architecture : un arc de triomphe surmontait ses reins, une des fontaines de la Concorde s'épanouissait sur son ventre ; des légendes grivoises soulignaient les dessins.

La salle était presque entièrement vidée : quelques curieuses et deux ou trois blasés, seuls, étaient restés. Une joie dans ses yeux jaunes, le prince jouissait de la panique et de l'effarement de tous ; il observait aussi la Mariska, intrigué de son calme et peut-être pris d'une inquiétude. La Mariska examinait toujours : « Tatouages intéressants, disait-elle enfin, mais ceux de monsieur sont mieux. » Et elle désignait le Yankee. Elle avait lâché sa face-à-main et pris le bras du prince.

Les quelques invités restés les suivaient dans le salon.

Tous les autres étaient partis sans prendre congé : il demeurait à peine cinq personnes et les Tziganes sur leur estrade :

— Danserai-je maintenant pour vous ? demandait la Mariska. — Non, ce serait cruauté. Il n'y a plus personne. Ces imbéciles n'ont pas su apprécier leur bonheur. C'était pour eux pourtant une chance inespérée. Moi, je n'ai rien à vous demander et je reste votre débiteur. Vous avez merveilleusement joué pour moi et je vous en remercie. — J'ai même beaucoup gagné. — Je ne parle pas du baccara ; vous êtes une comédienne accomplie, je m'en étais douté. J'ai vis-à-vis de moi-même gagné mon pari ; c'est la plus grande joie qu'on puisse me donner, celle de ne pas m'être trompé, et vous ne m'avez pas déçu. — Nous avons donc tous deux gagné la partie, répondait la courtisane avec un demi-sourire. — Je vous offre la belle si vous voulez.— Non, la partie n'est pas égale, vous jouez le même jeu que moi. — Nous en resterons donc là. — Oui, et sans rancune. Je n'ai pas de temps à perdre. Avec vous c'est de l'escrime de salle ; les coups ne portent pas, vous êtes plastronné ; vous m'avez comprise? — Adieu, madame. — Adieu, monsieur. Sir Edmond, demandez ma voiture.

Et ce furent là toutes les escarmouches de Noronsoff et de la Mariska. Si elle avait voulu, la courtisane aurait pu prendre une grande place dans la vie du prince. Elle avait de l'impertinence, de la hauteur et même de la rudesse, une espèce de grâce cravachante dont Wladimir eût fini par aimer la cuisson douloureuse. Il avait trouvé une sorte de volupté à ses reparties cinglantes et, toute cette nuit de farce néronienne, le ton bref de la courtisane, l'insistance de ses longs yeux aigus l'avaient fait plus d'une fois doucement tressaillir; mais, comme l'avait dit la Hongroise, elle n'avait pas de temps à perdre. Elle avait mieux à faire que de provoquer et subir les caprices d'un maniaque.

De retour à Monte-Carlo, elle raconta le dîner et le souper du Mont-Boron avec des mots qui firent fortune même jusqu'à Menton; elle eut sur Noronsoff, son physique, ses tics et sa nervosité des trouvailles d'images et d'épithètes qui coururent toute la Principauté : la vogue de la Mariska s'en accrut. Ce fut à qui l'aurait à souper pour l'entendre jouer et la voir

mimer une fête chez le prince; tous les hommes lui
étaient reconnaissants d'avoir tenu tête et dit son fait
à cette ordure de Russe avarié. Les récits de la Hongroise faisaient prime, des feuilles du littoral s'en emparèrent, les propos de la Mariska revinrent à Nice,
amplifiés, aiguisés; ils furent rapportés au prince qui,
cette fois, s'émut et fit la grimace.

Le scandale du surtout avait été commenté, l'audace
en était trop neuve et, cette fois, l'opinion publique
indulgente aux frasques de Sacha se révolta : l'invention était par trop asiatique.

Les P.P.C. pleuvaient sur la villa depuis la nuit du
fameux souper, les visiteurs sy faisaient rares, les
parasites eux-mêmes s'y faisaient désirer. Toute la
basse tourbe des familiers ne se souciait pas de la police et la police s'était émue de ce souper, et sans le
consul de Russie... Bref, ce Noronsoff ferait bien de
s'absenter. C'était là naturellement les propos des plus
compromis de la bande : les coupables seuls cherchent
à s'innocenter. Somme toute, le Noronsoff se trouvait
assez isolé. Lâché par sa mère, lâché par la comtesse
Schoboleska qui s'éternisait à Cannes avec ses deux
fils, il supportait mal cet abandon et déchargeait sa
mauvaise humeur dans des scènes terribles tantôt sur
Gourkau, tantôt sur la pauvre Narimoff; sa santé aussi
s'altérait, sa tuberculose s'aggravait d'entérite. Avec
sa cystite, sa congestion au foie et sa neurasthénie
c'était le jeu complet des maladies; son médecin suédois affolé de tant de symptômes et d'accidents divers
en vint même à me consulter.

La vie n'était plus tenable avec cet hystérique. Les crises de fureur étaient suivies d'effrayantes prostrations, des léthargies de trois et quatre heures, dont le malade ne sortait que pour cracher des injures et du sang ; la princesse Benedetta n'était même pas avertie. Quel accueil lui eût réservé ce fou dangereux ? Et, en l'absence de la Schoboleska, la baronne Narimoff demeurait son souffre-douleur.

Que faisait la Polonaise à Cannes ? De temps à autre, un télégramme donnait des nouvelles de ses fils et s'informait de la santé du prince ; elle vivait à bord de l'*Edouard III*, le yacht de lord Férédith et passait ses journées en excursions en mer ; il était même question d'une croisière sur les côtes de la Corse. L'hypothèse de ce voyage mettait en rage le malheureux Sacha.

Il nourrissait à l'égard de la Polonaise une rancune féroce et méditait contre elle d'atroces projets de vengeance ; son imagination morbide s'ingéniait à raffiner des affronts et des supplices ; il la ferait jeter à la porte, quand elle se présenterait à la villa, ou bien la séquestrerait dans la salle des bains, la ferait plonger de force dans la piscine, lui ferait donner le knout, que sais-je, il l'étranglerait de ses propres mains ; et des gestes de harpie rythmaient ses divagations. Les griffes tendues vers sa victime, il délirait et finissait par râler, de l'écume à la bouche et du sang dans les yeux. La baronne Narimoff terrifiée assistait.

Quand un télégramme de Cannes annonça le départ de l'*Edouard III* pour Nice, Wladimir, tout à coup radouci, exulta et quand, précédée dans la matinée par une énorme corbeille de pensées et de narcisses, la Po-

lonaise se présentait à la villa, vers les quatre heures,
le prince subitement guéri n'eut pour elle ni assez
d'yeux ni de sourires; ce fut un retour d'enfant prodi-
gue. Il s'était emparé des mains de la comtesse, les
avait dégantées, baisées, un peu mordues et il les gardait maintenant dans les siennes avec des petits mots
tendres et des *cara, carissima Vera.*

La Polonaise aussi paraissait rajeunie. « Hoin ! ai-je
eu assez raison de ne pas assister à ce souper, à cette
fête que vous avez donnée à cette fille ! disait-elle en
tapotant les joues de Wladimir, il s'est passé des horreurs, paraît-il, on m'a dit une orgie. Ai-je eu du flair
d'être absente ce jour-là. Vous n'auriez pas voulu voir
mon Boris et mon Nicolas à la table de cette Mariska ? »

L'ENVIE

Et lord Férédith devint l'obsession de Wladimir.

La Schoboleska ne tarissait pas d'éloges sur l'aménagement du yacht, le luxe et le confort des cabines, de véritables appartements installés à bord ; et puis c'étaient des dithyrambes sur la complaisance et la tenue de l'équipage, les réceptions du propriétaire et la courtoisie, l'égalité d'humeur et la munificence, d'ailleurs légendaires de ce lord Férédith. On ne voyait sur l'*Edouard III* que la société la plus choisie ; lord Férédith y avait donné quelques fêtes dont le programme avait révolutionné Cannes ; la colonie anglaise et la colonie russe s'en disputaient les invitations, et cela malgré la présence à bord du poète Algernoon Filde, le lauréat anglais dont le récent divorce avait bouleversé Londres ; Algernoon Filde, l'auteur de *Vénus et d'Adonis* et du *Masque de la reine Bethsabée*, joués sur toutes les scènes des trois royaumes et des Etats-Unis, l'écrivain quasi scandaleux et partant illustre d'*Hadrien au bord du Cydnus*.

Cet Algernoon Filde venait d'avoir maille à partir avec
la justice de son pays et, condamné par contumace,
voyageait par amour de l'indépendance assez loin des
côtes anglaises où les autorités se fussent saisies de
lui. C'était un homme audacieux, mais prudent. Ses
succès de théâtre, ses traités avec les grands éditeurs
lui assuraient une large existence. Algernoon Filde
voyageait à l'étranger en quête de sensations et
d'aventures, précédé partout d'une assez mauvaise re-
nommée, qui jusqu'alors l'avait plutôt servi.

Au retour d'une croisière sur l'Adriatique, lord Férédith l'avait trouvé à Naples, installé dans une villa
du Pausilippe, et, grand admirateur du poète et de son
œuvre, l'avait d'abord invité à une excursion dans le
golfe de Salerne, Reggio, Pœstum et Amalfi et puis
l'avait décidé à l'accompagner à Cannes.

Lord Férédith s'était mis en tête d'imposer à la société anglaise l'écrivain compromis. Cannes est aujour-
d'hui un faubourg de Londres, et faire accepter le
poète d'*Hadrien* aux hiverneurs de la Grande-Bretagne,
c'était presque gagner son procès devant la pairie, lui
assurer son retour et son triomphe, sinon à la saison
prochaine, mais du moins aux régates de Cowes pendant la première quinzaine d'août. Pour cela, il suffi-
rait d'intéresser à Filde lady Saymoor et la princesse
de Troie, née d'Epsom, alors en villégiature à la Cali-
fornie. Intimes amies de la princesse de Galles et très
goûtées du prince, elles dirigeaient le mouvement
élégant de Cannes et déjà, depuis trois hivers, y
régentaient la colonie. La princesse de Troie avait,
l'autre printemps, fait les côtes d'Espagne à lord

de l'*Edouard III* et c'est sur elle que comptait lord
Férédith.

Avec une obstination d'Anglo-Saxon et la volonté
têtue d'un homme à forte mâchoire il s'était attelé,
corps et âme, à cette tâche de faire recevoir à Cannes
ce fantasque Algernoon Filde. Que lui reprochait-on, en
somme? Des peccadilles, des accès de tendresse un peu
répétés pour des petites mineures, mais sait-on jamais
exactement l'âge de ces bairmaids irlandaises, dont le
pullulement encombre la Cité. Qui ne connaît à Londres
l'effronterie des petites servantes, le cynisme des horse-
guards et la licence des bancs dans les parcs?

Sans cette aventure avec une fille de pasteur la police ne serait jamais intervenue. Le caractère sacré du
père de la victime avait tout gâté. C'est la religion
outragée et la religion d'Etat que l'on avait vengée en
poursuivant Filde; cette fois son cœur trop tendre
l'avait égaré et il avait mal choisi. La respectability
du clergyman avait décidé des poursuites; à cette algarade près, la conduite de l'écrivain était la conduite
courante des autres hommes. L'Anglais est, par nature,
friand de primeurs; les divorces ne se compteraient
plus à Londres si, par amour de la famille et aussi par
pudeur, les honorables ladies ne fermaient pas les yeux
sur les exploits de leurs frères et maris.

Cette cause avec ses circonstances atténuantes, lord
Férédith l'avait si bien plaidée auprès de la princesse
de Troie qu'il l'avait aussi gagnée auprès de lady
Saymoor. Les deux femmes avaient accepté de venir
à bord et d'y dîner avec Filde; elles avaient même
amené des hommes de leur compagnie; des grands-

ducs avaient été invités. Pendant le dîner, le yacht avait
gagné le large et, sur le pont éclairé par un clair de
lune, on eût dit, commandé pour la circonstance, des
matelots costumés et dressés par Filde avaient mimé
à miracle toute une suite des tableaux d'Hogarth, des
scènes comiques choisies à souhait parmi sa fameuse
série du *Mariage à la mode*, des *Buveurs de punch* et
de la *Partie d'Hombre*.

Affublés d'énormes perruques, engoncés dans d'immenses habits aux basques ornées de larges boutons
de strass et de marcassite, le nez chaussé de bésicles,
et de gros nœuds bouffants de mousseline sous leurs
faces rasées de forbans,, ils avaient fait rire les belles
dames aux larmes; c'était, à s'y méprendre, la rogue
importance et la majesté empêtrée des shérifs et des
aldermen du peintre. Les hanches rembourrées d'ouate
sous des lés de brocart aux cassures luisantes, la taille
guêpée dans un corps baleiné tendu de satin fleuri,
un mousse avait mimé avec une rouerie instinctive les
minauderies de la demoiselle de qualité. Filde l'avait
maquillé lui-même et, sous les batistes enrubannées
de son battant l'œil, le gosse avait pincé les lèvres,
manœuvré l'éventail et joué de la prunelle avec une
prétention si sincère, une si naturelle conviction que
la partie avait été gagnée. On ne pouvait tenir rigueur
à un homme capable d'organiser des divertissements
pareils. Des vers délicats du poète soulignaient d'ironie
chaque reconstitution de tableau; c'était de la peinture
animée et parlée. Le clair de lune était de la fête; les
hunes, les vergues et les cordages entraient dans le
décor; c'était un spectacle artificiel et précieux mis

en valeur par la mer, la nuit et la solitude. La soirée
fut une ovation pour Filde,

La princesse de Troie et lady Saymoor rentrèrent
ravies à Cannes; le lendemain la fête était racontée,
amplifiée, colportée à tous les thés de cinq heures des
villas et des grands hôtels, toutes les curiosités allumées.

Les femmes les plus raides et les plus puritaines de
la colonie anglaise étaient désespérées de n'avoir pas
vu la série des Hogarth organisée par Filde, on avait
oublié les frasques de sa vie privée, on ne se souvenait plus que de son talent... Son talent! l'auteur de
Vénus et d'Adonis avait du génie. Bref, la mode s'en
mêla, lord Férédith fut sollicité de redonner une seconde
représentation à bord, les demandes d'invitations plu-
rent sur le yacht et lord Férédith, après s'être fait un
peu prier, allait consentir, quand lady Saymoor fit
mieux. Elle offrit le merveilleux jardin de sa villa pour
y monter le deuxième acte du *Masque de la Reine Bethsabée*, le drame biblique du poète.

Au grand émoi de toute la société le spectacle s'or-
ganisa et, cette fois, ce ne furent pas d'humbles matelots costumés qui remplirent les rôles, mais des per-
sonnalités des plus marquantes de la colonie. La
princesse de Troie voulut bien incarner la concubine
royale et, le jour de la représentation, tout Cannes
rassemblé sous les palmiers de la villa Marpha put
admirer, couchée sur d'épaisses fourrures, le coude à
des coussins d'Asie, la beauté quasi nue de Georgina
d'Epsom, princesse de Corinthe et de Troie.

Avec l'impudeur d'une vraie grande dame la prin-

cesse avait consenti presque à se dévêtir. Gainée dans
une étroite robe de gaze jaune brodée de grosses fleurs
de perles rouges à la place des seins, elle inclinait le
songe d'un profil grave et pur sous un lourd diadème
d'opales et de sardoines ; un secrétaire d'ambassade à
barbe fluviale remplissait le rôle du roi David. Quant
au prophète Nathaniel, c'était Algernoon Filde lui-même
et, avec sa maigreur ascétique, l'éclat farouche de ses
larges yeux creux, toute cette face de fièvre et de passion qui fait du poète une sorte de lord Byron poitrinaire, il émut, dès son entrée, toute l'assistance de
terreur et la violenta jusqu'aux larmes par la fougue
de ses gestes et de ses imprécations. Des jeunes filles
et des jeunes femmes, choisies parmi les professionnel-
les beautés de la saison, figurèrent les légendaires
courtisanes de la scène de l'*Apparition*.

Le *Masque de la reine Bethsabée* fut un triomphe ;
une autre représentation eut lieu dans les huit jours
et puis d'autres fêtes suivirent, tant à bord de
l'*Edouard III* que chez des belles amies de lord Férédith. La grande duchesse Paul, cet hiver-là à Cannes,
voulut absolument avoir le poète à sa table et débuter
dans une de ses œuvres. Ces Russes sont fous de comédie. Avec la prononciation la plus défectueuse et
des gestes quasi canailles dus à une maladroite imitation de Granier, elle parut dans la *Peur du scandale*, un
proverbe de Filde et un des moins bons, et faillit faire
tomber la pièce. Ce fut une soirée terrible. Seule, la
présence du grand-duc empêchait d'éclater, des femmes
se retiraient secouées de tremblements nerveux ; la
princesse de Troie garda le lit huit jours, malade, dit-

elle, d'un rire rentré. Bref, plus de fête sans Filde : le poète était le lion de la saison.

Et c'était cet homme acclamé, adulé, voulu de tous et de toutes, qui mouillait en port de Nice, au pied même de la villa; l'*Edouard III*, sur lequel sa mère avait voulu l'enlever, était à vol d'oiseau à trois minutes de sa terrasse. Sans même se pencher Noronsoff en voyait les vergues et la haute mâture et, en se penchant, les bastingages au ras du quai; le yacht de lord Férédith faisait sensation. C'était, du matin au soir, tassé à son arrière, un rassemblement de curieux. Un flot continu de visiteurs en assiégeait la passerelle, flot pour la plupart du temps refoulé par le matelot de quart; on ne pénétrait sur l'*Edouard III* que muni d'une carte du capitaine.

Une jumelle braquée sur le yacht, Wladimir passait maintenant ses jours à surveiller les allées et venues de l'équipage et des invités sur le pont.

Ce yacht l'obsédait; c'était une attirance, un envoûtement. C'était comme un poids sur sa poitrine tout le temps qu'il l'avait sous les yeux, et comme un vide atroce, une espèce de faim quand il cessait de le voir. Il se sentait aussi plein de colère et de haine, il détestait ce lord Férédith dont les fêtes avaient ameuté Cannes et fait la joie de ce printemps; il le détestait et l'enviait pour le succès de ses réceptions, le luxe de son yacht et sa réputation d'hôte magnifique; les récits de la Schoboleska, adroitement mêlés de réticences, l'avaient gonflé d'une haine sourde, d'une haine morbide et féroce, la haine du malade et du déclassé pour la santé et la considération. Il détestait aussi la Scho-

boleska pour ses éloges intempestifs et ses phrases ad-
mirantes ; ses perpétuels dithyrambes sur Férédith et
l'*Edouard III* lui avaient envenimé l'âme. Lord Férédith était riche, lord Férédith était bien portant. Solide
et jeune, il vivait toute l'année en mer ; lord Férédith
était un oracle de goût, ses mots faisaient loi à Londres, les femmes de l'aristocratie se disputaient ses invitations : lord Férédith était l'ami des princes, lord
Férédith donnait des fêtes comme personne ; lord Férédith imposait au monde ses amis, même tarés, et lord
Férédith n'avait pas vingt millions. Et lui, Wladimir
Noronsoff, en avait plus de quarante ; mais déclassé,
expulsé de Russie malgré sa parenté avec le tsar, dé-
bile et usé, pourri jusqu'aux moelles, il traînait là,
dans l'énervante douceur de ce climat de Nice, une vie
de détresse et d'isolement.

Objet de curiosité d'abord et d'horreur ensuite, on
intriguait pour le connaître et puis on l'évitait ; pis, on
l'abandonnait comme un homme atteint de la peste. Ses
frasques l'avaient mis au pilori de l'opinion publique.
Sa mère elle-même l'avait quitté. Il demeurait seul,
moribond presque, entre un médecin de rencontre et
une aventurière slave, au pouvoir de salariés.

Ah ! comme il la haïssait, cette Polonaise ! Il ne pouvait se passer d'elle pourtant ; maintenant surtout,
depuis qu'elle l'abandonnait, elle aussi, invitée presque tous les jours à bord de ce maudit yacht et, trois
fois par semaine au moins, partie en excursion en mer.
Il aurait voulu la frapper, l'atteindre dans ses enfants ;
mais Boris et Nicolas ne venaient presque plus à la
villa : lord Férédith s'était pris d'affection pour les

deux Schoboleski et les gardait des journées auprès de
lui. Quand ils montaient au Mont-Boron, ils étaient ac-
compagnés de leur mère et encore la Polonaise venait-
elle presque toujours seule. Oui, c'était bien de l'exé-
cration qu'il nourrissait contre elle. Absente, comme
une fringale lui creusait l'estomac et le ventre en
même temps qu'une espèce de boule, remontée au go-
sier, l'étranglait; présente, il sentait instinctivement
ses doigts se crisper et il eût voulu les poser comme
deux serres sur son cou fragile de blonde. Ne l'humi-
liait-elle pas maintenant? Oui, elle osait cela, elle,
cette gueuse, qui sans lui serait morte de faim, elle
qu'il entretenait encore, cette éternelle entretenue!

N'aurait-elle pas dû lui amener ce lord Férédith et
ce Filde! Son premier devoir était de lui faire connaître le propriétaire de l'*Edouard III*; il avait dû le
louer, en somme, et cet Anglais lui devait une visite.
Cette visite, il l'avait attendue huit jours avec une
joie sournoise, impatient d'éblouir le yachtman du luxe
de son parc, de sa livrée et de sa villa; on ne pouvait
lutter avec l'installation du Mont-Boron, cela, Noronsoff le savait.

Alors il avait fait une avance, il avait manifesté à
la Polonaise le désir de recevoir Férédith et Filde à un
dîner chez lui; mais négligemment, du bout des lèvres,
la comtesse avait répondu que lord Férédith ne se laissait présenter à personne, mais qu'on lui présentait
les gens; d'ailleurs, lord Férédith avait assez de relations, il désirait ne pas les étendre : lord Férédith
n'était pas un hiverneur ordinaire et ne se souciait pas
d'amis compromettants

— Et son condamné pour attentat aux mœurs, avait failli hurler Wladimir, écumant.

Mais il s'était contenu, méditant une plus sûre vengeance.

Cette Schoboleska torturait son agonie. Coûte que coûte, à n'importe quel prix, par n'importe quel moyen il aurait les hôtes de l'*Edouard III* à sa table, chez lui, dans les jardins du Mont-Boron.

A BORD DE « L'ÉDOUARD III »

Et Noronsoff se décida à visiter l'*Edouard III*.

« Puisque la mer ne vient pas à la montagne, c'est la montagne qui descendra vers la mer, déclarait-li un jour à la Polonaise. Il faut bien m'y résoudre; vos amis feignent de m'ignorer et j'ai la curiosité de ce yacht. Sans vous j'y naviguerais peut-être! Voulez-vous me faciliter cette visite, m'obtenir du commandant la carte nécessaire pour pénétrer à bord? Vous ne pouvez refuser cela à votre vieil ami, Véra. » Le prince s'était fait doux et conciliant. C'était vers la fin mai et une pluie de clématites embaumait les terrasses. « Mais rien n'est plus facile. Que ne le disiez-vous plus tôt, répondait la Polonaise. Lord Férédith se fera une joie de vous recevoir. Fixez le jour vous-même. — Oh! je n'exige pas qu'il soit à bord, vous m'avez dit qu'il se souciait peu des nouvelles connaissances. J'au-rais été enchanté pour ma part, mais ce n'est qu'un ca-price de malade, l'envie de voir de près cette installa-tion parfaite. La faute en est à vous, comtesse, vous m'avez tant vanté ce yacht. — Voyons, Wladi, pas d'enfantillage. » Et la Polonaise, elle aussi, se faisait caressante. « Vous brûlez de connaître lord Férédith; il y a une méprise entre nous. J'ai dit que lord Férédith ne faisait pas de visites, mais je n'ai pas dit qu'il ne les rendait pas; c'est l'homme le mieux élevé des Trois Royaumes. Qnel jour descendez-vous à bord ? — Non laissons la chose à son choix, je ne voudrais pas déranger une partie en mer; le plus tôt sera le mieux, mais je puis encore attendre la semaine. — A votre fantaisie, prince. C'est lord Férédith qui vous écrira. » La comtesse s'était levée. Noronsoff s'emparait de sa main et la gardait dans les siennes. Noronsoff l'avait rarement vue ainsi; la Schoboleska était ce jour-là d'une joliesse toute spéciale, auréolée comme d'une lumière, transfigurée d'on ne sait quelle joie; des yeux de fleur, une face claire, une câlinerie espiègle dans les gestes, et dans la voix. Malgré lui Wladimir en subissait le charme : « Comme vous êtes belle aujourd'hui, Véra! — Je suis heureuse. — Peut-on savoir pourquoi ? — Parce que nous allons vous voir à bord et je vous aime beaucoup, vous et lord Férédith. Adieu, je vais lui porter la bonne nouvelle. A propos, avez-vous des clématites bleues en fleurs? Celles-ci embaument, mais sont de couleur plutôt fade. — Je vais faire demander au jardinier. — C'est pour ma coiffure. Il y a un dîner ce soir et le blanc ne me va pas. — Vous vous calomniez, comtesse. — Pfft! » Et elle modulait un petit crissement bref en avançant les lèvres! Merci. »

Le jardinier revenait avec une gerbe de larges clématites bleues : des étoiles. La comtesse en effeuillait

une au visage de Sacha. « A bientôt donc, peut-être'
à demain, mais rappelez-vous ma prédiction. Méfiez-
vous de tout ce qui vient de la mer ! » Et elle se retirait sur un baiser lancé du bout des doigts.

« Comme elle est coquette, songeait le malade, quelle
merveilleuse jeunesse, quel regain de jeunesse ! elle a
l'air d'une fiancée. » Et jusqu'à la tombée du soir le
prince demeurait absorbé, rêveur.

Le lendemain, un mot très aimable de lord Férédith
priait le prince Noronsoff à un lunch à bord ; l'invitation était pour le surlendemain, à cinq heures. J'étais
informé par le docteur Filsen des faits et gestes de la
villa. Il ne se passait pas de jour où le médecin suédois
ne vînt me consulter, dérouté par les déconcertants
malaises et les crises alternées de mieux et de rechu-
tes de l'étonnant Sacha ; le pauvre homme ne compre
nait rien à l'état de son malade, il mourait pour renal-
tre et ressuscitait brusquement pour retomber à plat
L'existence du prince était une suite d'effarantes agonies
et le Suédois était encore plus stupéfait de l'énergie et
de la force de vie de cette santé détruite que des effroyables attaques qui la secouaient presque chaque
jour. Après une quinzaine de prostration où le malade
n'avait pas quitté ses longues robes de chambre de soie
japonaise, réduit à se faire descendre dans un fauteuil
sur les degrés du perron et à passer toutes les heures
du jour, affalé sur une chaise longue de jonc qu'on
changeait de place à mesure que montait le soleil,
. voilà maintenant qu'il parlait de sortir, réclamait des
excitants et des fortifiants pour être en mesure de se
rendre à ce lunch. Il voulait la santé du jour au lende-

main, parlait d'organiser des fêtes, émettait même
l'hypothèse d'une promenade en mer et réclamait im-
périeusement de son médecin un stupéfiant, qui endormirait l'estomac et lui permettrait de passer quelques
heures au large... Avec une entérite, une dyspepsie,
de la neurasthénie et une maladie de foie! Le Filsen
était désespéré : « Donnez-lui du bromure le soir et de
l'arséniate de strychnine le matin du jour où il sortira.
Commencez à dix heures. A quatre heures il sera sur
pieds. »

Le mercredi, à quatre heures et demi, la daumont
du prince descendait au grand trot la rampe du Mont-
Boron et, toute sonnaillante des grelots des postillons,
contournait les quais et, dans le tumulte des quatre
chevaux enrubannés et pomponnés comme des mules,
s'engageaient parmi les fardiers, les charrettes et les
tombereaux du port pour venir s'arrêter net devant
le mouillage des yachts. Ce fut tout un émoi parmi les
déchargeurs de charbon et les calfats en train de ra-
douber deux transports corses, un émoi aussi à bord
des autres yachts; une foule de curieux se pressait
déjà sur le quai, où d'autres voitures stationnaient devant l'*Edouard III*. Ravi de l'effet produit, Wladimir
descendait, bourré de kola et rajeuni pour la circonstance. A peine maquillé, mais les cheveux bombés par
une ondulation savante, il n'avait plus sa figure de
vieille femme et portait seulement ses quarante ans.
Il redressait son torse sanglé dans une étroite jaquette
et n'arborait que trois bijoux, une perle noire à sa cravate et deux bagues à la main droite, mais le saphir de
l'une d'elles ne valait pas moins de cent mille roubles,

un saphir héréditaire, célèbre dans toute la Russie :
Gourkau et Filsen l'accompagnaient. La foule s'enquérait des moujiks debout derrière la voiture ; des robes
claires et des ombrelles voyantes circulaient sur le yacht
et, les paupières plissées, Wladimir triomphait.

Mais sa joie était de courte durée. Au moment où il
allait s'engager sur la passerelle, il devait s'arrêter et
céder la place à deux femmes en deuil qui descendaient
à terre. La casquette à la main, lord Férédith les recon-
duisait ; les deux femmes passaient devant Sacha et
remontaient en voiture, le coupé partait et lord Férédith debout devant Wladimir lui tendait la main.

Le prince avait reconnu sa mère.

La princesse, elle, l'avait-elle reconnu ? Certes, mais
elle avait feint de ne pas le voir et Wladimir en lui-
même n'aimait pas cette coïncidence de leur double
présence à bord de l'*Edouard III*. Que la princesse
Benedetta eût eu la curiosité de visiter le yacht sur
lequel elle avait rêvé d'enlever son fils, rien de plus
naturel, c'était le même sentiment qui l'amenait, lui,
à bord ; mais que lord Férédith eût assigné le même
jour et presque la même heure à la mère et au fils,
il y avait là plus que du hasard, il y avait de la Schoboleska, et Wladimir n'offrait à son hôte qu'une figure
rembrunie.

Il se déridait à bord. Les robes claires et les ombrelles voyantes étaient celles de lady Saymoor et de la
princesse de Troie ; la grande-duchesse Paul avait aussi
tenu à venir et, parmi ces femmes aux yeux clairs, au
teint jeune, onduleuses et élégantes, la Polonaise, assise à l'ombre d'un velum de soie corail, paraissait la

plus jeune et la plus fraîche encore. Quel secret de
Jouvence avait donc trouvé cette Schoboleska ? Elle attachait sur le prince de larges yeux candides et faisait
les présentations. Noronsoff étant de sang impérial, on
lui présentait les femmes, on ne le présentait pas ; la
grande-duchesse Paul avait, seule, le droit de le traiter en égal.

Le lunch était dressé à l'avant du bateau et servi par
des matelots. C'était un luxe simple et confortable
dont tout le raffinement était dans l'argenterie et un
service de Minturne d'un amusant décor : des géraniums
roses ornaient la table. C'était net, éclatant et discret ;
le velum de soie, en valeur sur le bleu du ciel, donnait
aux chairs des femmes une transparence de fleur ; les
regards s'avivaient, comme baignés d'azur, par l'ambiance de la Méditerranée ; une petite brise gonflait
doucement les plis du velum et Wladimir ne pouvait
détacher ses regards des larges prunelles mauves de
la Polonaise. Ses deux fils avaient les mêmes yeux de
candeur et de lumière, car Nicolas et Boris étaient là,
singulièrement hâlés, l'air développé en force, pareils
à deux beaux fruits.

Wladimir les reconnaissait à peine, tant il leur trouvait la mine assurée et le torse élargi ; on lui avait
changé ses deux Schoboleski : leurs prunelles violettes
brillaient comme de l'eau dans leur face brune et pleine :
— Quel air de santé ? ne pouvait s'empêcher de remarquer Wladimir. — L'air du large, souriait lord Férédith, quinze jours d'excursions en mer ont fait deux
hercules ; et encore nous rentrions à Cannes tous les
soirs. — Oh ! Hercule, je vous arrête, ricanaient les lè-

vres minces d'Algernoon Filde, celui-là, peut-être, mais celui-ci... (Et le poète désignait Boris.) c'est tout à fait Adonis, l'Adonis que je vois et que je voudrais, si je mettais jamais mon poème au théâtre. Et, s'inclinant vers la comtesse : « Mes compliments, madame, vous réussissez les fils. » — « Un peu mieux que ma mère, » songeait en lui-même le prince ; et ses regards tombés sur ses mains amaigries remontaient au front calme et rond du plus jeune des Schoboleski ; de fins cheveux blonds l'auréolaient.

> Au fond d'un bois obscur aux croulantes ramures,
> Adonis, le beau pâtre aux fils des dieux pareil,
> De la forêt sonore écoute les murmures,
> Et sa flûte à sept trous sous son pouce vermeil
> Les redit aux échos en notes graves, pures.
> Depuis seize ans qu'il court les grands bois au réveil,
> Sa bouche épaisse a pris l'âpre saveur des mûres
> Et ses lourds cheveux roux l'or vivant du soleil

C'était Algernoon Filde qui, remarquant l'attention du prince, la soulignait de ces vers chuchotés à son oreille ; et Noronsoff n'aima pas d'avoir été deviné par le poète. D'instinct il détestait cet Anglais maigre et glabre à la face rusée de mauvais prêtre. Avec son menton accusé, ses joues creuses et son sourire amer, ses yeux surtout, ses yeux gris à la fois perçants et troubles, profondément enfoncés sous l'entablement d'un ample front de penseur, Filde évoquait assez la ressemblance de Dante, mais d'un Dante qui se serait attardé et complu dans les cycles d'un équivoque Enfer. Il y avait du mystère dans ce profil émacié de l'Ecole florentine, mais il y avait encore plus de sar-

casme; et sous la noblesse du front les yeux ardaient
d'un mauvais désir. Il y avait une cruauté dans l'ironie
de ces prunelles mouvantes, et l'impression était plus
gênante encore quand ces prunelles demeuraient fixes
Wladimir se sentait examiné par le poète et supportait
mal son examen.

Lord Férédith, la face hâlée et blonde, bon géant
trapu, musclé et rieur, offrait deux yeux puérils dans
un visage cuit de forban. Grand buveur et amateur
enragé de tous les sports, il était, comme un matelot,
vêtu de serge bleue et joignait à la brusquerie d'un
mathurin l'exquise urbanité d'un grand seigneur.

Celui-là, Wladimir l'aima de suite, et cette équipée à
bord de l'*Edouard III* se serait assez bien passée, en
somme, malgré l'accroc de la rencontre de la princesse
et la poésie trop perspicace de Filde, si une fâcheuse
ovation n'avait attendu Noronsoff à sa descente à terre.
La nouvelle de sa présence à bord avait ameuté tout
le quartier; prévenus par des amis, tous les flâneurs
de la place Garibaldi étaient accourus. Les frasques
de Wladimir étaient populaires à Riquier comme aux
Ponchettes; ses dépenses folles dans les mauvaises
maisons, sa générosité dans les bouges où l'avaient
mené Etchegarry et Rabassol l'avaient fait célèbre
parmi la racaille du port; l'histoire des trois hommes
tatoués, offerts en surtout, avait allumé toutes les convoitises; leur figuration avait été grassement payée, et
c'est au milieu d'une foule en joie de mendiants go-
guenards et d'amis quémandeurs, que Wladimir rega-
gnait sa voiture.

A peine eut-il paru sur la passerelle que sa venue

était saluée par des huées et par des cris : « *Evviva el
Russo ! la salute a nostro principe !* » Tous les amis de
Wladimir se bousculaient à sa rencontre, implorant qui
un regard, qui surtout de la monnaie : « *Per man-
geare ?* », câlinaient les Italiens ; « *Mon prince, une
pièce de vingt ronds ?* » grasseyaient les voyous niçois ;
les plus hardis le tiraient par les basques de sa jaquette :
tel devait être, sous la Fronde, l'accueil des Halles au
duc de Beaufort.

Wladimir décontenancé pouvait à peine avancer ;
groupées à l'arrière du yacht, les robes claires et les
ombrelles voyantes regardaient. C'était un scandale ;
et Noronsoff, écumant de rage, pâlissait de peur et de
honte, sentait la sueur désagréger son fard.

Les deux moujiks descendus de leur siège le déli-
vraient ; une poignée de monnaie jetée à la foule produisait un remous qui faisait le passage libre ; une
bataille, maintenant, roulait au bord du quai de mouvantes guenilles et d'étroits corps-à-corps ; et Noronsoff
s'esquivait enfin au milieu des rires, des cris et des
injures, des *carogna tanta* et des *figlio de putana* vo-
ciférés par des bouches hilares, escorté de rondes de
gamins trépidants et de colères à poings tendus.

Debout, entre lord Férédith et Algernoon Filde, la
comtesse Schoboleska assistait au départ de son ami.

D'HOGARTH A FRAGONARD

— Je vous avais dit de vous défler de la mer. Vous avez tenu à venir à bord. Pouvais-je prévoir cette ovation? Vous êtes trop généreux. Ces gens-là vous ont traduit leur gratitude d'une façon un peu intempestive. — Les misérables! Il n'y aurait pas eu assez de knouts pour eux en Russie. — Mais nous sommes à Nice, sous le régime républicain, acoquinés aux immortels principes; il faut y subir la canaille ou il fallait demeurer à Saint-Pétersbourg. — Vous n'êtes pas généreuse, Véra. — Mais vous exagérez aussi, Wladi. Ces gens-là vous aiment à leur manière, mais ils sont un peu familiers. — Mais qu'a dit lord Férédith? Qu'ont pensé ses invités, lady Saymoor et la princesse de Troie? — Vous vous préoccupez de l'opinion des femmes maintenant! Mais, mon cher, vous baissez. — Et cette mauvaise face de poète anglais aux lèvres rases, qu'a-t-elle dit? Je suis sûr que Filde a ricané. Je n'aime point cet homme. Il a l'air d'un garçon de bain coupable. — Oh! charmant! Je lui répéterai le mot. Il en sera ravi.

Votre algarade avec tous ces gens, mon cher Wladi.'
Mais cela les a beaucoup amusés. Lord Férédith a
déclaré que les Latins doivent toujours être tenus à distance et que vous étiez bien bon de leur distribuer votre
monnaie. Un Saxon n'aurait pas bronché; mais, nous
autres Slaves, nous avons des âmes d'enfant; votre
côté satrape a voulu faire de la générosité. La générosité, c'est un métier très dur à continuer. — Quand
on ne vous insulte pas. On vous exploite! Mais aucun de ces mendiants ne vous a insulté. — Croyez-
vous? Cela n'en a pas moins été un scandale et les
journaux du littoral s'en sont emparés. — Et vous
vous inquiétez des journaux? Mais vous êtes très malade! — N'empêche que ni lord Férédith, ni Algernoon
Filde ne m'ont rendu ma visite. — Comment? Et ces deux
cartes cornées? — Oui, deux cartes ; mais ils ne sont
pas entrés. — Vous dormiez, vous ne receviez pas. Ils
ne pouvaient forcer la consigne. — Soit. Mais ils sont
venus en automobile ; ils ne sont même pas descendus
de leurs sièges. — C'était affaire au valet de pied. —
Ils sont venus à deux heures. — Pour vous trouver.
— Non, parce que j'étais sur leur route. Ils allaient à
Monte-Carlo. J'y vois très clair, Véra, quoique malade.
Je suis un homme qu'on ne voit plus : on m'invite une
fois, mais l'on ne vient pas chez moi. Je suis Noronsofl
le taré, un prince déclassé. Vous êtes vraiment bien
bonne de venir encore ici. — Mais, Wladi, c'est de la folie, vous délirez! Ils vous ont rendu votre visite dans
les trois jours. Que voulez-vous de plus? — Soit. Mais
pourquoi alors ces cartes avec des P.P.C.? — Mais ils
prennent la mer ce soir. Le vacht va en Corse. — Bo-

ris et Nicolas sont à bord? — Oui. Ils désiraient voir Ajaccio. — Et ils reviennent? — Dans dix jours. — Et lord Férédith et sir Algernoon, je les reverrai? — Naturellement, sans doute! — Sans doute ou naturellement? — Je ne sais. C'est certain que vous les reverrez. »

Wladimir était retombé sous l'empire de la Schoboleska; il appuyait son front dans ses mains pâles et fermait un moment les yeux; puis il les rouvrait et, après un silence : « Voyons, en toute sincérité, si j'invitais lord Férédith et sir Algernoon à dîner, croyez-vous qu'ils viendraient? — Mais pourquoi pas? — Vous vous dérobez. Je demande une affirmation et non pas un doute. Les gens de l'*Edouard III* accepteront-ils de moi une invitation à dîner? — Mais j'en suis sûre. Vous êtes venu à bord. Vous vous torturez l'esprit, mon pauvre Wladi. Certainement qu'ils accepteront; mais attendez leur retour. — Je veux les inviter de suite. Où leur adresser ma dépêche? — Vous les invitez par dépêche?—Oh! une dépêche libellée comme une lettre, dans toutes les formes du cérémonial voulu. — Télégraphiez-leur donc en port d'Ajaccio; mais ils n'y seront que demain, à midi. — Qu'importe! Ma dépêche les y attendra. »

Le lendemain, à trois heures et demie, le landau de Sacha stationnait devant l'hôtel de la comtesse; le prince avait une communication urgente à lui faire et la priait instamment de venir. La Schoboleska posait un dernier nuage de veloutine sur son visage, mouillait de kohl la soie de ses longs cils, passait son bâton de raisin sur ses lèvres et montait en voiture. Wladi

nir l'attendait sur la terrasse. Déjà debout, il tendait
vers elle la maigreur livide de deux longs bras nus
hors de la retombée de trop larges manches (le prince
était en robe de chambre) et brandissait en signe de
joie le papier bleu d'un télégramme. « J'ai la réponse !
Accourez vite, criait-il de loin à la comtesse. Ils acceptent! ils acceptent ! Lisez ce papier ; je l'ai reçu à
deux heures. »

Le prince exultait. C'était la joie folle, quasi frénéti-
que d'un enfant nerveux à qui on vient de donner un
jouet convoité. Il lisait et relisait le papier ; la dépêche
était pourtant laconique : « Nous acceptons pour le
30 mai. » Mais Sacha ne pouvait en détacher les yeux ;
la comtesse l'observait, silencieuse.

« Ils acceptent ! Qu'allons-nous offrir à ces Anglais ?
Voyons, conseillez-moi, comtesse. Il faut éblouir Albion :
quelque chose qui les étonne, les stupéfie, qu'ils n'aient
jamais vu encore. — Réfléchissez qu'ils ont été aux
Indes. — Je sais ; mais quelque chose d'exquis, de
raffiné ; de l'art français dans ce qu'il a de plus pur. Ils
raffolent du dix-huitième siècle, à Londres. Oh ! rien
d'asiatique, rassurez-vous ! — Ah ! tant mieux, car
lord Férédith a le goût le plus sûr, et Algernoon Filde
est un érudit. Soyez prudent, mon cher Wladi. Je
veux ignorer vos projets pour en savourer toute la
surprise. Mais, surtout, pas d'homme tatoué. Ils pren-
draient mal la chose ; et puis, comme tatouage, ils
ont tout ce qu'on peut désirer à bord. Adieu, je ne
veux rien savoir. »

Et le programme du fameux dîner s'élabora. Gourkau fut consulté et, s'inspirant des scènes des Hogarth

données à bord de l'*Edouard III*, Noronsoff arrêta son choix sur trois tableaux vivants imités de Fragonard L'invisible collection de Grasse faisait de Fragonard le sujet de tous les entretiens. L'Américain de Grasse, le maniaque détenteur des plus beaux spécimens de l'Ecole française, qu'il s'entêtait à ne laisser voir à qui que ce soit, était la bête noire de tous les hiverneurs. Les grands-ducs avaient fait des bassesses pour être admis à contempler cette *Escarpolette mystérieuse* et cet *Amant heureux*, connus seulement par les eaux-fortes des quais. Fragonard était dans l'air du pays, et c'était une charmante attention que d'en offrir les fac-similé vivants à des amateurs injustement sevrés des originaux.

Noronsoff se fit envoyer de Paris la collection des eaux-fortes, demanda à un peintre des maquettes, des costumes et des décors, fit faire des recherches aux Archives et à l'Ecole des beaux-arts sur l'exactitude des couleurs. La chose coûta ce qu'elle coûta; mais pour la mise au point des trois tableaux choisis Wladimir bouleversa cartons et bibliothèques. On commandait tout par télégrammes; Sacha s'était passionné pour son œuvre. Les trois tableaux étaient : l'*Heureuse illusion*, l'*Escarpolette mystérieuse* et le *Verrou*; puis. il fallut s'enquérir des figurantes. Gourkau dut faire démarches sur démarches auprès des directeurs de l'Opéra et du théâtre municipal ; pour les hommes jolis, pétulants et maniérés de Fragonard on dut s'arrêter à des travestis; mais Noronsoff ne trouvait aucune des figurantes assez désinvolte, assez fine. On dut s'adresser à des actrices. Les comédiennes et les chanteu-

ses sollicitées firent la grimace. C'était vraiment un
par trop mince emploi. Que devenait leur talent dans
cette exhibition? Etaient-elles des filles, qu'on ne leur
demandât que leur beauté? Il fallut vaincre un à un
leurs scrupules; des bijoux d'abord les amadouèrent;
puis la munificence du prince les décida. Les répétitions s'organisèrent; on avait commandé les costumes
chez Landolff.

Fragonard ! Duchesses, marquises,
Nymphes errantes des vieux parcs
Que, parmi des poses exquises,
Des dieux visaient de leurs grands arcs!

Avec quelle ardeur pétulante
Il savait, le divin rôdeur,
Fourrager d'une main galante
Dans l'écrin de votre pudeur?

Au pied des hêtres, qui grandissent
Dans le bleuissement du soir,
Ces escarpolettes qui glissent,
Mystérieuses, dans le noir...

Quel raffiné sut les surprendre
Au-dessus d'un étang bavard,
Dans l'ombre observée par Léandre?
Dites, nymphes de Fragonard...!

Sous la chemise, qu'il retrousse,
Qui sut, au bord des ruisseaux clairs,
Aux verts frais et sombres des mousses,
Allumer le rose des chairs?

Et ces mains d'homme entreprenantes,
Ces yeux de langueur attendris,
Et sur les gorges frissonnantes,
Ces longs baisers pris et surpris!

Ces glacis d'étoffes changeantes,
Ces bras, comme un filet, jetés
Autour des tailles voltigeantes,
Au creux des seins nus révoltés !

Ces aveux dans l'ambre des nuques,
Et, sous la pluie bleue des lilas,
Loin des laquais et des heiduques,
Ces chutes en grands falbalas !

Ces pirouettes, comme ailées,
Des amoureux et, Dieu sait où,
Parmi les jupes envolées,
Le galant poussant le verrou !

Des chairs d'épaules satinées
Flamboient au fond des boulingrins ;
Des cris de femmes lutinées
Meurent au bruit des tambourins.

Fragonard ! Et les griseries
D'un siècle d'ambre et de satin,
De grâce et de coquetteries,
Léger, athée et libertin,

Reparaissent soudain, l'aigrette
Au front, le regard aimanté,
A ce nom plein d'une secrète
Et délirante volupté :
      Fragonard !

Et, sur une révérence à jupe pincée du bout des doigts, la diseuse, une frimousse fardée et toute semée de mouches, inclinait l'édifice de sa coiffure poudrée et, preste, s'esquivait dans une pirouette et un fracas de falbalas ; les tableaux vivants commençaient.

C'était d'abord, dans un décor d'oseraies, de roseaux et de saules, le glissement fripon de la balançoire mystérieuse, la mise au point de la célèbre eau-forte avec la fille renversée sur la sellette et le nu des genoux apparu dans l'envol des jupes : la convoitise aux aguets du rustre accroupi dans l'herbe, en face, en soulignait les côtés grivois. L'autre scène était plus vive encore : ses rondeurs de gars robuste accusées par le caleçon de toile, le galant du *Verrou* maintenait d'une vigoureuse étreinte une belle à demi-pâmée hors d'atteinte de la gâchette ; le *Verrou* poussé décidait de la Victoire, la belle était bien au galant et dans l'intimité de la chambre en désordre, le détail du lit défait, tout proche, aggravait l'amoureux désarroi de la fille, son émoi passionné, sa pudeur éperdue, tout effort inutile.

L'*Heureuse illusion* montrait la même chambre et la fille glissée, exténuée de fatigue au bord du lit et, dans l'alcôve solitaire, l'amoureuse souriant à son rêve étreignait d'un bras le traversin contre elle et de l'autre main tenait, serré, un pied d'escabeau tombé dans la lutte.

Le spectacle avait lieu dans la salle à manger. On s'était mis à table à neuf heures. Le prologue avait été dit au dessert et les invités de Noronsoff dégustaient les sous-entendus des scènes reconstituées en même temps que les liqueurs. L'orchestre de l'Opéra (on avait choisi un soir de relâche) jouait en sourdine du Rameau, de l'Haydn et du Mozart. Pour faire honneur à lord Férédith les moujicks du service avaient troqué leurs blouses de soie blanche contre des blouses de foulard cramoisi, le rouge étant la couleur de l'Angleterre.

Malheureusement, la fête n'avait qu'un public restreint. Le prince la présidait entre la Polonaise et la baronne Narimoff ; lord Férédith lui faisait face, flanqué des deux Schoboleski ; Algernoon Filde occupait la gauche de la comtesse. Gourkau et le docteur Filsen avaient pris place pour faire nombre ; les autres invités s'étaient dérobés. Lady Saymoor et la princesse de Troie, qui avaient accepté, s'étaient excusées l'avant-veille, appelées à Florence ; la grande-duchesse Paul n'était pas venue.

Wladimir dissimulait mal sa mauvaise humeur. On se retira à minuit.

LES FÊTES D'ADONIS

Et le bruit se répandit dans Nice que la villa du
Mont-Boron allait être le théâtre d'une fête inouïe et
unique, d'une fête qui allait éclipser toutes celles offertes jusqu'à ce jour par le Russe, et dont la splendeur
allait effacer le souvenir de tous les spectacles analo-
gues donnés depuis vingt ans par les extravagants et
les prodigues de la Rivisra. Ces fêtes auraient lieu dans
les jardins, devant l'horizon de montagnes et de mer
que commandaient les terrasses ; elles commenceraient
au crépuscule et se prolongeraient dans la nuit à la
clarté ces torches. Ce serait une reconstitution antique
dans le goût de celles qui avaient, jadis, fait expulser
Sacha de Saint-Pétersbourg, des espèces de lupercales,
de bacchanales ou de réjouissances orphiques, dont les
cortèges comporteraient au moins trois cents figurants.
On était déjà en quête de jolies filles et de beaux hommes pour la composition des groupes ; des rabatteurs
couraient Nice et les environs ; la fête n'étant qu'un
prétexte à exhibition de nudités, on cherchait avant

tout d'impeccables plastiques. On avait déjà enrôlé pas
mal de traînards du port et d'Italiens des nouveaux
quartiers ; on avait même embrigadé jusqu'à des pêcheurs de la pointe Saint-Jean ; des tentatives d'embauchage avaient même été faites auprès du 10ᵉ d'artillerie de Nice et du 6ᵉ alpins de Villefranche ; mais les
colonels des régiments sollicités avaient mis le holà ;
les officiers se souciaient peu de voir leurs hommes
figurer dans les mascarades de ce fou de Noronsoff et
les ordres les plus sévères avaient été donnés dans les
casernes. Gourkau, le metteur en scène habituel du
prince, avait dû se rabattre sur les choristes du théâtre de Monte-Carlo, car il devait y avoir naturellement
des chœurs et des chants pendant les défilés ; Vursbourg
s'était fait un plaisir de mettre sa troupe, hommes et
femmes, à la disposition du prince, car il ne fallait plus
compter sur la figuration des théâtres de Nice, fermés
depuis le 30 mai, et pour les danseuses (car la fête
comportait aussi des danses) on avait dû s'adresser à
la Scala de Milan. Tout cela représentait des frais
énormes, près de trente à quarante mille francs ; en
effet, les hommes de la figuration, portefaix, Italiens,
ouvriers et pêcheurs, racolés au hasard des rencontres, touchaient, pour leur part, un louis le jour de la
fête et dix francs par répétition, et le prince faisait,
en plus, tous les frais des costumes. Tous devaient être
neufs. Landolff en avait reçu la commande ; ils compor-
taient en plus mille et un accessoires, mais quels se-
raient-ils ? A quelle époque, à quel peuple se rattacherait
l'action ? Cela était un secret ; en tout cas, la nudité s'y
étalerait triomphante, car les sujets une fois choisis,

de Gourkau d'abord et le prince ensuite leur faisaient passer un véritable examen.

Avant d'être inscrit sur les listes, tout figurant, homme ou femme, devait se dévêtir et subir, durant au moins vingt minutes, le regard investigateur de Noronsoff et de son intendant. Le prince siégeait en permanence, de quatre à cinq, dans le hall de la villa; les aspirants au cortège, préalablement envoyés au bain dans la matinée, se déshabillaient dans une pièce voisine et défilaient, Antinoüs ou Phryné, devant l'Aréopage; Wladimir décidait des admissions... Singulière façon d'occuper ses loisirs, dont s'entretenait, maintenant, toute la ville; les figurants refusés revenaient en s'esclaffant, et les racontars les plus roides couraient dans le bas peuple sur ces étranges concours. Malgré les précautions imposées, une permanente odeur de sueur et de crasse empestait, paraît-il, la salle des examens : c'était maintenant, à la villa, les propos et l'atmosphère d'un quotidien conseil de révision.

Mais quelle serait cette fête et à qui la donnerait-on? C'était là le point obscur qui passionnait toute la ville. La saison s'avançait et tous les hiverneurs de marque étaient partis; Nice et la Riviera, rentrées dans le calme, s'engourdissaient dans la douceur énervante de leur printemps; l'*Édouard III* n'était plus dans le port; lord Férédith faisait, disait-on, la Rivière Ligure, toute cette côte enchanteresse comprise entre Livourne et Gênes, et les préparatifs de la fête se poursuivaient fiévreusement dans la torpeur ensoleillée d'un Nice à l'abandon.

A quel grand-duc ou à quelle souveraine cette mys-

térieuse mise en scène était-elle dédiée? La date en
était fixée au 30 juin et, déjà, plusieurs répétitions
avaient eu lieu. Des voix d'hommes s'entendaient de la
route, entonnant et reprenant des ensembles interrom-
pus par les récriminations d'un chef d'orchestre; un
ancien maréchal des logis de hussards faisait exécuter
à d'autres des mouvements tournants. Etablis sur deux
rangs ou disposés en groupes, hommes et femmes
évoluaient comme sur un champ de manœuvre; ils pro-
cessionnaient par les allées, revenaient sur leurs pas
ou s'étageaient sur les terrasses à des commandements
de halte avec des mouvements réglés, comme dans un
ballet; un maître de danse italien indiquait les poses,
corrigeait les attitudes.

On avait beau interroger les figurants : comme aucun
n'avait encore essayé son costume, personne n'en pouvait rien tirer, et Dieu sait pourtant si les curiosités
étaient surexcitées. Des gens allaient jusqu'à les attendre à la sortie des répétitions. On les cueillait tout
échauffés encore, comme ils passaient les grilles, et les
frères et amis les emmenaient de là se rafraîchir dans
les buvettes du port et de la rue Cassini, mais sans en
rien obtenir. Toute cette racaille abrutie d'ordres et
de commandements ne savait qu'une chose, c'est qu'un
tel tenait un bâton, tel autre défilait avec une corbeille
en équilibre sur la tête, une telle marchait en jetant
des fleurs : c'était là toutes leurs indiscrétions.

La comtesse Schoboleska et ses fils assistaient aux
dernières répétitions.

La comtesse Schoboleska en était l'instigatrice. C'é-
tait elle qui avait mis en tête à Wladimir cette nouvell

extravagance des fêtes d'Adonis, car c'étaient les funérailles et la résurrection de l'Ephèbe d'Asie que devaient
représenter les défilés et les cortèges en répétition au
Mont-Boron.

Le docteur Filsen, un soir esquivé de la villa, satis-
faisait enfin ma curiosité, me donnait des détails. Il
n'avait plus une minute à lui. Le prince avait d'abord
exigé sa présence aux concours de beauté qu'il présidait tous les jours. Ce n'étaient pas seulement des
examens de plastique que passaient les figurants, mais
de véritables visites de santé : une nouvelle exigence
de la Schoboleska, justement arlarmée de toutes ces pro-
miscuités pour son cher Boris, car le cadet des Schoboleski devait prendre part à ces fêtes, il devait même
en être le roi, le demi-Dieu, tour à tour acclamé et
pleuré, l'Adonis lui-même; et la vigilance de la Polonaise, mise en éveil devant toute cette figuration de
rencontre racolée des bas-fonds du vieux Nice aux cou-
lisses de Milan et de Monte-Carlo, avait su communi-
quer son inquiétude à Wladimir.

Pourvu que cette racaille italienne, toute cette tourbe
niçarde n'apportât pas au Mont-Boron la variole et les
sales maladies que le bas peuple de la Rivière traîne
toujours après lui! La Slave avait su terroriser Noronsoff et pour lui-même et pour son fils : il pouvait
être atteint, et le dieu de la fête avec lui; elle n'avait
pas eu grand'peine à affoler Wladimir; la manie des
précautions était devenue chez lui maladie; après les
véritables conseils de révision installés à la villa il
avait établi maintenant un comité de surveillance. Toute
la figuration, hommes et femmes, devait se soumettre

à l'examen du docteur, assisté de Gourkau, une fois tous les huit jours. Quiconque essayait de s'y soustraire était immédiatement rayé des listes ; les répétitions étaient menées militairement. Devant toutes ces formalités, une trentaine d'hommes se retirèrent. On n'était plus au service ; est-ce que le prince se croyait à la caserne? Ce qui avait commencé en riant menaçait de se finir dans la gêne et dans l'ennui ; les désertions continuaient ; six danseuses partirent, des coryphées; on eut toutes les peines à les remplacer, et le prince continuait de vivre dans les transes.

Ces fêtes auraient-elles jamais lieu? Les costumes n'arrivaient pas, des figurants se dérobaient tous les jours ; si Boris allait tomber malade !... On redoublait de précautions; la nervosité du prince s'exaspérait, ses exigences devenaient intolérables : de Gourkau n'en pouvait plus ; le docteur Filsen était sur les dents.

La Schoboleska, seule, allait et venait, fraîche, souple et rayonnante, au milieu de tous ces tracas, de cette angoisse et de ce désarroi.

Et le malheureux Suédois s'épongeait le front, haussait les épaules, se mettait les poings aux tempes. « Quelle infernale idée avait eue là cette Schoboleska, et que machinait-elle là-dessous? » Il commençait à craindre, lui aussi, la Polonaise; son calme souriant lui faisait peur.

Je l'écoutais sans bien comprendre. Dans le débit à mots hachés et dénaturés par l'accent du Suédois, je ne saisissais ni les motifs, ni le but de la fête. Qu'était-ce que cette nouvelle fantaisie de Noronsoff? Je le savais bien orgueilleux comme un paon, mais je ne voyais pas son intérêt à éblouir de ses prodigalités un Nice déjà à demi abandonné et, à la fin du mois, certainement vide.

Filsen voulait bien me renseigner. Il m'apprenait enfin ce par quoi il aurait dû commencer.

C'était en l'honneur des gens de l'*Edouard III* qu'on se donnait tout ce mal, pour amener à résipiscence et forcer à l'admiration lord Férédith et sir Algernoon Filde, demeurés assez froids le soir des Fragonard. Ils revenaient d'Italie pour la date fixée et ramenaient avec eux lady Saymoor et la princesse de Troie, actuellement à Florence. Un prince royal de la maison de Savoie et toute sa suite devaient également assister à ces fêtes; la princesse de Troie avait écrit à la Schoboleska et lui avait formellement promis la présence de l'Altesse; toute la vanité de Wladimir était en jeu, et Dieu sait qu'elle était immense, et je me souvenais du mot de la Polonaise : « Immense comme un steppe. Il s'y perd. »

Aussi la fête devait-elle être royale, une fête offerte par un satrape à un poète et à un fils de roi. C'était le prince Emmanuele qui était annoncé ; et quand je parlais du chiffre de quarante mille francs déjà cité par la ville : « Quarante mille francs ! se récriait Filsen, mais c'est par mille roubles qu'il faudra compter. Quarante mille francs ! la figuration seule les mange au prix des répétitions. Songez que le corps de ballet vient de Milan ; nous avons eu les frais de voyage, et puis on connaît le prince et on lui majore les prix ! Ah ! celui-là peut se vanter d'être traité en grand seigneur ! J'ai vu les maquettes des costumes ; cinquante francs chaque... maquette d'après des Alma-Tadéma — Pour les

funérailles d'Adonis. C'est bien romain pour des fêtes
grecques. — C'est la comtesse qui l'a voulu. Il faut
avant tout plaire à ces Anglais, et, à Londres, cet
Alma-Tadéma est leur peintre. Le prince ne rêve et
ne veut qu'une chose : étonner lord Férédith, obtenir
une approbation du poète... Oh! il a sur le cœur l'in-
succès de son dernier dîner... Je sais qu'il peut rouler,
les millions sont là ; mais il ne faudrait pas pourtant
qu'il renouvelle souvent ce genre de divertissement.
Ces funérailles d'Adonis, je ne m'engagerais pas à en
solder les frais avec un chèque de cent cinquante
mille. — Mâtin ! » Et, malgré moi, je me mordais les
lèvres ; je ne savais pas Wladimir si généreux.

Cent cinquante mille! Et pour les tirer du portefeuille
du prince il avait suffi d'une phrase en l'air, dite du
bout des dents ; que dis-je, tombée du haut de l'éventail, d'une réflexion incidente de la Schoboleska.

C'est à la suite d'une visite de la Polonaise, le surlendemain du dîner des Fragonard, que Wladimir avait
pris la grande décision. Qu'avait-elle bien pu lui dire ?
Mais de Gourkau avait été appelé dans le boudoir et, à
peine entré : « Il paraît que nous avons fait fausse route,
sifflait la voix brève du prince ; lord Férédith et le sir
Algernoon Filde n'ont pas goûté nos Fragonard, le spectacle était trop fin pour eux, et puis c'était une redite.
Sans le vouloir, nous nous étions inspirés de leur fête
à bord. Vous savez, les Hogarth ? C'est un impair dont
la moitié de la responsabilité vous revient ; mais je n'ai
pas su vous contredire.

» Nous devons une revanche à ces Anglais.

» Madame et il désignait la Polonaise, veut bien me

renseigner sur le goût de ces messieurs. Lord Férédith et sir Algernoon n'aiment que l'antique. Naturellement l'auteur d'*Hadrien sur le Cydnus* ! Le Musée de Naples, les fouilles et les fresques de Pompéi, voilà ce qu'il faut à ces Anglais. Vous allez télégraphier à Londres de nous envoyer immédiatement les reproductions coloriées des cinq Alma-Tadéma, dont madame vous donnera la liste, et vous allez, mon cher Gourkau, m'organiser, d'après ces tableaux, les funérailles et la résurrection d'Adonis.

» Je ne suis pas en peine avec vous ; vous êtes le premier metteur en scène de Russie et, si votre place n'était pas auprès de moi, elle serait au théâtre Michel. Nous irons, s'il le faut, jusqu'à une figuration de trois cents personnes ; la fête aura lieu dans les jardins ; ces Anglais sont gens de plein air, ils adorent la nature.

» Le fils cadet de madame, Boris remplira le rôle d'Adonis ; sa mère y consent. Inutile de vous recommander son costume : un dieu d'Asie et aimé par Vénus ! C'est sir Algernoon Filde qui l'a désigné lui-même pour ce rôle, car tout ce que nous faisons est pour complaire à ce poète. Oui, nous avons toutes les bassesses, nous léchons la main qu'on nous a refusée, quitte à la couper après, n'est-ce pas, comtesse ? A partir d'aujourd'hui nous sommes domestiqués aux ordres de lord Férédith, et nous ne montons ces fêtes d'Adonis que parce qu'Algernoon Filde est l'auteur du fameux poème *Adonis et Vénus*, non *Vénus et Adonis* ! Quelle Vénus vous auriez faite, comtesse ! Néanmoins merci, vous me prêtez Boris (et il lui baisait longuement la main).

» Pour la dépense, mon cher Gourkau, carte blanche ; vous dépenserez ce qu'il faudra (et scandant les mots) : « Je veux éblouir ces Anglais. »

VERS L'IDOLE

Et le jour de la fête arriva ; les préparatifs en avaient
été menés dans une effervescence de fièvre qui avait
fini par gagner toute la population. La ville surexcitée
savait enfin de quoi il s'agissait. Les dernières répétitions en costumes avaient renseigné les esprits ; mais
les curiosités n'en étaient que plus ardentes. Le luxe
des cortèges dépassait, au dire des figurants, tout ce
qu'on avait jamais vu dans les précédents carnavals.
Ce serait plus beau qu'à l'Opéra ! Déjà, depuis trois
jours, toute la foule des flâneurs et des oisifs de Nice
assiégeait les alentours de la villa, massée sur les hauteurs du Mont-Boron, essayant de surprendre à travers
les feuillages les évolutions de la figuration. Le pays
était frappé comme d'une stupeur admirante ; et, sur-
chauffés par les indiscrétions des hommes des cortèges,
les propos grossissaient d'heure en heure, exagérant
et magnifiant le fasto déployé par Wladimir ; et toute
la ville hypnotisée avait les yeux fixés sur la villa
Noronsoff.

Dans les quelques hôtels, encore demeurés ouverts, on se désolait que le prince donnât sa fête si tard en saison ; les portiers et les interprètes auraient fait de l'or auprès des étrangers. Coûte que coûte, on aurait bien obtenu de la domesticité du prince quelques entrées pour ce spectacle, et, au conseil municipal, la question avait été agitée pour savoir si on ne demanderait pas à Norousoff de donner une seconde représentation de sa fête au bénéfice des pauvres de la ville ; en tout cas, l'adjoint, cette année-là président du comité des fêtes, était d'avis qu'on fît une démarche auprès du Russe et qu'on lui fît une offre pour acquérir tous ses costumes en prévision du prochain carnaval. L'administration de Monte-Carlo faisait, disait-on, elle aussi, des ouvertures en vue des représentations de *Messaline* qu'elle devait monter le prochain hiver ; des brasseurs d'affaires se démenaient, la tourbe en abonde sur la Riviera, et une furie d'agiotage inconnue des mois d'été secouait la Côte d'azur de sa torpeur : les prodigalités de Sacha avaient allumé toutes les convoitises.

La fête tombait le 30 juin. Depuis l'avant-veille l'*Edouard III* mouillait en rade, lord Férédith préférant la fraîcheur du large au voisinage poussiéreux du port ; une chaloupe à vapeur venait, tous les matins, chercher à terre la comtesse Schoboleska et ses fils ; ils quittaient le port à dix heures et revenaient à une heure et demie pour assister aux dernières répétitions. L'*Edouard III* n'aborderait à quai que le jour même de la fête ; on ne voulait pas déranger le prince dans le coup de feu des dernières heures ; lady Saymoor et la princesse de Troie étaient sur le yacht ; on y signalait aussi la présence de l'Altesse royale italienne.

A la villa, Wladimir ne se tenait plus de joie : sa vanité satisfaite, la réussite du projet poursuivi, l'éclat incomparable de la fête dont il avait pu juger l'effet, ces derniers jours, et la certitude d'étonner cette fois ses hôtes l'avaient comme régénéré, redressé, guéri. Filsen n'en croyait pas ses yeux : on lui avait changé son malade. Par un incroyable effort de volonté la santé lui était revenue. Transformé, transfiguré, Wladi allait et venait, donnant des ordres, s'occupant des moindres détails, rectifiant les costumes et malmenant Gourkau. Il semblait avoir usé ses maux dans une activité vertigineuse ; Sacha avait retrouvé dans la fièvre de cette fête à organiser l'espèce de rajeunissement que j'avais remarqué en lui pendant le séjour à la villa d'Etchegarry et de Rabassol, aux premiers temps surtout de la faveur de Marius.

« Baste ! il vous en réserve bien d'autres, disais-je à Filsen accouru chez moi, le matin du fameux jour ; c'est le plus étonnant malade que j'aie soigné durant ma longue carrière médicale, et j'ai été médecin de la marine : j'ai donc connu des fumeurs d'opium et des mangeurs de haschisch. Mais gare la débâcle après la fête ! J'ai assisté à ses retours des bouges et des maisons closes de Riquier : armez-vous de courage et de patience pour demain, à moins qu'il ne vous file ce soir entre les doigts. — Ce soir, oh ! ce serait trop injuste, car cet homme a vraiment du génie ! Sa fête sera inouïe, unique, et dire que vous ne la verrez pas ! Ah !

hier soir, si vous aviez vu cela dans les jardins, à la clarté des torches, ces nudités patinées comme des bronzes sous ces draperies antiques, ces coulées de peplums et ces e_vols d'étoffes de danseuses de Pompéi, et des nuances comme on en voit seulement dans les fresques, je maintiens le mot, dans les fresques : des safrans, des jaunes crocus, des bleus glauques et des rouges de laque, des tons de mosaïques d'Herculanum... et la prodigieuse beauté des types sous l'eurythmie du cau_ne ou des bandelettes, tous les profils ramenés au classique, la brutalité de certaines mâchoires lourdes, redevenues romaines, et la bestialité divine de certains fronts étroits couronnés de pavots et de fleurs de lotus ! En vérité, c'était un soir de la Grèce, un soir de Thesmophories en Ionie ou en Sicile, et cela dans les jardins que vous savez ; et nous avions la lune, une lune d'or invraisemblable, énorme, et le miroitement d'une pâle mer de nacre, sous le bleu nocturne d'un ciel de saphir... Oh ! ce clair de lune ! Et nous en aurons encore un plus beau ce soir. »

Le docteur Filsen délirait. Sa froideur suédoise avait fondu, dégelée au contact des danseuses et des figurantes du prince. La folie du Russe l'avait gagné, déchaînant en lui un helléniste enthousiaste. Un groupe de prêtresses surtout l'inspirait. Il ne tarissait pas sur douze Italiennes du corps de ballet de Milan, les seins captifs dans des résilles d'or, tandis que la chair des reins, des hanches et des ventres brillait avec des lueurs de perle à travers les fumées de longues gazes violettes alourdies par places de flèches de corail. Brandissant d'une main des résines allumées, agitant

de l'autre des thyrses ensanglantés de roses et s'échevelant comme des torches, douze éphèbes suivaient,
caleçonnés de soie verte; et une orgie de roses saignait
dans les jardins, des roses rouges, des roses soufre,
des roses blanches et des roses rouges encore : deux
mille francs de roses, le butin des cultures des environs dévastées par ordre du prince, toute la campagne
des alentours pillée, une moisson entêtante aux senteurs poivrées de roses effeuillées, trop ouvertes,
comme exténuées de vivre : toute l'ardeur de Vénus
s'irradiant en floraison de désir et de stupre sur le
corps adoré de l'Adonis; toute la sève de Cythère et
tout l'encens de Lesbos, effeuillemc .s de pétales et
enlacements de groupes, orgie de Mithylène et réminiscence de Pœstum. Filsen, le grave et doux Filsen
dithyrambait sur le prince et sa fête en prose, on eût
dit, traduite de Théocrite; je ne reconnaissais plus
mon Suédois : tous ses souvenirs de l'Université lui
étaient montés à la tête; il vivait en pleine idylle antique, grisé d'églogues et d'oarystis comme d'un vin
nouveau.

« Et Boris? faisais-je en interrompant son panégyrique. — Le Schoboleski, Adonis : une idole ! » Et Filsen tout à fait hors de lui envoyait un baiser au plafond. « Mais, docteur, je ne vous reconnais plus. —
Plus beau qu'un dieu, il justifie le scandale de cette
fête, il en est la vivante excuse. D'ailleurs, vous verrez son portrait cet hiver, chez Georges Petit: le prince
vient de le commander à Garino, le peintre de l'avenue Notre-Dame. Quand il est apparu, hier, couché sur
sa littère, au milieu des pontifes et des prêtresses de

Vénus, ça a été dans la foule un cri de stupeur Figu-rez-vous Héliogabale, l'enfance de Domitien, le triom-phe de Bacchus. Vous ne vous doutez pas de l'éclat sous le diadème de ce visage fardé et de ses larges yeux d'astre! Quel malheur que vous ne puissiez voir cela! Mais je me sauve ; je dois être à midi à la villa.

— Et son costume? faisais-je, en retenant Filsen par le bras. (Ma curiosité s'était allumée au récit de toutes ces extravagances.) Dans quel déshabillé Noronsoff offre-t-il à ses invités le fils de la Schoboleska? La mère fut jadis servie nue sur un plat; c'est du moins la lé-gende. — Son costume! Oh! je ne sais pas! C'est in-descriptible et fou comme celui de Salammbô dans Gustave Flaubert ou d'Elagabal dans l'*Agonie* de Jean Lombard: Gustave Moreau peint aussi comme cela. Il est comme vêtu de cendre, mais une cendre où palpi-teraient des reflets d'eau et des gemmes; toute l'étoffe de la robe est tissée de pierres de lune, d'opales et de sardoines ; un pectoral d'améthystes étreint le torse et la couronne énorme est de larges pavots violâtres; des pavots de ténèbres aux pistils de rubis, quelque chose de monstrueux et fou, mais d'adorable, un rêve d'empereur, une invention de poète, l'apothéose d'un dieu!

> Dans les parfums et l'ambroisie,
> Le front ceint d'éblouissements,
> Les jeunes dieux, fils de l'Asie,
> Apparaissent fiers et charmants ! »

Et sur cette citation Filsen s'esquivait, comme s'il en avait trop dit.

C'était une fièvre endémique. Ce Wladimir était contagieux, sa folie avait gagné le docteur. Comme jadis Néron dépravait les Augustans, Noronsoff contaminait son entourage ; il avait converti jusqu'au docteur Filsen au culte d'Adonis.

Un seul homme suffit pour pourrir un empire.

Nice aussi était contaminée, toute la ville en proie à la manie érotique et fastueuse du prince. Dès deux heures, toutes les rues étaient vides, les boutiques fermées, la vie suspendue, toute la population émigrée sur le Mont-Boron pour tâcher d'y surprendre des parcelles de spectacle, des coins de la fête du Russe.

C'était, ce jour-là, étendu jusqu'à l'avenue de la Gare, l'aspect de mort et d'abandon qu'offrent, les dimanches de carnaval, les hauteurs de Saint-Sylvestre, de Saint-Barthélemy et de Saint-Maurice, quand le défilé des masques grouille et braille du vieux quartier à la place Masséna, et entasse la foule ruée au-devant des chars du quai Saint-Jean-Baptiste à la promenade des Anglais. Ces jours-là, comme une machine pneumatique semble pomper la population vers la mer. Dans la haute ville abandonnée c'est le silence effarant laissé par une panique ; la furie du plaisir a vidé les rues comme une peste.

Or, ce trente juin-là, à partir de deux heures, la fête de Noronsoff avait fait Nice désert. Un azur implacable régnait au ciel et sur la mer ; et, réfugié dans mon cabinet de travail, derrière mes persiennes closes, je comptais les heures, au regret, malgré moi, de ne pouvoir assister à toutes ces splendeurs, inconsciemment attentif aux salves d'artillerie qui, selon moi, auraient dû annoncer la fête.

Quatre heures. Les invités doivent être arrivés ; le
cortège s'ébranle ; je devrais entendre les cris de la
foule et la musique des orchestres. Et, incapable de
songer à autre chose, je vivais minute par minute les
phases du spectacle du Mont-Boron, les yeux aux
aiguilles de la pendule, suggestionné jusqu'au malaise
par les détails appris le matin, évoquant les groupes
et les costumes dans une hallucination quasi douloureuse. Ce maudit Noronsoff m'envoûtait à mon tour ; je
subissais, moi aussi, l'obsession de l'Adonis, et puis,
l'après-midi s'avançait, les lamelles des persiennes
filtraient un jour moins cru ; je changeais de place un
vase rempli de roses dont l'odorante agonie m'entêtait ;
j'ouvrais les persiennes et, accoudé à l'appui de ma
fenêtre, je tendais l'oreille dans la direction du Mont-
Boron, épiant des clameurs et des voix.

Puis l'air fraîchissait, une saute de vent venue du
large faisait courant d'air et effeuillait la gerbe de roses
placée entre deux fenêtres ouvertes. Je vous demande
pardon de vous citer tous ces détails ; mais, en vérité,
j'ai rarement vécu des minutes aussi intenses : comme
un pressentiment m'avertissait que quelque chose
d'insolite se passait là-bas. Un splendide coucher de
soleil amoncelait à l'horizon un écroulement de nuées,
la pointe d'Antibes se violaçait derrière un écran de
gigantesques arabesques d'or, et je songeais que là-bas,
sur les hauteurs de Cimiez, dans sa retraite des Dames
Assomptionnistes, une femme partageait sûrement
mon angoisse et souffrait, peut-être accoudée, elle aussi,
à sa fenêtre, attentive aux rumeurs venues du Mont-
Boron, les yeux fixés au large, essayant, elle aussi,

de se distraire au jeu changeant de la lumière et de l'heure. Et puis le ciel s'assombrissait, la rue devenait couleur de cendre, la pièce obscure. Ma femme de ménage, apparue sur le seuil, m'annonçait que j'étais servi.

Je passai à table. J'achevais à peine mon potage qu'un roulement de voiture s'arrêtait sous mes fenêtres. On montait précipitamment l'escalier ; un violent coup de sonnette, et la femme de service, entrée en coup de vent, apportait une lettre : « Monsieur ! monsieur ! c'est de la part du prince. On attend la réponse. »

Noronsoff ! j'avais deviné qu'il s'agissait de lui. Je dépliai le billet : il était de la princesse : « Venez, venez vite, pas un instant à perdre. Je n'espère qu'en vous : mon fils se meurt ! »

VENGEANCE SLAVE

J'arrivai à la villa à la nuit tombante. Une véritable émeute en occupait les jardins. C'étaient, dans l'ombre bleue du plus beau soir de juin, les imprécations, les réclamations et les injures goguenardes de toute une armée de figurants. Trois cents hommes et femmes, à moitié nus sous des oripeaux de couleur violente, criaient et sacraient dans tous les idiomes de la Riviera : patois piémontais, jargon du Basso-Porto de Naples, argot pittoresque des vieux quartiers niçois ; les femmes piaillaient avec des cris aigus dont les éclats trouaient comme des fifres la masse des grosses voix enrouées et avinées des mâles. Des torches allumées éclairaient çà et là des figures tragiques, irradiant les ors d'un diadème, giflant de rouge la nudité d'un torse jailli d'un peplum ; une odeur de crasse et de sueur écœurait ; la chaleur était suffocante, aggravée de senteurs de résine et de tant de roses amoncelées dans tous les coins du parc. Lanières sanglantes mêlées aux chevelures, coulées de pourpre

vive tombant des hauts feuillages, toute une orgie de
roses, celle dénoncée la veille par Filsen, saignait,
ruisselait, brillait, stagnait, tel un fleuve de vin dans
les allées et sur les chairs moites. Des rires fusaient,
énervés et stridents de femmes chatouillées à côté de
menaces grondantes et de grosses gaietés d'hommes.
« *Paga mi, m'en an ail!* (payez-moi, que je m'en
aille !) », clamaient les échos du jardin ; c'était à la
fois l'atmosphère de rut d'un soir de *festin* [1] et celle
d'une insurrection populaire ; des mains gesticulantes
s'agitaient, une frénésie de mimique tordait des bras,
remuait des étoffes, et des relents de musc et de
touffeurs d'aisselles inquiétaient. Il s'y mêlait l'encens des roses; la nuit s'alanguissait d'odeurs fa-
des; et, debout sur le perron, dominant de sa haute
taille toutes ces menaces et ces grimaces, les fronts
gemmés et les poings tendus, Gourkau essayait en
vain d'obtenir le silence ; la marée des quémandeurs
le bousculait, et Gourkau, à la clarté des torches,
reculait d'un pas, remontait une marche, pareil à
quelque naufragé réfugié sur un îlot envahi par les vagues et dont le vent emporterait la voix ; car Gourkau parlait, ses lèvres s'ouvraient, se fermaient
pour s'ouvrir encore et pas un mot n'était entendu.
« *Paga mi, paga mi, m'en an ail !* » et le tumulte
croissait forcené de rires et de cris; il y avait aussi
des colères. Submergé par la foule, l'intendant malgré tout tenait tête ; mais on pressentait qu'il allait
faiblir et serait vaincu.

1. **Les fêtes** populaires de Nice et des environs qui n'ont
lieu que l'été.

Le prince et ses invités devaient s'être retirés devant l'orage, car, au-dessus du rez-de-chaussée obscur, les fenêtres du premier flamboyaient dans la nuit.

Et les fureurs montaient déchaînées! Je n'avais rien pu tirer en route du moujik assis à mes côtés; des groupes rieurs rencontrés en chemin, des cris et des bourrades de gens surexcités m'avaient bien appris qu'il se passait là-haut quelque chose; mais j'étais loin de soupçonner un mouvement populaire, et nous tombions en pleine insurrection.

En passant les grilles, le moujik relevait prudemment les glaces; la foule s'écartait devant les chevaux, nous étions accueillis par des huées, des torches brandies, des faces en sueur; des résines allumées lancées à tour de bras venaient s'éteindre contre les portières; des lanières de roses en fouettaient les vitres; des femmes à demi nues tentaient de s'accrocher aux roues; c'était bel et bien une émeute.

Gourkau nous apercevait et ébauchait un geste : enfin! Un ordre murmuré, et dix moujiks accouraient nous aider à descendre, nous escortaient, nous défendaient contre cette tourbe; les cris de : « *Paga mi, paga mi!* » redoublaient. Gourkau s'était emparé de ma personne et m'entraînait dans la villa; les portes se refermaient sur notre fuite : « *Paga mi, paga mi!* » hurlait et riait la foule hystérique; des coups de poing ébranlaient des persiennes : au premier, une vitre brisée volait en éclats.

« Les brutes! sifflait Gourkau d'une voix rauque. — Et le prince? — Le prince! Ah! arrivez-vous à temps? Dieu le veuille! Il est foutu, le prince! Ah! cette Polonaise! »

Dans la chambre à coucher incendiée de lumière, jeté tout habillé en travers du lit encombré d'oreillers, de coussins, la courte-pointe de brocart bleu turquoise pas même retirée, c'était le grand corps affalé et inerte de Sacha. On avait dû le porter là dans le désarroi d'une attaque ; un moujik achevait de le déchausser, un autre essayait de dégager du pantalon deux jambes roidies : une panique emplissait toute la pièce de muettes allées et venues, de gestes effarés.

Auprès du lit, deux hommes surveillés par une femme en noir s'activaient ; une odeur d'éther écœurait. Les deux hommes étaient le docteur Filsen et le valet de chambre du prince ; la femme se retournait à mon entrée et m'offrait, délabrée d'angoisse, la face aux yeux hallucinés de la princesse Benedetta.

« Docteur ! docteur !... C'est vous !... Enfin !... » Et la princesse se précipitait sur moi, saisissait fébrilement mes mains. « Le sauverez-vous ?... Voyez ce qu'elle en a fait ! Ah ! cette Schoboleska ! » Et, elle m'entraînait vers le lit.

Les lèvres tuméfiées, les paupières bleuies, tout son mauvais sang remonté à des joues à la fois violacées et livides, le prince Wladimir, terrassé par une congestion, offrait l'atroce aspect d'un noyé. Il verdissait là, sous l'aveuglante clarté des bougies et des lampes, pareil à une vivante charogne, car son pouls battait encore, et un horrible raclement, moins un souffle qu'un râle, soulevait encore, de temps à autre, cette décomposition commencée. Détail horrible, dans la violence de la crise le râtelier du prince s'était dé-

clanché, et un bout de langue râpeuse et violette pendait, mordue, entre les ressorts.

« Le sauverez-vous! Que faire! que faire? » J'es-
suyai un peu de salive rougeâtre suintant aux coins
des lèvres, priai Filsen de demander de l'eau chaude
et de laver, de tamponner cette bouche crispée. Le cœur
fonctionnait, mais les pieds étaient déjà froids ; froides
les jambes et les cuisses ; froides aussi les hanches,
toutes les parties inférieures du corps déjà mortes ;
en revanche, les tempes et les joues brûlaient. Je réclamai un bain de pieds bouillant, de la farine de mou-
tarde, du gros sel et des sinapismes ; la princesse
Benedetta répétait mes ordres d'une voix coupante ;
puis, malgré l'effarement du Suédois, j'exigeai de lui
sa trousse et, relevant la manche de chemise du malade, j'ordonnai de maintenir droit le torse, pendant
que je tenterais la saignée.

On avait assis le corps moribond au bord du lit.
Deux moujiks et Filsen le soutenaient aux aisselles ; ses
pieds trempaient dans l'eau fumante du bain, des sinapismes avaient été appliqués sur les cuisses ; la princesse tenait de la glace appuyée sur les tempes. Je
tentais, je le savais, une impossible réaction ; les chairs
décolorées rougissaient un peu cependant, leur lividité
s'animait ; la pâleur du bras, demeuré exsangue au
premier coup de lancette, se teintait d'un peu de rose
au second ; j'enfonçai une troisième fois la pointe d'a-
cier, un peu plus haut, dans la maigreur du bras : du
sang perlait enfin ! Quel sang ! de la sérosité plutôt,
un sang pareil à de l'huile rosâtre et dont les gouttes
lentes tachaient l'argent de la cuvette d'un pus cré-

meux d'abcès; et puis, du sang plus rouge et plus vivant giclait, on ent ndait maintenant tinter les goutt s, la rigidité du bras se détendait, des rougeurs aussi paraissaient sur les cuisses, les orteils ranimés se crispaient dans le bain, et, avec un léger soupir, le cadavre qu'était Sacha, renversait la tête en arrière; le cou avait aussi perdu de sa raideur; je débandai le bras et laissai Filsen faire le pansement.

Deux grosses larmes coulaient maintenant le long des joues de Sacha; les marbrures du visage s'étaient presque éteintes; le valet de chambre avait ôté délicatement le râtelier des lèvres molles et l'avait posé dans un verre, la bouche dégarnie bâillait à présent comme un trou; nous avions couché le prince dans son lit.

« Il est encore sauvé pour cette fois, madame. — Merci ! » La princesse avait pris ma main et s'inclinait comme pour la porter à ses lèvres; j'arrêtai son geste; les clameurs de la foule reprenaient, elles montaient hurlantes sous les fenêtres, rires et menaces d'une figuration surexcitée de cupidité et de vin : « Depuis deux heures de l'après-midi qu'on les grise pour leur faire prendre patience ! » grognait Filsen.

Cette foule ! Dans la fièvre des premiers soins à donner au prince, je l'avais tout à fait oubliée; mais elle tenait à affirmer sa présence; des obscénités et des injures nous arrivaient distinctes, mêlées aux obstinés *paga mi !* de tout à l'heure; on n'y respectait plus le nom du prince, des bouches le vociféraient accolé aux plus étranges épithètes et ces salauderies italiennes, la princesse les comprenait. Elle les écoutait, blême

et raidie dans une stupeur douloureuse, avec un seul'
geste, un geste de blessée comprimant de la main les
sursauts de son cœur. Des chansons traînaient aussi,
ricanées par des voix d'hommes ivres, et dont les re-
frains étaient repris en chœur; la foule battait des
mains ; la clarté des torches faisait les vitres toutes
roses; des poignées de fleurs (car cette foule s'amusait
en somme) venaient s'écraser aux fenêtres ; on se serait cru un soir de lutte entre Verts et Bleus sous les
terrasses de l'Hebdomon, aux siècles splendides et
crapuleux de Byzance.

Byzance! la porte s'ouvrait devant l'entrée en coup
de vent de Gourkau, la princesse se cabrait devant
l'irrévérence. « Qu'est-ce ? — Il y a que je ne puis les
contenir ! Ils vont forcer les portes, j'ai envoyé prévenir la gendarmerie, mais d'ici-là, je ne puis parvenir
à me faire comprendre ! Ce jargon italien ! Si vous es-
sayiez, vous, docteur, vous parlez niçois. — Hum !
Singulier service que vous me demandez, ils vont me
huer. — Ils vous connaissent tous. — Raison de plus,
je n'aurai aucune autorité. » « *Paga mi, paga mi* », et
les cris redoublaient. « Je vous en prie, docteur, insistait la princesse. — Soit, je veux bien, faites ouvrir
une fenêtre. » Mais à peine m'étais-je penché au-dessus de cette masse de têtes confuses et rougeoyantes,
que des invectives et des quolibets me saluaient : « *Il
papa Rabastens, il papa des papagal* » et, comme un
feu d'artifice sur le bleu sombre de la nuit, une gerbe
de vols éclatants s'enlevait. Par malice les émeutiers
avaient ouvert la volière et donné la liberté aux perroquets. Aveuglées, effarées, les bêtes favorites du

prince voletaient éperdues, dans le parc ; deux magnifiques aras, les yeux ronds d'épouvante, venaient
s'abattre sur mon épaule, d'où le surnom jailli de toutes les bouches « *Il papa des papagai* ». Je me retirai
sur un immense éclat de rire.

Je n'étais arrivé qu'à être grotesque.

« *La principessa, la principessa* », réclamaient maintenant et exigeaient les voix ; la silhouette de la princesse avait été reconnue. La princesse était adorée
dans les bas-quartiers de Nice ; elle y faisait de larges
aumônes dans le secret espoir, peut-être, de racheter
les frasques de Sacha. Des cris demandaient maintenant la *buona donna*, la bonne dame.

« Vous parlez italien, madame, implorait Gourkau,
vous, ils vous écouteront. » Et, ayant fait ouvrir à
deux battants la grande porte-fenêtre du balcon, la
princesse se présentait à la foule, et là, d'une voix
brisée, au milieu d'un subit silence, dans le plus pur
idiome florentin : « *Signori, mio figlio muore. Egli ab-
bisogna della massima calma, edio, sua madre, in nome
di Cristo e della Madonna, vi prego di lasciar lo morir
in pace.* » (Messieurs, mon fils se meurt. Il a besoin
du plus grand calme et moi, sa mère, je viens vous
prier, au nom du Christ et de la Madone, de le laisser
mourir en paix.)

« *Eviva la dona ! Eviva la principessa !* » acclamait
la foule.

» Merci, mes amis, avait le courage de trouver la
pauvre femme, merci. Maintenant, veuillez vous retirer et passer demain vers midi, à la villa, vous serez
tous payés : ce qui est dû est dû. » Mais déjà un re-

mous se produisait dans la foule, des pas de chevaux, un bruit de sabres et d'éperons annonçaient la venue de la gendarmerie. Les figurants mutinés se retiraient presque paisiblement dans la nuit.

La princesse s'était assise, accablée, auprès du lit.

Les deux aras fugitifs s'étaient perchés sur le dossier d'un fauteuil, presque au chevet du prince; le plus gros s'épluchait, l'œil inquiet, encore effaré de l'alerte, tandis que l'autre, un ara blanc et rose nous regardait d'un air pensif; le comique de leur présence était une tristesse de plus dans la gravité de l'heure. Comme nous, ces deux bestioles extravagantes semblaient veiller et méditer sur le prince.

Sacha n'avait pas rouvert yeux. Il continuait à pleurer silencieusement, la poitrine soulevée de temps en temps par de profonds soupirs, des soupirs de gros chagrin d'enfant que ne console pas le sommeil. Tout à coup, il se redressait et, la voix changée, une voix rauque et haineuse, il balbutiait quelques mots en russe qui faisaient redresser la tête à sa mère, puis il retombait dans sa torpeur. « Fille de chienne, bâtarde de Juif, larve prostituée », traduisait la princesse en français; il songe à la Schoboleska, c'est son souvenir qui l'obsède... Mais c'est vrai, vous n'êtes au courant de rien, il faut tout vous apprendre. Docteur. savez-vous où est en ce moment-ci la comtesse? Elle cingle vers les côtes de Sicile, en compagnie de lord Férédith, à bord de l'*Edouard III*. Voici la lettre qu'elle a fait parvenir à mon fils à sept heures du soir, après cinq heures d'interminable attente; elle devait

être à la villa pour cette abominable fête à deux heures. Lisez. »

Je dépliai un papier froissé, à demi déchiré par
places :

« Cher prince,

» Vous m'avez donné le goût des aventures, des
croisières et des voyages en mer. Je me laisse emmener en Sicile par lord Férédith. J'ai trop écouté auprès de vous les récits de vos amis Etchegarry et
Marius. Quand vous recevrez cette lettre, l'*Edouard III*
sera déjà en vue du cap Corse.

» Ne m'en veuillez pas trop de vous enlever Boris
et de ne pas assister à votre fête. Nous sommes au
regret, ce pauvre enfant et moi, mais lord Férédith
ne se soucie pas de voir son futur beau-fils figurer
dans ces mascarades. L'ère des folies est terminée;
dans un mois il n'y aura plus de comtesse Schoboleska;
lady Férédith vous fera part de son mariage dès qu'il
sera célébré à Palerme. J'ai eu ce caprice d'être mariée
dans la Chapelle Palatine.

» Que ne supportez-vous mieux la mer? Nous aurions aimé, mes fils et moi, à visiter avec vous la Sicile; nous vous aurions fait cette fois les honneurs du
yacht; vous nous avez fait si longtemps ceux de votre
villa. Nous y aurions mis peut-être plus de discrétion
et de douceur, mais on ne refait pas le caractère
russe.

» Nous reverrons-nous jamais, prince? je ne le crois
pas, car lord Férédith est un peu jaloux, et combien
à tort, vous le savez ! Oui, jaloux de vous, il vous fait

cet honneur. Moi, je vous fais ici mes adieux, les adieux de votre Véra. Je n'ose espérer que vous nous regretterez. Si, par hasard, vous trouviez une larme, souvenez-vous de mon horoscope. Aujourd'hui comme demain, défiez-vous de tout ce qui vient de la mer. »

— « La coquine ! m'écriai-je à la signature. — Une Juive et une Slave, soupirait la princesse, elle se venge comme ceux de sa race et celles de son pays, à distance et sûrement, mais elle me tue mon fils. »

L'AME RUSSE

Et Sacha ne mourut pas. Il y avait une telle énergie dans cet organisme détruit ; une telle intensité de vie galvanisait ce cadavre qu'il en réchappa encore cette fois ; l'épreuve pourtant avait été terrible. Pendant dix jours nous nous relayâmes, Filsen et moi, auprès du malade, convaincus, chaque soir, qu'il s'éteindrait dans la nuit, persuadés, chaque matin, que la journée serait la dernière ; il déçut toutes nos craintes. Ce furent dix jours de léthargie, deux cents heures d'évancuissement dont le moribond ne sortait que pour balbutier des mots vagues et pour fondre en larmes. Nous le soutenions par alimentation artificielle ; c'est justement ce demi-sommeil qui le sauva : l'ébranlement nerveux de cette constitution minée n'aurait pas résisté à une autre crise. La princesse le veillait avec nous, admirable de silence.

Cette étrange prostration tenait de l'enchantement ; je retrouvais auprès de ce *Dormant* l'atmosphère irréelle de conte déjà vécue jadis auprès de Sacha. Pendant les longues heures passées à son chevet, j'obtenais de Filsen les détails de l'inoubliable journée, la lente et progressive exaspération du prince amenée à son paroxysme par un coupable concours de circonstances méditées et voulues par la Schoboleska. La Polonaise était digne du Russe : elle lui avait, en un seul jour, rendu au centuple tous les affronts reçus, toutes les humiliations subies. Son plan était depuis longtemps arrêté ; elle l'avait dissimulé avec une force d'âme extraordinaire chez une femme, ne laissant rien percer de son futur triomphe, et, pourtant, elle était sûre de réussir, puisque, depuis deux mois déjà, lord Ferédith avait demandé sa main.

Ce n'est que, certaine d'être épousée et fixée sur la date même de son mariage, qu'elle s'était attelée à cette tâche d'attiser en Wladimir cette soif de considération, ce besoin de réceptions et de visites, cette folie de fêtes ruineuses. et ce désir extravagant d'éblouir ses hôtes, qui l'avaient amené à la catastrophe du trente, elle travaillait sur un terrain préparé par l'incommensurable vanité du Russe. Wladimir avait toujours eu l'amour du faste ; mais, pour le piquer au jeu, elle avait fait la leçon à lord Férédith ; la perversité d'Algernoon Filds en avait fait un complice. Tout avait été organisé, machiné pour affoler Sacha, exaspérer sa vanité hystérique : et le lunch à bord de l'*Edouard III*, et l'indifférence des Anglais à la fête des Fragonard, et leur froideur polie en réponse aux avances de la villa. C'est par un lent travail de cristallisation qu'elle lui avait mis en tête cette fantaisie néronienne des fêtes d'Adonis ; et, la fête une fois prête, les roubles dépensés sans compter, la figuration stylée, les chœurs sus, elle encore présente la veille à la dernière répétition, elle avait eu la cruauté, le grand jour arrivé, de laisser pendant seize heures ce misérable Sacha dans l'incertitude et dans l'attente, la férocité de l'énerver, minute par minute, pour ne lui apprendre la vérité qu'au dernier moment et l'assommer par la catastrophe finale.

Oh! cette journée du trente juin! Je la revivais, heure par heure, avec Filsen qui m'en donnait maintenant les détails : le prince levé à dix heures, presque jeune dans la joie du succès; l'arrivage de la figuration à une heure, l'habillage des trois cents Italiens et Niçois des cortèges, et puis une alerte! La nouvelle que l'*Edouard III* n'était pas dans le port. On ne le voyait pas non plus au large, et Gourkau et Filsen avaient à la même seconde le soupçon d'une trahison! Le prince s'inquiétait aussi, mais ne croyait qu'à une promenade en mer, une malencontreuse idée de lord Férédith qui allait mettre Boris Schoboleski en retard; car on apprenait d'un figurant que la comtesse et ses fils étaient à bord; la chaloupe à vapeur était venue les chercher, comme tous les matins, à dix heures. Et Wladimir s'impatientait et l'horizon demeurait vide. Pas de yacht au large; allaient-ils faire manquer la fête? Et Sacha grommelait des injures russes à l'adresse de la Schoboleska.

Les figurants étaient prêts; tous les yeux fixés sur la mer, la mer dont la Polonaise avait dit à Sacha de se méfier; et, troublé malgré lui, le Russe se souvenait de l'horoscope. Et l'azur implacable de la Méditerranée éblouissait (la mer frottée d'ail, comme ils disent à Nice) sous l'ardent soleil de juin; mais pas une voile,

pas même une barque de pêche dont la silhouette
eût pu un instant illusionner les espoirs. Et la figuration costumée donnait, elle aussi, des signes d'énervement; le parc bourdonnait comme une ruche immense;
une rumeur de foule enveloppait la villa. Et Sacha se
décomposait sous son fard. Ses yeux hallucinés ne quittaient plus le large; c'était un tour que lui jouait la
Schoboleska. Ils allaient arriver par Villefranche; ils
avaient voulu s'amuser de son angoisse. Et puis c'était
quatre heures, l'heure annoncée pour l'ouverture de
la fête, celle où les cortèges devaient se mettre en
marche. Et Boris n'arrivait pas, ni les uns ni les autres,
retenus, Dieu sait où, par cette maudite Schoboleska!
Et le prince ne vivait plus. On le sentait prêt à défaillir, le cœur étreint à crier, la voix déjà changée quand
il donnait un ordre. Il avait fait verser de l'asti aux
figurants pour distraire leur impatience; leur tourbe
grondait. Qu'attendait-on? Et le soleil se couchait dans
une magnificence qui était un regret de plus pour la
fête manquée, car on sentait maintenant que les hôtes ne viendraient pas. Sacha s'était fait piquer à la
morphine et monter dans sa chambre; il s'était jeté
sur son lit et avait donné l'ordre qu'on l'éveillât quand
arriveraient les gens de l'*Edouard III*. Mais il ne dormait pas, l'œil aux aguets sous ses paupières baissées, et
nous avions plus peur de son silence que des injures
mâchées tout à l'heure à l'adresse de la comtesse.
Et ç'avait été trois mortelles heures d'incertitude, de
terreur et d'attente avec la mutinerie commençante
au milieu de cette foule de costumés énervés et pris
de vin, les hommes échauffés au contact des femmes,

les femmes amusées des nudités, de la leur et de celle
des mâles. Des *Paga mi !* s'étaient fait entendre. C'est
alors que, dans l'ombre chaude de toutes ces promis
cuités, un chasseur de l'hôtel de Hollande était venu
remettre la lettre de la Schoooleska.

Sacha s'était levé et l'avait lue à la fenêtre, à la
lueur d'une bougie allumée en hâte, car il avait exigé
la nuit pendant son repos... Oh ! l'étrange jeu de
physionomie du prince pendant qu'il déchiffrait la
prose de la Polcnaise ! Filsen disait qu'il s'en souvien-
drait toujours ; ç'avait été une chose terrifiante : toute
la face du Russe s'était comme rapetissée, les yeux
singulièrement amincis ne laissant plus filtrer qu'une
lueur d'or, les traits crispés et ratatinés comme ceux
d'un très vieux visage, dont toutes les rides se fussent creusées à la fois. Le prince avait lu en silence,
puis l'étonnante face de momie s'était tout à coup
obscurcie ; de lie de vin elle était devenue violette,
telle une aubergine ; puis, ç'avait été une tête de nè-
gre, de vieille négresse plutôt avec des yeux chavirés
et blancs. Le prince n'avait pas poussé un cri : il
avait tournoyé sur lui-même et son valet de chambre
l'avait reçu dans ses bras. C'était l'apoplexie sérieuse :
on avait couru de suite à Cimioz prévenir la princesse.
Je savais le reste : j'étais arrivé en pleine émeute de
la figuration, j'avais assisté à toutes les scènes de
cette soirée mémorable, œuvre machiavélique de la
Schoboleska.

Elle avait bien combiné son dénouement ; et la mort
du prince, foudroyé de rage en pleine fête manquée,
eût clos tragiquement la série de ses anciens affronts :

cette Slave était la femme de tous les raffinements ;

Le hasard déjouait ses plans ; dans la vie l'imprévu seul arrive.

Wladimir se tirait d'affaire... Après dix jours de transes, il revenait à lui dans une crise de larmes et attachait sur nous des yeux singulièrement puérils, des yeux d'enfance, on eût dit, ressurgis du fond de son âme, une âme inconnue ou du moins retrouvée dans la douleur...

Il me regardait longuement et me tendait la main. Les Christ émaciés de Cosme et d'Holbein ont de ces mains exsangues et délicates dont tous les os sont apparents, Christ aux côtes saillantes et aux chairs livides, dont Sacha finissait par avoir l'aspect avec sa barbe rare, déjà longue de dix jours, ses prunelles trop claires et sa face creusée. Il regardait aussi sa mère debout à son chevet, douloureuse Pieta d'un mauvais Christ que ses vices auraient mis en croix... ; et une infinie tendresse alanguissait tous les traits de Sacha.

Le coup porté par la Schoboleska en avait fait un autre homme.

> Le chevalier Malheur, qui chevauche en silence,
> Le chevalier Malheur m'a percé de sa lance.

Ni regrets, ni récriminations, pas un mot sur le terrible événement du trente, pas même une allusion à la Polonaise. Lord Férédith, Boris, les Schoboleski avaient-ils jamais existé ? Wladimir semblait avoir oublié les deux années qu'il venait de vivre. Dix jours de prostration avaient-ils éteint en lui la mémoire ? Non, car la tristesse de son sourire disait assez quelle

bumiliation il en gardait au cœur, de quelles décep-
tions sur tout était faite sa souffrance ; mais l'orgueil
enfin réveillé de Noronsoff ignorait parce qu'il voulait
ignorer, et nous respections son silence.

C'était une nouvelle ère qui commençait, une ère
inconnue de douceur et de lassitude attendrie. Il sortait abattu de la crise et semblait entrer dans une
lente et quiète convalescence ; faible à ne pouvoir se
dresser seul sur son séant, il gardait maintenant le lit
le long des jours, mais, chose étrange, ne souffrait
plus. Les tortures physiques de tant de maladies semblaient avoir fait trêve, elles aussi; la fin était prochaine, nous n'en pouvions douter, mais s'annonçait
calme et réconciliée : le prince s'éteindrait sans sursaut et sans secousse, avec une âme déjà libérée de
sa chair, sorti vivant de son passé.

L'orchestre des tziganes avait été congédié. Il s'était
tu pendant quinze jours. Un soir la princesse, inquiète du mutisme et des grands yeux noyés de rêve-
rie de Sacha, avait donné ordre au chef d'orchestre de
jouer en sourdine les airs autrefois préférés de son
fils; aux premières mesures Wladi avait levé la main
et prié, d'un geste, de les faire cesser.

Il ne voulait plus les entendre. Le lendemain, Gourkau les réglait.

Mais on avait fait monter deux moujicks des cuisines : un jeune et un vieux, nés tous deux en Crimée
et tous deux bons chanteurs de mélodies populaires
que Iakov, le plus âgé, accompagnait sur la balalaïka.

C'est la guitare russe. Des boyaux ou des crins en
forment les cordes tendues sur une boîte triangu-

laire. Très répandue dans le peuple de toutes les régions de la Russie, la balalaïka sert surtout à accompagner le chant ou à marquer le rythme des danses.

Relégués dans les sous-sols, les pauvres chanteurs criméens étaient tout effarés du nouveau caprice du prince. Un soir que Iakov, croyant toute la villa'assoupie, chantait avec son ami Vassili la fameuse chanson russe :

> Le long de la Volga
> Passe un bateau léger...

le rythme plaintif de la vieille mélodie était parvenu jusqu'à Sacha. Il ne dormait pas à cause de la chaleur et, par les fenêtres grandes ouvertes, la voix de Vassili, une voix d'adolescent plaintive et lente, était entrée dans la chambre du maître avec les entêtantes bouffées des tubéreuses du parc. Elles étaient alors en pleine floraison, et leurs thyrses de cire exhalaient, comme autant de cassolettes, leur encens délétère. C'était, chants et parfums, comme un air de langueur, et toute la nuit était accablée et grisante, bourdonnante de moustiques et pleine d'âmes végétales ; tout proche, c'était l'imperceptible frémissement de la mer, et Wladimir, tout à coup envahi de nostalgie, avait voulu entendre de près les deux voix. On avait fait monter les chanteurs.

Il les avait gardés toute la nuit.

Ils chantaient, se répondant l'un à l'autre, et quand Iakov avait dit de sa voix large et bien timbrée :

> Celui-là est heureux,
> Qui n'a pas de soucis.
> Ni d'amour dans le cœur.

Vassili reprenait de sa voix torturée :

> Et je sens, moi, pauvre fille,
> Que mon cœur est aride comme les pierres.

Et Sacha avait éclaté en sanglots, l'âme remuée jusqu'aux larmes par la souffrance intolérable exhalée dans cette chanson. C'était sa souffrance même que traduisaient ces plaintes amères, tantôt semblables à une prière de repentir, tantôt tristes et douces comme une douleur d'enfant ; et après la chanson, Sacha en avait voulu d'autres ; et, toute la nuit, les deux chanteurs avaient chanté, hypnotisés eux-mêmes par la douleur angoissée de leur voix, et Sacha ne s'était pas lassé de les entendre. C'est le chagrin même de sa vie détruite que distillaient ces mélodies populaires, toutes remplies de désespoir comme toute belle chanson russe.

En les écoutant il avait retrouvé son âme et son pays.

Les deux moujicks quittèrent les cuisines et demeurèrent le long des jours, aux portes de la chambre, aux ordres du malade ; et une ère commença de nouveaux favoris.

LES ANCÊTRES

Les deux chanteurs musiciens ne quittaient plus l'appartement du prince. Pendant les interminables heures du torride été niçois, leurs voix alternées ou confondues dans la même angoisse implorante montaient dans le clair obscur des vastes pièces aux volets clos.

Une détresse infinie, toutes les douleurs que peut contenir l'âme humaine broyée sous l'étreinte des forces de la nature et de la nécessité implacable, tout cela se retrouvait dans les paroles naïves des chansons comme dans la monotonie dolente des mélodies. Sacha les écoutait, la gorge contractée de tressaillements nerveux et les yeux agrandis, comme éclaircis de larmes. Il éprouvait une âpre jouissance à sentir ses nerfs déchirés par ces lamentations; la tristesse des notes et des paroles lui entrait dans la poitrine comme un jet de flamme; les voix des deux moujiks lui serraient le cœur jusqu'au spasme, mais Sacha aimait cette souffrance. Il y apportait comme une sorte d'orgueil en même temps qu'une curiosité maladive, et je retrou-

vais dans cette nouvelle attitude toute l'âme à la fois
veule et passionnée de Wladimir, cette manie du dédoublement et cet égoïsme voluptueux s'aiguisant dans
l'analyse, qui est la caractéristique de l'âme russe.

La princesse goûtait moins ce nouveau caprice. En
Italienne fervente des Cimarosa, des Palestrina et des
vieux maîtres de son pays, elle traitait ces mélodies
populaires de musiques de sauvages, et puis elle en
déplorait l'effet déprimant sur l'organisme anémié de
son fils : cette mère jalouse redoutait toutes les influen-
ces. Pour elle il n'y en avait que de mauvaises, puisqu'elles s'exerçaient sur un malade et balançaient son
autorité. Elle n'avait pu dissimuler son hostilité aux
chanteurs; et les deux pauvres hères, terrifiés par les
regards noirs de l'Italienne, perdaient tous leurs
moyens en sa présence; leurs voix s'étranglaient, ils
oubliaient les paroles, et Wladimir, averti par leur
trouble des sentiments de sa mère, avait maintenant
pour elle des yeux de haine. A l'attendrissement de
ces premiers jours de convalescence avait succédé une
singulière réserve. C'est avec froideur qu'il accueillait
les visites de la princesse. Sa mère le gênait. Il ne
répondait plus que du bout des lèvres à ses questions.
Il ne lui pardonnait pas non plus sa redoutable clairvoyance, il n'oubliait pas qu'elle seule avait vu clair
dans le jeu dangereux de la Polonaise, quand lui se
laissait rouler comme un enfant. Cette infériorité
l'humiliait; le malade revenait à ses anciens erre-
ments. Devant des signes répétés d'impatience, je dus
prier la princesse d'espacer ses visites, d'en écourter
surtout la durée dans l'intérêt même de Neronsoff

« Ce n'était donc qu'une halte, me répondait la pauvre
femme, je vois qu'il me faut continuer mon calvaire.
Ah! ce sang cosaque, le sang barbare de ce fils qui
n'a rien de moi! C'est tout son atavisme qui l'arme
contre ma tendresse. Je dois l'aimer à distance; il faut
m'y résigner, on ne lutte pas contre les ancêtres. »

Hélas! l'heure est venue pour moi de tout quitter
Quitter tous ceux que j'aime,
Et m'en aller en pays étranger.

C'était Vassili qui chantait.

Sacha l'écoutait avec une étonnante figure de cru-
cifié, la tête en arrière et les paupières baissées sur
l'eau lourde de deux grosses larmes. J'étais entré sur
la pointe du pied, mais le malade avait l'oreille fine.
Il entr'ouvrait lentement les yeux, avait un vague sourire et me tendait la main.

« Assez pour aujourd'hui, disait-il aux deux moujiks.
allez, mes amis, allez faire un tour dans la montagne,
respirez bien. Je n'ai pas besoin de vous avant ce
soir. » Les deux chanteurs se retiraient.

Wladimir m'exigeait auprès de lui. « Quelles voix
ont ces misérables! Ils ne chantent pas, ils pleurent.
Ils pleurent ma vie, ils pleurent la leur, toute la Russie pleure dans ses chansons. Nous autres Russes,
les autres peuples ne nous comprennent pas; est-ce
que ma mère me comprend! Je suis un étranger pour
elle, nous sommes des barbares pour l'Europe. Vous,
docteur, vous au moins, je vous sens un peu près de
moi. Avez-vous lu Gorki, docteur? C'est un de nos ro-
manciers, un ancien vagabond qui a écrit sa vie et

celle de ses compagnons : des portefaix, des chemineaux, des gueux errants comme lui. Il nous a bien mieux compris que Dostowieski et même Tolstoï. L'immense Russie souffre de l'ennui, et cette maladie-là, Gorki en a noté, comme personne avant lui, les manifestations. L'ennui ! Etrange maladie, désarroi nerveux, spleen chronique qui pénètre chez nous jusque dans les masses profondes du peuple, atteint les forces vitales des plus humbles et des plus besoigneux. Car l'ennui, docteur, ne résulte pas toujours de l'éducation subtile et de la fatigue du luxe ; toutes les créatures humaines en proie au mal de vivre sont en proie à l'ennui. Ainsi, moi, je suis un être à côté de la vie ; mais il n'y a pas que moi, il y en a bien d'autres dans mon cas. Nous sommes des milliers et des milliers comme moi en Russie, toute une armée de gens à part qui n'entrons pas dans l'ordre établi. A qui la faute ? Sommes-nous responsables envers la vie parce que nous n'avons pas la joie de vivre ? Moi, ma mère m'a enfanté dans une heure mauvaise et je porte en moi-même un tas d'ancêtres qui reviennent. Mais quel est celui d'entre nous qui n'a pas d'ancêtres ? Le dernier des vagabonds porte en lui toutes les fautes des siens.

» Ainsi, moi, je n'ai jamais pu savoir ce que je veux, j'ai toujours envie de quelque chose ; je veux quoi ? je ne sais pas. Suis-je donc impuissant à vivre ? Non, mais la vie ne peut me contenir, parce qu'elle est trop étroite et que mes désirs sont immenses. On ne me connaît pas, je ne me connais pas. Est-ce que ma mère saura jamais ! Ma mère, elle est si loin de moi, si Italienne ! Ainsi, docteur, il y a des jours où je voudrais m'en aller très loin sur la mer, loin, loin et ne revenir jamais; d'autres fois, je voudrais que tous les hommes fussent mes esclaves; hommes et femmes, j'aurais voulu les voir tourner comme des toupies fouettées par mon désir. Des jours, enfin, j'ai pitié de tout le monde et surtout de moi-même; je voudrais donner ma fortune aux pauvres, me dépouiller, être pauvre et souffrir. Ces jours-là, je me sens capable de mourir pour les autres; mais, d'autres jours, je voudrais tuer tout le monde et puis moi d'une mort horrible, et remplir toute la terre de terreur... et voilà. »

Et j'écoutais avec un navrement infini les aveux puérils de cette âme vagabonde. Parfois dans le Cosaque illuminé reparaissait un Russe d'opérette. Nous étions en 1898, l'année même de sa mort, puisqu'il s'éteignit le 12 décembre, l'année même de l'embarquement du Kaiser à Venise. Un été particulièrement torride s'attardait jusqu'en octobre, et les feuilles de toute l'Europe étaient alors remplies des détails des fêtes données en l'honneur de Guillaume et du roi d'Italie dans la ville des Doges; et ces articles, Wladimir les lisait. « Venise! me disait-il une nuit que j'étais de veille, seriez-vous homme à aller à Venise? Un service à me rendre; je vous défraierai du voyage et vous feriez, qui sait, une bonne action! J'ai peut-être un fils à Venise ou une fille, en tout cas un enfant, sinon de moi, presque de moi. Cela vous étonne! Ah! les nuits passées en gondole et les clairs de lune sur le canal de la Zudecca! Il y a de cela vingt ans! Venise était moins anglaise qu'aujourd'hui et j'habitais le palais Veniere, un palais en ruine ou plutôt inachevé, avec

un jardin de rêve donnant sur le Grand Canal. J'allai
le matin visiter une église, les Frari, les Schalsi ou
San Zaccharia; je déjeunais chez Quaddri. Dans la
journée je faisais la sieste et, le soir, je dînais au Lido,
à San-Nicolo parfois, et la gondole me ramenait la
nuit par la lagune. J'avais un gondolier qui semblait
peint par Carpaccio, une gondole avec un *felze* aux
boiseries sculptées et dorées qui dataient du temps des
Doges, et pour maîtresse une dentellière qui ressemblait à la *Santa-Barbara*. Elle était de Chioggia, où
toutes les femmes sont belles, et mon gondolier de
Burano, mais ils habitaient tous deux Venise, l'homme
à San-Moïse, la fille à l'Arsenal. J'ai doté la fille en
quittant Venise et l'ai mariée au gondolier. S'ils ont
eu des enfants et (je parierais pour la douzaine) j'ai
tout lieu de croire que l'aîné me ressemble. Ah! mon
gondolier et ma dentellière! Ils s'appelaient Antonio
et Zulia; ils ont été l'enchantement de mes vingt ans,
car j'avais vingt ans! et à Venise! mais où les retrouver? Voilà des gens auxquels je laisserais bien quelques-uns de mes millions, si leur aîné avait mes yeux,
ma bouche ou quoi que ce soit de moi. »

Et le prince s'assoupissait en rêvant tout haut sa
folie.

Il en eut de plus sinistres; et les ancêtres redoutés
de la princesse reparurent dans une circonstance assez macabre et, en bons spectres qui se respectent, les
affreux ascendants de Noronsoff se révélèrent une nuit
naturellement, une nuit que Filsen était de garde auprès du prince; car nous le veillions à tour de rôle,
assistés de onze heures à une heure par la princesse,

qui profitait de l'assoupissement de son fils pour venir le regarder dormir !

Depuis quelque temps le prince était plus taciturne, les chansons des deux moujiks le trouvaient moins attentif. Comme hanté par une idée fixe, le prince demeurait replié sur lui-même, l'œil aux aguets sous ses paupières baissées; et la lueur d'or des fêtes et des orgies du temps de la Polonaise avait reparu dans ses prunelles, le mauvais regard des jours d'autrefois.

Du gondolier et de la dentellière, évoqués une nuit de réminiscence attendrie, il n'avait plus été question. Sur ceux-là, comme sur Marius et Etchegarry et comme plus récemment sur la Schoboleska, Wladimir avait passé cette étonnante éponge dont il semblait disposer à l'égard de tout génant souvenir. Ce don merveilleux d'oubli le faisait vraiment prince; cette faculté de supprimer les gens de sa mémoire avec la même aisance, qu'il les eût supprimés de sa vie, s'il avait seulement vécu un siècle plus tôt, me pénétrait de respect et de stupeur, car je savais cet oubli volontaire et j'en trouvais Sacha d'autant plus admirable.

Un vendredi, pendant la grosse chaleur du jour, Vassili, le plus jeune des deux moujiks que Sacha avait fait chanter presque toute la nuit, se trouvait assoupi. Le pauvre diable n'avait pu résister à la fatigue, et il fallait que la sienne fût grande pour qu'il se fût endormi en présence de son maître, dans la chambre princière. Sacha sommeillait aussi, je le croyais du moins, car on n'était jamais sûr de rien avec ce Slave hystérique. Je lisais, installé auprès d'une fenêtre, et justement un ouvrage de Gorki, recommandé par le prince *Thomas Gordeieff*, et somnolais un peu, gagné malgré le puissant intérêt du livre, par la torpeur de cette chambre de sieste. Tout à coup la voix du prince s'élevait dans le silence; Sacha était dressé sur son séant et regardait attentivement ie moujik dormir.

— Comme il est jeune! Voyez, docteur, est-il assez sain et robuste, et quel beau sang frémit sous ses jeunes chairs! la force circule en lui comme la sève dans un bel arbre. C'est ce sang-là qu'il me faudrait dans les veines! On lui paierait ce qu'il faudrait. Oh! avoir la santé de ce garçon! cela se pratique, la transfusion du sang! Ne pourriez-vous pas l'essayer sur moi avec Vassili? Je sens que je guérirais, si j'avais sous la peau la jeunesse de cet homme!

Il parlait avec une exaltation croissante, presque debout sur son lit de misère, et ses yeux brillaient, telles deux escarboucles; des tressaillements agitaient ses doigts. Je sentais monter la fièvre; je calmai de mon mieux Wladimir... Une utopie et dangereuse, qu'il caressait là! Dans son organisme malade et vicié, même le sang d'un être sain, comme le moujik, n'eût été qu'un ferment de corruption de plus; c'eût été précipiter la fin du malade que d'activer la force de son mal. Je le payai de mauvaises raisons, lui disant que la chose méritait qu'on y songeât. Les yeux hallucinés du prince ne quittaient plus Vassili. Il le buvait du regard; les yeux de la soif dans le désert doivent boire ainsi l'eau des mirages; la ténacité de sa contemplation était telle que le moujik s'éveillait; il joignait les mains, pris en faute, effrayé et confus d'avoir dormi; le prince l'excusait d'un geste, et, baissant les paupières, éteignait ses effarantes prunelles.

Mais c'est une hyène qui se déchaînait en lui, la nuit suivante. C'était Filsen qui était de garde, et, quand j'arrivai, le matin, au Mont-Boron, je trouvai toute la villa sur pied, la domesticité effarée et grondante; Gourkau avait son visage des circonstances graves, Filsen accourait vers moi, bouleversé.

Wladimir avait encore fait des siennes. Qui aurait pu jamais s'attendre aux événements de la nuit de la part d'un homme aussi faible? Tout terrassé qu'il fût par la maladie, il avait trouvé le moyen de se traîner hors de son lit, et, rampant sur les mains à travers la chambre, il avait profité du sommeil du docteur pour gagner à pas veloutés de fauve le divan où Vassili reposait, et là, avec un canif dont il se servait comme coupe-papier, il avait tenté de couper la gorge au moujik pour boire *son jeune sang, son sang frais de force et de santé*, comme il le criait avec de sanglotants éclats de rire et un atroce égarement du regard. On avait dû lui retirer des mains le pauvre garçon, plus mort que vif; la blessure était insignifiante, car le coup avait été mal porté; mais toute la villa au courant de l'histoire en gardait une indignation frémissante. Filsen aux cris de la victime, qui n'osait se défendre par respect du maître, avait poussé des clameurs d'épouvante; toute la livrée était accourue, et la princesse elle-même avait eu le spectacle atroce du jeune garçon sanglant entre les mains du maniaque et l'horreur des affreux et stridents éclats de rire de son fils.

La vue de sa mère, au lieu de le calmer, avait exaspéré l'hystérique : un flot d'injures vomies contre elle en présence des domestiques l'avait contrainte à se retirer; maintenant Sacha reposait, anéanti. La princesse avait fait compter par Gourkau à Vassili une somme de trois mille roubles et l'avait congédié.

Dès que le pauvre garçon, encore secoué d'un tremblement nerveux, serait remis de ses émotions, on le conduirait à la gare et on l'embarquerait pour son village de la petite Crimée; la manie de son maître le faisait riche.

La porte de la princesse demeurait close.

J'écoutais abasourdi ce récit de cauchemar : « Ce sont les ancêtres qui reviennent, les *Revenants* d'Ibsen, me disait le Suédois, le terrible ancêtre qui faisait violer en forêt les jolies filles du steppe et fouetter jusqu'au sang les fiancés jaloux : le Wladimir premier du nom. » Et je balbutiais comme en songe : « Si les spectres apparaissent, c'est que le prince va mourir. »

LA FIN D'UNE RACE

Et la mort arriva, précipitée ou retardée (car pouvait-on bien savoir avec ce Russe décevant?), précipitée ou retardée par les événements les plus imprévus
et les plus comiques : toute une série de circonstances
emboîtées, on eût dit, les unes dans les autres pour
hâter le plus singulier dénouement; et tragique et grotesque, à l'image de sa vie, fut la fin de cet homme.

A l'ère de douceur créée, il avait semblé, par la
trahison de la Schoboleska avait succédé une période
de fièvre et de surexcitation trépidante ; les attendrissements de Wladimir à l'audition des chansons des
moujiks ne l'avaient conduit, en somme, qu'au vampirisme et, depuis la scène affreuse qui avait mis un
terme à la faveur des musiciens, un vent de folie soufflait sur la villa. Les extravagances et les pires fantaisies y sévissaient, hasardeuses et effarantes, comme
si Wladimir eût voulu épuiser tout le ridicule qu'une
vie d'homme peut contenir, odieuses et cyniques,
comme si la princesse n'eût pas déjà souffert tous les

martyrs. Le prince réservait encore d'autres calices
à sa mère.

C'est de la haine qu'il avait maintenant pour elle,
une haine envenimée de vieilles rancunes et qui, flam-
bante, éclatait en scènes terribles. C'étaient, à toute
heure du jour, des altercations, des injures et des récriminations atroces dont la violence emplissait la villa
de cris et de stupeur; Wladimir y apportait toute sa
mauvaise foi et toute sa démoniaque imagination de
Slave et de dégénéré. Il en arrivait à reprocher à sa
mère et ses maladies et ses tares ; il avait cette audace
de la rendre responsable de ses vices... C'était son
sang italien qui avait pourri celui des Noronsoff; elle
avait apporté dans la race tous les vieux crimes
de Florence. Où son père avait-il eu la tête d'aller
prendre femme dans une famille alliée aux Strozzi et
aux Médicis? C'est lui, Sacha, qui en supportait les
conséquences! On n'introduit pas impunément dans
un sang jeune et vigoureux, comme le sang russe, les
ferments de corruption d'une lignée qui a fourni des
courtisanes et des mignons au Vatican ; et sa mémoire lucide citait des noms et des dates.

La princesse écoutait, livide et figée ; puis à bout
de patience citait, elle aussi, les aïeux : le Wladimir
premier du nom, le violeur de filles et le tourmenteur
de serfs, la légende accréditée et l'épouvantable atavisme. Alors Sacha, étranglé de fureur, l'accusait de
l'avoir substitué, lui, à la malédiction jetée sur la race
c'était sa stupide vertu, à elle, qui avait assumé sur
sa tête, à lui, l'envoûtement du bohémien. Si elle
avait été une *catin* (et Wladimir risquait le mot) comme

les autres princesses de la famille, il ne serait pas,
lui, l'être de folie et de luxure qu'il était devenu ; en
se dérobant à la fatalité du sang, c'est sur lui qu'elle
avait attiré la vengeance. Et le bel avantage qu'elle
fût demeurée honnête, si elle lui avait transmis le legs
infâme !

C'était lui le sacrifié, mais elle était bien punie dans
son orgueil. Elle avait enfanté un monstre. Mais il
en avait assez et il fallait que cela finisse. Il en avait
assez de sa présence et de sa surveillance, assez de
son affreux égoïsme qui faisait qu'elle l'aimait mieux
malade que bien portant, parce que la maladie le li-
vrait plus à elle. Comme chez toutes les femmes, la
personnalité perçait et primait avant tout dans sa tendresse. Mais il en avait assez de ce dévouement tyran-
nique et de ces soins envahisseurs, assez de cette domination et de cette autorité jalouse qui écartait de lui
toutes les affections, toutes les amitiés ; elle avait, un
à un, chassé tous ses favoris et, si elle supportait ses
frasques, c'était pour le mieux surveiller, pour le plus
sûrement asservir, mais c'était fini ; il ne voulait plus
chez lui ni d'espion ni d'espionne et il balaierait tout,
mère, intendant et médecins.

Et comme la princesse, contractée de stupeur devant
cette face haineuse, murmurait le nom de Néron : « Néron ! s'écriait le prince. Néron ! soit. Mais vous n'êtes
même pas Agrippine ! Agrippine aimait aveuglément
son fils. — Et moi, j'y vois trop clair, risquait cette
mère imprudente. — Trop clair ! et je meurs de votre
clairvoyance ! Ce sont vos impitoyables yeux attachés
sur tous mes actes, qui boivent ma vie, épuisent ma

force. Oui, ce sont vos yeux, vos yeux de vigilance, vos durs yeux perspicaces qui m'ont empoisonné l'existence ; c'est à cause d'eux que je bénis la mort. Mais votre tendresse, c'est l'*in pace* d'un condamné de l'Inquisition. Je meurs pour m'échapper d'une geôle, la geôle que votre égoïsme a bâtie autour de moi, et je vous hais et je vous maudis et pour votre honnêteté et votre affreux amour. » Et concluant par l'argument de tous les déclassés et de tous les mauvais fils : « D'ailleurs, est-ce que j'ai demandé à naître ? » Et, claquant les portes, il rentrait chez lui, réclamant avec de grands gestes un revolver ou du poison. Par acquit de conscience nous cachions alors les fioles de morphine et de chloroforme, bien convaincus au fond que toute cette comédie n'irait pas jusqu'au drame. Sacha était bien trop lâche pour attenter sérieusement à ses jours.

— *Comediante, non tragediante*, comme le soupirait en hochant la tête l'infortunée princesse au milieu de ses larmes.

Les soirs mêmes de ces scènes odieuses, le prince mandait au Mont-Boron les musiciens de la Régence ou les acrobates de quelque troupe en représentation au cirque de la rue Pastorelli et s'intéressait, comme si rien ne se fût passé, à des exhibitions et à de la musique ; les familiers des autres hivers, toute la troupe des entremetteurs, des brocanteuses et des fournisseurs équivoques avait repris le chemin du Mont Boron.

D'ailleurs l'état du prince empirait ; sa nervosité n'égalait que sa faiblesse : les accidents et leurs souf-

frances avaient reparu et la princesse voulait mettre
l'odieux de la conduite de Sacha sur le compte de ses
tortures physiques. Elle vivait retirée au second étage,
volontairement éclipsée devant le flux montant des
anciens clients revenus, mais décidée à lutter jusqu'au
bout et à disputer jusqu'à la dernière minute l'exécrable et trop aimé Sacha à ses maladies comme à ses
vices.

Nous étions fin novembre. Une lettre de faire-part
arrivait de Constantinople : la Schoboleska y annonçait
son mariage, célébré à Palerme le quinze juillet dernier. La Polonaise avait mis plus de quatre mois à informer Wladi de son triomphe ; on n'était pas plus
impertinente. A la lecture du billet, le prince entrait
en fureur. Ce nom de Schoboleska, qu'il n'avait pas pro-
noncé depuis la nuit du trente juin, il le criait, il le
vociférait, il le crachait enfin, et dans quel flot de
boue !... Un flot de boue, d'immondices et de fiel len-
t'ment amoncelé dans le cloaque de ses rancunes. Je
n'avais jamais entendu d'injures pareilles. Leur cosmopolitisme effarait. Dans quels bouges du Bosphore, de
Moscou et de Vienne, dans quels bas-fonds de Londres,
de Naples, d'Alger et de Cadix Wladimir avait-il bien
pu ramasser ces épithètes ! On eût dit que tout son
passé lui remontait aux lèvres, en même temps, peut-
être, que celui de la Schoboleska ; car le couple se valait
et avec une superbe inconscience Wladimir le hurlait
dans des bordées d'invectives autant adressées à l'absente qu'à lui-même. A force de crier sa voix était
devenue rauque ; il s'abattait enfin sur une table, hap-
pait une plume, froissait des papiers, les griffait, les

éclaboussait d'encre et, les mains fièvreuses, incapable de tracer une ligne, voulait écrire à lord Férédith, l'informer de l'infamie de sa femme, lui révéler le passé de la gueuse. Pourquoi s'était-il tu si longtemps ! Mais il se vengerait ; il devait aussi la vérité à cet imbécile, et la vérité pour une femme comme la comtesse, quel réquisitoire ! Il continuait à fausser et à briser des plumes sur le papier, épileptique et démoniaque, en proie à une véritable crise.

La princesse était accourue au bruit. Filsen, Gourkau et moi essayons de calmer le prince. Singulièrement énergique, ce jour-là, la princesse attendait, impassible, que le premier accès de fureur se calmât ; puis d'une voix blanche elle représentait à son fils l'inutilité de cette lettre. Elle n'avait aucune valeur, signée de son nom ; lord Férédith n'y verrait qu'une basse vengeance, et l'ignominie de ses révélations tournerait et à sa confusion à lui, Noronsoff, et au triomphe de Schoboleska. « Vous faites son jeu, concluait la princesse, vos accusations l'innocentent ; elle doit même désirer cette lettre. Mettez que lord Férédith apprenne quelque chose, un jour ou l'autre. Instruit d'abord par vous, lord Férédith n'y verra plus que des calomnies, et c'est vous qui les aurez mises en cours. Votre ressentiment n'aura servi que votre ennemie. Songez. Vous êtes malade, dans l'impossibilité de vous battre ; lord et lady Férédith hausseront les épaules ; mais croyez qu'elle s'en applaudira. — Je l'écrirai donc anonyme, trouvait le prince frappé par l'argument de sa mère. — Anonyme comme une dénonciation de domestique ! Un Noronsoff n'écrit pas de lettres anonymes. C'est une vengeance de fille. — De fille ! mais j'ai une âme de fille ! clamait le misérable, et vous le savez bien ma mère. — Oui, je le sais ; mais, moi vivante, le monde l'ignorera. J'ai pu fermer les yeux sur des écarts de conduite, mais je ne tolérerai pas des vilenies, scandait la princesse raidie, ce jour-là, d'une énergie singulière. Vous ne serez pas soupçonné, tant que je serai ici, d'une lettre anonyme. Je veillerai plutôt sur votre correspondance. D'abord à qui la dicterez-vous ? Vous ne pouvez l'écrire et ce ne sont ni ces messieurs, ni moi..... » Le prince écoutait, stupide, étranglé et maté par cette imprévue résistance ; la mère et le fils se mesuraient de l'œil : deux champions sur le terrain. « Une fille ! une âme de fille ! trouvait-il enfin. Mais alors, il fallait m'étouffer au berceau, la supprimer à ma naissance, cette vieille âme prostituée des princesses de la race avant qu'elle ne devînt celle... — D'un monstre ! — Oui, d'un monstre, puisque j'assume en moi tous les instincts de deux lignées de crimes, celle des Noronsoff et la vôtre ! Je suis une victime, un résultat d'évolution. Est-ce ma faute, à moi ? Si vous aviez peur de l'avenir, il fallait oser pour moi ce qu'ont fait mon père et mon oncle pour la princesse Hélène. Mais votre égoïsme redoutait la douleur de me perdre. Vous vous aimiez trop dans votre fils pour risquer le chagrin d'une exécution nécessaire. Vous prétendez m'aimer. Allons donc ! vous n'avez jamais aimé que vous et c'est vous que vous avez épargnée en moi. Quelles souffrances vous m'auriez évitées si vous m'aviez supprimé, princesse ! — Votre père l'eût peut-être fait s'il avait vécu. J'ai eu le malheur de la perdre jeune. Dans ma famille à moi nous avons le respect des mâles. Les mères, chez nous, ne tuent pas leurs enfants. — Elle les pourrissent. — Sacha ! »

Et c'était le ton ordinaire des explications entre la mère et le fils.

LE DOCTEUR YTROFF

Ces perpétuelles récriminations d'atavisme, ces ancêtres à toute heure évoqués et j... s à la tête de la mère par le fils et à la tête du fils par la mère avaient fini par peupler la villa de fantômes : c'est dans une atmosphère de cauchemar que se traînait maintenant l'agonie de Sacha. Angoissé par les affres de l'Inconnu, le misérable ne voulait plus mourir. Après tant de menaces de suicide, il se cramponnait désespérément à la vie, nous suppliant de prolonger ses souffrances et nous injuriant tour à tour ; sa lâcheté devant la mort était telle qu'elle en devenait grandiose. C'était l'effarement d'un Augustule traqué dans les latrines, ces latrines où ses entrailles en déroute le clouaient presque nuit et jour.

C'étaient, alternées d'anéantissements et de silences lugubres, des crises démoniaques et des hurlements de bête fauve ; la soif de vivre brûlait si intense dans cet être ruiné, qu'il en rugissait de rage devant la mort. Ses prostrations seules le sauvaient. C'est pendant ces périodes de léthargie qu'il réparait un peu les forces épuisées dans ses accès de fureur ; la demeure était devenue tragique. La princesse, envahie à son tour par la terreur ambiante, y promenait des yeux hallucinés et une démarche de somnambule ; un vent de folie aussi la possédait, la folie endémique de Wladimir. Parmi toutes ces larves d'ancestralités criminelles, les vieilles superstitions italiennes de la Florentine s'étaient aussi réveillées. C'était maintenant, chez elle, une obsession d'aventures macabres et d'histoires d'envoûtement : vieilles légendes toscanes, traditions paysannes de la Petite-Russie, tout un ferment de récits équivoques et terribles avait fini par persuader la pauvre femme qu'elle aussi était ensorcelée. Ce n'était pas la malédiction du bohémien qu'elle expiait dans son fils, mais une vengeance de rivale éconduite.

C'est le ressentiment d'une cousine de son mari, qui avait envoûté sa nuit de noces : des ossements d'enfant mort-né avaient été déposés sous le lit nuptial, elle en avait la certitude ; et c'est la délétère influence du petit mort qui avait pesé sur la conception de Wladimir. Le germe avait été corrompu en elle par la présence efficace de la larve errant autour de ces ossements, et le vampirisme de Wladimir, ses affreux instincts de cruauté et de luxure s'expliquaient par l'horrible charme : l'âme d'un mort était en lui. Conçu hors de la vie, il était né hors nature ; et ces odieuses confidences, il nous fallait les écouter, Filsen et moi, des lèvres blêmes d'une vieille femme hébétée, tandis que dans la chambre voisine haletait péniblement le sommeil de Sacha.

Oh! les veillées de ce dernier mois de novembre
dans les appartements du Mont-Boron! Il y avait des
minutes où je me sentais sombrer dans l'inconnu. On
ne côtoie pas impunément l'hystérie et l'épouvante.
Ce Russe détraquait tout autour de lui et, entre le fils
démoniaque et la mère possédée, nous courions au ver-
tige si forcément, avec cet homme de toutes les surprises et de toutes les fantaisies, les côtés d'opérette
n'avaient soudain reparu.

Le comique rentrait à la villa avec un personnage
d'opéra bouffe, le docteur Ytroff, un médecin hongrois,
disaient les uns, roumain, disaient les autres, que le caprice de la princesse Alexianeff, une vieille Russe
atteinte de millions et d'hydropisie, avait, la saison pré-
cédente, imposé au snobisme des hiverneurs. La colonie russe raffolait du beau docteur Grégory; les
femmes, surtout, célébraient ses mérites. De triom-
phantes moustaches virgulées comme celles d'un té-
nor italien, et d'insistants yeux noirs n'étaient pas
étrangers à son charme. Ce type accompli de ruffian
avait absolument conquis les soixante-cinq printemps
de la princesse Nadèje Alexianeff. Le docteur Ytroff
était plus que médecin : il était mage. Il avait visité
l'Inde et l'Extrême-Orient, avait vécu dans l'intimité
des brahmanes et des fakirs, pénétré les mystères des
forêts et des temples. Il en rapportait des secrets merveilleux; le monde invisible était à ses ordres. Il consultait les tables sur l'état de ses malades et se servait pour ses cures de la collaboration des esprits; en
dix séances il avait sans ponctions enlevé l'enflure
de l'Alexianeff. Les autres médecins l'avaient abandon-

née. Pour opérer ce miracle une vingtaine de passes
avaient suffi. De ces passes, les méchantes langues
disaient qu'elles étaient un peu plus que magnétiques, et
que bien avait pris à la princesse d'avoir soixante-cinq
ans ; trente ans plus jeune, l'enflure eût augmenté.
Les traitements du beau docteur ne réussissaient que
sur des organismes amoindris : c'était le médecin de
toutes les déchéances. Est-ce à ce titre que Sacha l'ap
pelait auprès de lui ?

L'autre hiver, il n'avait pas eu assez de plaisanteries
pour tourner en ridicule l'occultisme du bel Hongrois
et son association de maître embaumeur avec sa vieille
momie princière. Avant de venir s'échouer à Nice, où
toutes ses tares avaient naturellement fleuri, le Grégory Ytroff, ex-médecin de la Peninsular Company
établi à Marseille, avait eu quelques histoires fâcheuses
dans le quartier du Port. Impliqué dans trois affaires
d'avortement pour avoir guéri des jeunes filles dans
l'embarras par l'application de pierres précieuses, des
gemmes sacrées rapportées de l'Inde, il avait dû quitter
assez précipitamment son cabinet de la rue Colbert et
était venu s'installer à Cannes.

Ses qualités de thaumaturge lui avaient peu réussi
malgré la présence auprès de lui d'une jeune sœur, mademoiselle Alexandra Ytroff, poétesse hongroise à la
diction puérile et zézayante assez connue des jeunes Re-
vues pour des pastiches adroits des *Chansons de Bilitis*.

Forts de leur exotisme, le frère et la sœur avaient
fait le siège de la colonie anglaise. Le beau Grégory
plaçait aux vieilles ladies des gemmes introuvables et
des fétiches suspects en forme de phallus. Recueillis

dans des sanctuaires abolis de Singapoor et de Bénarès,
les plus rares étaient incrustés de turquoises et guéris-
saient des spasmes, des douleurs cardiaques et de tous
les troubles nerveux : c'étaient là des talismans sans
prix. Ytroff ne les vendait pas, mais il les cédait pour
un certain temps à des personnes toujours très riches;
les esprits lui défendaient de s'en dessaisir, ils auraient perdu toutes leurs vertus en devenant objets de
commerce ; les malades, une fois guéris, les rendaient
au docteur. La jeune Alexandra, elle, gainée dans des
robes droites et de nuances éteintes, l'air de la *Demoiselle Elue* de Gabriel Dante Rosetti descendue de son
cadre, enchantait les *five o'clok* des grands hôtels par
la science de sa diction et l'eurythmie de ses attitudes.
D'une voix balbutiante et fléchie en d'étranges caresses elle détaillait, en ouvrant de larges yeux candides,
des vers lesbiens et des idylles saphiques qu'écoutaient sans broncher les ladies attentives; et rien
n'égalait l'innocence offerte de son sourire. C'étaient
des poèmes hindous rapportés par Grégory en même
temps que ses pierres magiques et ses amulettes précieuses. Des Américaines et, parmi celles-ci, des Muses enragées de foot-ball, de law-tennis et de records
d'automobile raffolaient de mademoiselle Ytroff; la
jeune poétesse marchait, toujours escortée d'une cour
de sportswomen sanglées dans des complets de drap
et chaussées de bottines fortes; sa gracilité s'affinait
encore au milieu des hautes casquettes de drap et des
jaquettes tailleur de ces belles amazones. Les vieux
messieurs prisaient aussi la diction puérile et la grâce
ployante de la blonde Alexandra.

Le couple avait régné, tout un hiver, sur Picca-
dilly et la cinquième avenue en déplacement à Cannes. Mais l'arrivée d'un globe-trotter, ex-officier de
l'armée anglaise retour du Caire, avait compromis le
crédit de l'association. Ce damné lord Berett ne s'était-
il pas avisé de reconnaître dans les talismans du docteur hongrois de vulgaires *ex-voto* des autels de
Priape, de grossiers fac-similés de terre cuite dont la
vente courante encombre les quais d'Aden et d'Alexandrie ; les introuvables fétiches du docteur Ytroff va-
laient quatre shellings ; c'est le prix auquel les fellahs
et les calfats d'Égypte les laissent aux passagers des
paquebots en escale dans les ports. Quant aux pier-
reries guérisseuses, c'étaient de simples saphirs de
Ceylan dont les plus rares, les blancs et les jaunes
pouvaient valoir quatre ou cinq livres dans le pays.

La révélation, pour piquante qu'elle fût, n'atteignit
pas moins le crédit du couple. La morgue britannique
en fut mortifiée ; les Américains plus pratiques auraient
pardonné le *bluffage*, s'il avait été moins grossier. Du
jour au lendemain, les ordonnances du beau docteur
furent accueillies par des sourires ; le clan des misses
et des ladies sportswomen ferventes d'Alexandra tenait
encore, le frère et la sœur auraient peut-être pu résister ; une calomnie achevait de les ruiner Les malveil-
lants firent remarquer que la blonde mademoiselle
Ytroff n'avait rien de son frère et qu'il en était peut-
être de leur parenté, comme des pierres magiques et
des talismans tant vantés ; alors qu'étaient-ils l'un à
l'autre ? Il y eut des silences éloquents. Le docteur
Ytroff magnétisait sa sœur ; c'était entre ses mains une

merveilleuse somnambule, elle donnait en dormant des poses inspirées; on prononça le nom de Donato et de Lucile, on rappela Cagliostro, on risqua le mot de bas aventurier. Le couple soupçonné se réfugia à Nice; la réputation qui les y précédait n'était pas faite pour leur nuire. Nice est curieux de scandales et avide de nouveautés; la moitié de la population y vit aux dépens de l'autre, et l'audace y tient lieu de titres.

Dans tous les pays du monde, cela s'appelle vivre aux frais de la princesse; la princesse pour les Ytroff se trouva être Nadèje Alexianeff; elle se toqua du frère et de la sœur, aima les soins de l'un et les poésies de l'autre; Grégory la magnétisait, Alexandra lui psalmodiait des vers de sa voix zézayante et douce. Le couple résumait en lui toutes les caresses; l'Alexianeff l'attachait à sa personne : la sœur devenait sa lectrice, le frère son médecin. L'Alexianeff était très riche et imposait ses favoris à la colonie russe. Leur faveur durait depuis un an; elle les avait emmenés, tout l'été et une partie de l'automne, en Suisse et sur les lacs italiens et venait de rentrer avec eux à Nice.

C'est ce couple qui venait s'abattre sur l'agonie de Sacha.

L'EFFONDREMENT

Noronsoff n'ignorait rien du passé des Ytroff. L'autre hiver, il l'avait passé à faire des gorges chaudes sur l'intimité de l'Alexianoff avec le frère et la sœur ; il les voulait maintenant au Mont-Boron.

Caprice de mourant, auquel il nous fallait bien souscrire ! Nous ne nous retirions même pas, Filsen et moi, devant les nouveaux venus. Le prince était perdu. Quoi que tentât le Hongrois, il ne pouvait sauver le malade : il endormirait peut-être ses souffrances, mais il ne pourrait qu'abréger une vie condamnée et, avec la longue patience apprise au chevet de Sacha, nous nous résignâmes à assister aux expériences du nouveau favori.

Wladimir aurait menti à sa propre nature d'imaginatif et d'Asiatique si, dès l'instant qu'il accueillait l'Ytroff, il n'eût immédiatement raffolé de la mise en scène et de la haute prestidigitation de ce maître aventurier. Le charlatanisme du docteur Grégory avait excité sa verve pendant tout l'autre hiver ; le même

charlatanisme, aujourd'hui, l'enchantait ; cela rentrait dans l'ordre. Avec un être aussi illogique que Sacha l'inconséquence était la norme de tous les événements.

Nous avions persuadé à la princesse Benedetta de
ne rien dire et de laisser faire. Wladimir se mourait
Qu'il mourût au moins en faisant ses dernières volon-
tés !

Les Ytroff exploitaient le Russe dans les grands
prix.

Ce n'était pas tant le taux des visites cotées à trois
louis, que le chiffre exorbitant des colliers, des bracelets et des ceintures magiques que le docteur faisait
porter au malade. Le Hongrois exigeait que le prince
les gardât sur lui jour et nuit. Le docteur Ytroff savait le prince bien trop connaisseur en pierres précieuses pour risquer, avec lui, les saphirs de Ceylan
et les autres gemmes de son écrin médical. Les amulettes imposées au patient étaient faites de plaques
de métal. C'étaient, savamment alternés, des carrés
et des losanges de cuivre rouge, d'étain, d'argent, de
nickel et d'aluminium, le tout gravé de signes caba-
listiques auxquels le docteur attachait des vertus oc-
cultes. La crédulité des malades les rendait parfois
efficaces. Le prince devait les porter à cru sur la peau
et en changer trois fois par jour. Il y en avait pour la
digestion, il y en avait pour le sommeil et d'autres,
enfin, en forme de demi-lune pour faciliter les fonctions naturelles, plutôt paresseuses chez Wladimir.

Ces chinoiseries ravissaient le malade. Elles occu-
paient son temps, morcelaient ses journées, dis-

trayaient son ennui. Comme toutes ces plaques de métal gênaient un peu Wladimir, le docteur Ytroff avait inventé de les lui faire porter sur des tuniques de gaze de soie transparente et très fine, des tuniques de byssus, rapportées par lui, naturellement, des profondeurs de l'Inde, et qu'il cédait, parce que c'était le prince, pour des sommes relativement modiques Une puissance était en elles, et c'était là qu'éclatait le génie du thaumaturge. Ces miraculeuses tuniques, avant d'être revêtues, devaient être incantées par une vierge, et c'est Mlle Ytroff qui en remplissait l'emploi.

Elle ne le remplissait pas pour rien.

Trois fois par semaine, nous avions le spectacle de Mlle Alexandra Ytroff incantant les tuniques de dessous de Wladimir. Ces mômeries avaient lieu dans la chambre du malade, à la tombée de la nuit. Un savant éclairage de cires vertes (car il les fallait vertes), posées trois par trois sur les meubles, entassait dans les angles des ombres assez bizarres. Gainée dans une longue robe de soie verte (la couleur même de la nature), la vierge se tenait debout au pied du lit, les tuniques magiques étaient étalées dessus... Des poudres odoriférantes et des sachets d'herbes aromatiques brûlaient dans trois braseros, toute la pièce était comme tendue de vapeurs tissées ; des fumées bleuâtres s'y condensaient et, dans cette mise en scène impressionnante, la jeune Alexandra, levant lentement deux bras nus, entonnait d'une voix de rêve les versets d'incantation. C'étaient des quatrains d'un panthéisme vague dans le goût de ceux-ci :

Je porte en moi le drame écumant de la mer!
’y sens une falaise où dans le vent amer
Du large une herbe haute et rousse... de prairie
Se rebrousse et se tord, poil de bête en furie!

uis elle était forêt et chevelure d’arbres, lac tranquille au fond d’une vallée, et son regard charmant mirait des nénuphars !!

Wladimir écoutait ce galimatias avec une joie évidente, il prenait un intérêt passionné à toutes ces jongleries. Leur byzantinisme répondait à tous ses instincts puérils et barbares et rien n’était plus comique que sa mine allongée et fervente sous toutes les quincailleries dont l’avait affublée le frère, tandis que la sœur officiait.

Il écoutait, les bras croisés sur la poitrine, dans une pose hiératique :

Armé d’une épée magique, Ytroff s’escrimait dans l’ombre et, avec des gestes de bretteur, poursuivait les larves réfugiées dans les coins obscurs ; la scène était du plus haut comique. La suggestion en était telle, qu’à chaque coup de pointe du Hongrois, Wladimir sursautait dans son lit et avait un soupir de soulagement, comme délivré d’une souffrance. Ces exorcismes et incantations revenaient en moyenne à quinze louis la séance ; ils indignaient la princesse qui, dès le premier soir, s’était retirée outrée. Wladimir était retombé en enfance, sa crédulité était la fable de la ville ; tout Nice s’entretenait de la cure entreprise par le docteur Ytroff.

Jusqu’à quel point Sacha ajoutait-il foi aux fantasmagories de l’empirique ? Là résidait l’énigme. En l'absence du Mage, il lui arrivait parfois de dépouiller ses bracelets et colliers et d'en affubler sa guenon et son chien, il pouffait alors de rire à voir ces pauvres bêtes se débattre empêtrées dans la joaillerie de son médecin ; il en avait pourtant la terreur, pris, malgré lui, au charme mystérieux du cérémonial et des rites. Ces séances l'amusaient et, amusé, Sacha souffrait moins.

Les poudres et les potions, dont le bourrait le Hongrois, étaient moins inoffensives. Avec une parfaite ignorance ou une insouciance coupable Ytroff gavait cet arthritique avarié d'arsenic, de koka et de kola ; il l'avait même mis à l'alcool. Comment allaient se comporter l'entérite et les divers accidents du prince avec ce régime de fortifiants et d'excitants qui auraient tué un cheval? C'était là la moindre préoccupation du Hongrois. Il soignait le prince et s'en faisait une énorme réclame; il avait atteint son but.

Le plus étrange, c'est que ce traitement criminel amenait un mieux apparent. Le prince y retrouvait des forces. Redressé, électrisé par tous ces toniques, les parties douloureuses insensibilisées par des stupéfiants, il avait quitté son lit et pu reprendre ses promenades en voiture. Toute la villa était dans la stupeur ; dans l'entourage de l'Alexianeff on criait au miracle ; la princesse Noronsoff devait se rendre elle-même à l'évidence. Wladimir ressuscitait. C'était le triomphe des Ytroff.

A vrai dire, le bel Hongrois avait moins ressuscité un mort que galvanisé un cadavre ; car c'était un vrai cadavre vernissé, fardé et peint que charriaient, par les rues, les landaus fermés de la villa.

Oh! le lamentable et sinistre débris d'humanité apparu aux glaces des portières, dans les allées du château ou sur le bord de la mer, entre le pont Magnan et la Jetée-Promenade. On promenait le prince au pas, d'une heure à trois, dans les endroits ensoleillés et de préférence sur le quai du Midi, dont la plage est particulièrement abritée.

Au cours d'une de ces promenades, devant les terrasses des Ponchettes, le malade avisait dans un groupe de pêcheurs, s'activant autour du filet d'une barque, un gaillard dont la silhouette râblée lui rappelait celle de Marius Wladimir faisait arrêter; on appelait l'homme à la portière. C'était un Napolitain du vieux Nice. Il avait, en effet, les yeux d'eau verte ombrés de longs cils noirs du camelot provençal et, de ceux de sa race, expressive mobilité de visage.

Ce fut chez le malade un caprice immédiat et sénile. Wladimir voulut à la minute attacher l'homme à sa personne; sa ressemblance réveillait en lui tant de souvenirs!

Le Napolitain, jambes nues, les pantalons retroussés très haut sur ses cuisses brunes, écoutait sans comprendre et souriait de toutes ses dents; de l'or montré le décidait, il montait sur le siège à côté du cocher. Le landau détalait au milieu des lazzis des autres pêcheurs; on avait reconnu Noronsoff.

Le même soir, Tito Biffi chaussait les bottes de cuir rouge et endossait la blouse de soie blanche de la livrée princière. Mais ce Biffi avait une promise, une Napolitaine comme lui, fille de pêcheurs : elle était jalouse et résolue et, le soir, quand elle apprit l'enlèvement de son *calinierc*, elle ne se tint pas de fureur. Elle monta droit à la villa, parlementa longtemps aux grilles sans parvenir à se faire ouvrir et dut redescendre seule au logis ; mais sa décision était prise.

Le lendemain matin, elle s'introduisait aux cuisines sous prétexte de poisson à vendre, rencontrait Tito, l'accablait de reproches, l'amadouait de caresse, bref, reprenait l'homme qui s'esquivait le jour même, avant midi.

Le prince apprenait la fuite à trois heures. Ce fut une explosion de colère, comme nous en avions rarement vue. En un clin d'œil, toute la villa fut sur pied. Gourkau, Filsen et le Hongrois lui-même furent dépêchés à la recherche du fugitif. Wladimir écumait de rage ; il voulait son Tito, mort ou vif ; il le réclamait avec des hurlements de louve, il voulait porter plainte à la police ; la canaille l'avait volé, le Napolitain avait reçu deux cents francs d'avance ; c'était du délire. Il accueillait d'une bordée d'injures mademoiselle Ytroff, dont c'était le jour de séance ésotérique, et ne se calmait qu'abruti d'opium et de bromure, maté par le regard appuyé du Hongrois. Mais le lendemain, dès neuf heures, malgré toutes les remontrances, il donnait ordre d'atteler, se faisait corseter, maquiller, habiller et descendait au port. Il en battait les quais sans rencontrer l'Italien ; des bateliers interrogés assurèrent qu'il le trouverait sûrement à la Poissonnerie, et mon Noronsolf d'y courir. Il se faisait descendre aux

Ponchettes, arpentait fiévreusement les allées d'anémones et de mimosas du marché aux fleurs, s'aventurait, éperdu, entre les piles de tomates, de salades et d'artichauts des verdurières. Gourkau avait peine à le suivre et, fureteur, affairé, Noronsoff découvrait enfin le pêcheur se dissimulant mal derrière une belle fille, debout à une des tables de marbre de la Poissonnerie.

C'était la première fois que Wladimir se risquait en pareil milieu. Il ne savait pas à qui il avait affaire; il ne voyait que son Tito. Il allait droit à lui et d'un ton de reproche : « *Perché sei partito hieri. Forse nonsei contento di me, non sono stato sufficentemente genoroso ?* »

Une formidable gifle était toute la réponse, une gifle pesante et gluante qui étourdissait le prince et l'aplatissait, cassé en deux comme un fantoche, au milieu des merlans, des langoustes, des raies et des calamares de l'étal. La marchande de marée, empoignant une sole par la queue, en avait giflé le misérable. La poupée macabre et fardée qu'était Wladimir s'effondrait sur le coup, le Russe s'abattait tout de son long sur les dalles parmi les écailles et les vidanges, salué des huées de tout le marché.

La Poissonnerie acclamait la Zulietta. La belle fille avait défendu son homme.

Gourkau et les deux moujiks accourus n'eurent que le temps de porter Sacha évanoui dans le landau; il rentra à la villa sans avoir repris connaissance. Il ne s'y ranima vers le soir que pour entrer en agonie en vomissant sur tous les plus abominables injures. Cette fois, ce fut la bonne apoplexie séreuse, celle dont on ne revient pas.

Cette agonie du prince Noronsoff, c'était la ruée d'im-

mondices d'un égout qui se vide, les jets de pus et
de sanies d'une vieille haine indurée et pourrie qui
crève enfin comme un abcès. Il invectivait sa mère et
le pope et Gourkau et nous tous ; il appelait la ruine
et l'incendie sur cette ville qui l'avait bafoué, l'incendie
et la ruine avec le feu du ciel et celui des Barbares sur
cette vieille Europe qui l'avait corrompu ; et cette
agonie furieuse avait quelque chose de grandiose. Halluciné, tordu de spasmes et d'épouvante, il appelait
les Asiatiques et leur future invasion, leur trombe
vengeresse sur la décomposition du vieux monde. Il
mourait de Nice, de Florence et de Londres ; c'étaient
Paris, Vienne et Saint-Pétersbourg qui l'avaient gan-
grené et pourri ; ses instincts barbares enfin réveillés
conviaient les Barbares au châtiment Il réclamait les
Huns d'Attila et les Tartares de Genghis-Khan, toutes
les hordes des races jaunes pour tuer, piller, voler,
massacrer les Niçois, les médecins et Gourkau et lui-
même, et sa mère. « Oui, qu'ils viennent. Viendront-ils
enfin ? Qu'ils brûlent tout ici, qu'ils pillent cette villa,
qu'ils vident mes écrins, qu'ils écrasent mes perles,
qu'ils crucifient Gourkau, qu'ils torturent Filsen, qu'ils
empalent Ytroff et qu'ils violent ma mère ! » Et dans
un hoquet suprême il crachait enfin la vieille âme de
Byzance trop longtemps attardée en lui.

Ainsi s'accomplissait la prophétie de la Schoboleska:
le prince Wladimir Noronsoff mourait à cause d'un pêcheur, giflé avec une sole par la main d'une poissarde,
et, à trois reprises différentes, la Polonaise avait dit à
Wladimir : « Méfiez-vous de tout ce qui vient de la mer. »

Ici, M. Rabastens se tut.

La nuit était venue et noyait d'ombres bleues les sentiers du jardin. Depuis combien d'heures étions-nous là ? A nos pieds les terrasses s'étageaient toutes blanches sous la lune qui venait de se lever au-dessus du Mont Chauve et des escarpements du Var ; à la hauteur d'Antibes la Méditerranée luisait comme maillée d'argent et dans le paysage nocturne agrandi de silence c'était la coulée lubréfiante et douce d'on ne sait quel poison lumineux.

En bas on devinait les mâtures du port, ce port où Noronsoff avait si souvent tenu sous ses jumelles braquées le yacht de lord Férédith. Dans ce parc témoin de tant d'intrigues, de colères, de désespoirs et de folies c'était le silence accablé de parfums et chargé de sourdes fermentati ns de vie d'un cimetière d'Orient. D'étranges veillées de fleurs le peuplaient, des roses s'effeuillaient pétale par pétale ; le marbre de notre banc en était jonché, jonchés aussi nos épaules et le sol. C'était comme une mort lente qui descendait sur nous, des feuilles se détachaient qui craquaient dans les branches ; des sèves palpitaient, des sèves et des tiges. On eût dit que des mains invisibles écartaient les ramures et les hampes des plantes

Nous nous levâmes sans mot dire. Le concierge avait fermé la grille et nous dûmes la faire ouvrir et rous ne reprîmes notre assurance qu'une fois sorti de ces allées pleines d'impalpables frôlements

FIN

TABLE

St. Denis Imp. J. Dardaillon. — 1-26